桜ほうさら（上）

宮部みゆき

PHP
文芸文庫

○本表紙デザイン＋ロゴ＝川上成夫

桜ほうさら（上）もくじ

（下）もくじ

桜ほうさら絵図
本所深川
日本橋
神田三河町
和泉橋
不忍池
藤堂和泉守
牢屋敷
神田川
日本橋北
小伝馬町
通油町
柳原土手
御籾蔵
佐竹右京大夫
郡代屋敷
浅草御門
柳橋
両国橋
回向院
西福寺
御米蔵
御舟蔵
相生町
一ツ目橋
松坂町
御蔵橋
浅草
田原町
本所
御竹蔵
石原町
浅草寺
弥勒寺
二ツ目橋
吾妻橋
津軽越中守
竪川
向島
西
南
北
東
三ツ目橋
横川町
横川
霊山寺
押上村

松平遠江守
八丁堀
日本橋
神田伊勢町
江戸橋
佃島
石川島
松平越前守
湊橋
銀座
霊岸島
豊海橋
田安殿
永代橋
秋元但馬守
御船手組
佐賀町
大川（隅田川）
中洲
上ノ橋
新大橋
北永堀町
仙台堀
海辺新田
永代寺
富久町
海辺大工町
深川元町
御籾蔵
相生橋
富岡八幡宮
正覚寺
冬木町
浄心寺
霊巌寺
高橋
小名木川
田安殿
洲崎
深川
土屋采女正
木置場
松平伊賀守

本文デザイン――ＣＧＳ
挿　画――三木謙次

桜ほうさら（上）

第一話

富《とみ》勘《かん》長屋

今日は珍《めずら》しいものを持ってきましたよ――

一

戸口から呼びかけられて、古橋笙之介《ふるはししようのすけ》は目が覚《さ》めたようになった。振り返ると、戸口に村田屋《むらたや》の治兵衛《じへえ》が立っている。手《て》ずから風呂敷《ふろしき》包みを抱《かか》え、小僧《こぞう》も連れずに一人で来たようだ。

笙之介は不思議でならない。立て付けのよくないこの出入口の障子戸《しょうじど》を、どうして治兵衛はこう音もなく開《あ》け閉《た》てすることができるのだろう。おかげでこちらはいつも不意打ちを食って、緩《ゆる》んでいるところばかりを見られてしまう。

「笙さん、また居眠りしてたんでしょう。何度も声をかけたのに」

治兵衛は狭《せま》い土間《どま》で履《は》き物《もの》を脱《ぬ》ぎ、勝手知ったる気安さであがりこんできた。四畳半一間の笙之介の住まいの半《なか》ばを占めている文机《ふづくえ》の上をさっと目で掃《は》いて、下絵用の粗紙《そし》にまだ何も描かれていないのを確かめると、含み笑いをする。

笙之介はあわてて手で目をこすり、硯《すずり》や筆洗《ふであら》いを脇《わき》にどけた。治兵衛が持参の風呂敷包みを、大事そうにそこに載《の》せる。

「寝ていたんじゃないんですよ」

　つい、言い訳がましくなる。

「桜を見ていたんです」

　戸口の反対側、物干《ものほ》し場の先に、一本の桜の木があるのだ。細い掘割《ほりわり》に面した土手の斜面に根を張って、水面《みなも》に大きく幹《みき》を傾《かたむ》けるようにして枝を広げている。

　ほう――と、治兵衛は桜の方に目をやって眩《まぶ》しそうな顔をした。

「よく見えますな。しかしこれは」

　首を捻《ひね》っているので、笙之介は言った。

「板塀《いたべい》が失《な》くなったんですよ。見通しがよくなったでしょう」

　十日ばかり前までは、この桜の木と土手のあいだに、これまたかなり傾《かし》いではいたが、一応は体裁《ていさい》の整った板塀があった。これがないと、掘割をゆく猪牙《ちょき》や荷足舟《にたりぶね》からこちら側がまる見えになってしまうし、風が吹き込んでたまらないし、風に大潮《おおしお》が重なれば水しぶきまで飛んでくる。だから有り難い板塀だったのである。

　しかしこれを、この長屋の子供たちがよってたかって倒して壊《こわ》して叩《たた》き割り、焚《た》きつけにしてしまった。そうしないと凍《こご》え死ぬような寒の戻りが五日も続いたからである。五日のあいだに、板塀はきれいに消えて失くなってしまったのだが、最初に手をつけられたのが笙之介のところだった。

子供らの大将格の太一《たいち》は、

――富勘《とみかん》に言いつけたらどうなるかわかってンな。

と、薪割《まきわ》りを手に笙之介に凄《すご》んだ。この子の歳《とし》はまだ十二で、笙之介はこれでも二十二である。しかも浪人とはいえ二本差しである。脅《おど》す方も脅す方なら脅される方も脅される方だが、

――私のところから壊し始めるなら、分け前ぐらいは欲しいんだが。

言ってみると、太一はちゃんと焚きつけを持ってきてくれた。これで言いつけようもなくなったわけである。

「眺《なが》めはいいが、笙さん、これから困りませんか」

「冬までには勘右衛門《かんえもん》さんが何とかしてくれるでしょう」

勘右衛門は、ここ、深川《ふかがわ》は北永堀町《きたながほりちょう》にある富勘長屋の差配人《さはいにん》である。地主の福富屋《とみや》は材木問屋で、屋敷は冬木町《ふゆきちょう》にある。このあたり一帯に広く地所を持っており、そこにある棟割《むねわ》り長屋の名前は、すべて頭に「富」を戴《いただ》くのがならいだ。富吉《とみよし》長屋、富善《とみぜん》長屋、富長《とみちょう》長屋などめでたい字面《じづら》だが、それらすべてを仕切る役割を

持つ差配人の名がくっついているのは、富勘長屋だけであった。勘右衛門本人も、〈富勘〉が通り名になっている。

かといって、ここに勘右衛門の思い入れが篤《あつ》いわけではない。むしろ福富屋の店《たな》子筋《こすじ》のなかではいちばん貧しくて、店賃を取り立てるのに手のかかる住人ばかりが寄っているとこぼしている。実際、貧乏長屋なのだ。そうでなければ勝手に板塀を叩き壊したりもしない。

ついでに言うなら、板塀が焚きつけに化《ば》けてしまったことが露見《ろけん》して、勘右衛門が頭から湯気《ゆげ》をたてて太一を探《さが》し回っているあいだじゅう、当の首謀者《しゅぼうしゃ》は笙之介のところに潜《ひそ》んでいた。たたんだ蒲団《ふとん》と夜着《よぎ》のあいだにはさまって、笙之介がその上に下絵を何枚も広げておいて、

——乾《かわ》かしているところですから、手を触《ふ》れないでください。

と、かばい通してやったのである。

まんまと逃げおおせた太一は、

——ハゲ勘も、笙さんには甘いんだよ。

やせてもかれてもさむらいだからと、生意気《なまいき》なことを言っていた。言う方も言う方だが言われる方も言われる方である。

その話をすると、治兵衛は愉快《ゆかい》そうにひと笑いした。

「太一はまだ逃げ隠れしてるんですか」

「いえ、とっくに御赦免《ごしゃめん》です。そこらを飛び歩いていますよ」

「富勘さんに見つかったらことでしょうな」

「もう湯気も品切れですよ。今さら怒ったってしょうがないし、あれで勘右衛門さんは面倒見《めんどうみ》のいい人だから、板塀も直してくれるはずです」

今度はそう簡単に焚きつけにされてたまるかと、福富屋にかけあって、うんと頑丈《がんじょう》なのを立ててくれるかもしれない。

「なかなかいい枝振りだが」

掘割まで開けた外に目をやり、治兵衛はちょっと首をすくめて、

「まだ一分咲《いちぶざ》きですな。それに今日の陽気じゃあ、開けっ放しは冷える」

吹き込んでくる川風は、確かに寒い。笙之介はこちらの障子戸を引いて、桜を隠した。

「墨《すみ》も摺《す》らんで見惚《みと》れていたとは、あの桜に、なんぞいい絵が見えましたか」

治兵衛の問いかけに、笙之介は火鉢《ひばち》の炭をつつき、温《ぬる》くなった鉄瓶《てつびん》を五徳《ごとく》に据《す》え直すあいだ、しばらく答えないでおいた。

「――国許《くにもと》の桜を思い出していました」

治兵衛の口元のやわらかい笑みが、ふととまった。

「藩校の庭に、あれとよく似た枝振りの桜の木があったんです。池の畔《ほとり》で、やっぱり水の上に身を乗り出すような恰好《かっこう》をしていました」

満開の候には、畔に咲く桜と水面に映《うつ》る桜とが二重写しになって美しく、〈鏡《かがみ》桜《ざくら》〉と呼ばれていたのだった。

「このごろ、お便《たよ》りなどは」

「年明けにあったきりです。変わりはないということでしょう」

良い方にも、悪い方にもと、心のなかで言い足した。治兵衛にはそれで通じた。無言のまま、軽くうなずいている。

村田屋は、深川佐賀町《さがちょう》にある書物《しょもつ》問屋である。治兵衛の兄の興兵衛《こうべえ》が三代目の主人で、大川《おおかわ》のこちら（東）側では、書物問屋としてはもっとも大きいお店だろう。商家から旗本、大名の下屋敷を顧客《こきゃく》に、手広く商《あきな》いをしている。

一方で村田屋は貸本屋も営んでいた。こちらは治兵衛が取り仕切っている。兄弟で商いを分担しているのだ。笙之介は興兵衛には一度しか会ったことがないが、物腰こそ柔《やわ》らかいものの、商人というよりは軍学者のような眼差《まなざ》しの鋭《するど》い人で、女子供も相手にする貸本業には不向きのように思われた。その点、地口《じぐち》も言えば噂話《うわさばなし》も無駄話も大好きで、笑うときには真っ先に目元から笑う治兵衛は、この商いにはうってつけだった。

歳は笙之介よりだいぶ上である。確かめたことはないが、ふたまわりは違うだろう。だが目立つ長身で細身に、くっきりとした目鼻立ち——とりわけ、太一たちに「炭と炭団《たどん》を並べたみたいだぁ」と言われる太い眉《まゆ》と大きな目が、不釣り合《ふつあ》いでいながら妙な愛嬌《あいきょう》を添えており、おまけに愉快なことがあるとどこでも子供のように手放しに笑うので、不思議と若々しい人物だ。

笙之介が治兵衛と知り合い、写本作りの仕事を請け負《うお》うようになって、そろそろ半年が経《た》つ。親しい間柄ではあるが、話し好きの治兵衛は、己《おのれ》のことに限っては進んで語らない。だから笙之介は、彼がかつて、娶《めと》ったばかりの愛妻を思いがけぬ凶事《きょうじ》で失い、以来ずっと、戒律僧《かいりつそう》のように独《ひと》り身を通していることを、つい先頃知った。勘右衛門が教えてくれたのである。

——あれで寂《さび》しい身の上なんだよ。

どうやら腰を据えてあの人と付き合っているらしいから、耳打ちしておくよと言われた。

このことを知っている者は、今の富勘長屋にはいないし、村田屋のまわりじゃ誰もけっして口に出さないから。

――笙さんだって、いくらうらなり瓢箪《ひょうたん》だろうが金がなかろうが風采《ふうさい》があがらなかろうが、まだ若いんだし男なんだし、女ッ気がほしいこともあろうさ。色っぽいことをしたいときもあろうさ。でもそんなときは、治兵衛さんを誘《さそ》ったり、手引きを頼んじゃいけないよ。酷《こく》だからね。

ここでもいいように言われた笙之介だった。

「さて」

笙之介が縁《ふち》の欠けた湯飲《ゆの》みで白湯《さゆ》を出す頃合《ころあい》になって、治兵衛は持ち前の大きな目で、じいっとこちらをすくい見た。

「笙さん、これが何か気になるでしょう」

「珍しいものだとおっしゃいましたね」

文机の上の風呂敷包みである。村田屋の屋号が入った藍染《あいぞ》めの風呂敷で、きっちり四角く包んである。

嬉《うれ》しそうにもみ手をしてから、治兵衛は固い結び目を解《ほど》きにかかった。

「驚いちゃいけませんよ」

いかにも驚いてほしそうに、くつくつ笑う。風呂敷のなかからは、何冊かの書物が現れた。いや、書物ばかりではない。半紙をぐるりと巻いた薄べったい包みがもうひとつある。それは何やら、薄い板を重ねたもののように見えた。

「まずはこちらだ」

治兵衛は文机の上に、書物の方を並べてみせた。四冊ある。どれも揃《そろ》いの装丁《そうてい》で、野菜の図柄を型で打ち出した紺色《こんいろ》の表紙に、浅黄《あさぎ》色の短冊《たんざく》型の題簽《だいせん》が付けてある。

その題簽の文字を見て、治兵衛の期待どおりに笙之介は驚いた。

「これは――『料理通《りょうりつう》』じゃありませんか」

揃ったんですねと治兵衛を仰《あお》ぐと、貸本屋の主人《あるじ》は目を輝かせていた。

「ええ。抜けていた二編と、去年出たばかりの四編が一緒に手に入りました」

同じ意匠《いしょう》の書物が四冊、しかし、これの作られた年代は少しずつ違うのだ。初編は文政《ぶんせい》五年（一八二二）、二編は文政八年、三編が文政十二年、そしていちばん新しい四編は天保《てんぽう》六年（一八三五）に出ている。十三年がかりである。

『料理通』は、江戸随一《ずいいち》の料理屋「八百善《やおぜん》」が、店で客に供する料理について記《しる》した書物だ。献立《こんだて》を四季に分けて配列し、それぞれに料理法についての解説が付けてある。それだけでも充分に贅沢《ぜいたく》だが、加えて綺羅星《きらほし》のような文人画人たちの文章や図や彩色《さいしょく》版画が添えられているところがまた豪奢《ごうしゃ》だった。

文化文政のころには料理本が大流行し、さまざまな意匠と内容のものがたくさん作られ、広く読まれた。しかしそれらのなかでも『料理通』は図抜《ずぬ》けて名高く、何より名店の八百善が出したところに他にはない意義がある。

というようなことは、無論、治兵衛の下で働くようになって初めて知った。笙之介が生まれ育った上総《かずさ》国搗根《とうがね》藩は江戸から二日の旅程にあるが、開幕以来の旧《ふる》い藩とはいえ一万五千石の小藩である。加えて現藩主の千葉《ちば》家は謹厳実直《きんげんじっちょく》、質素倹約、武を重んじる家風だから、おのずと家中もそれに倣《なら》い、華美な料理本などどこにも用がない。仮にあったとしても、笙之介の生家古橋家、禄高《ろくだか》八十石の手の届くところにはなかった。

そのつましい家禄さえ召し上げになり、父を亡くし、嫡子《ちゃくし》である兄は国許で親戚のもとに身を寄せ蟄居《ちっきょ》の日々を送っている今ならば、なおさらである。

――それなのに。

こうしてきらびやかな『料理通』を眼前にしている己は一体、何者なのだろう。ここで何をしているのだろう。障子は閉めたはずなのに、不意に胸元を冷たい風がよぎるようだ。

「売り出したときには、これに書袋《ふみぶくろ》が付いていたらしいのですよ」

二編を手に、見返しのところを示しながら治兵衛が言う。笙之介はまばたきをして目を上げた。治兵衛はうっとりとした眼差しになっている。

「八百善の暖簾《のれん》を模した意匠でしてね。洒落《しゃれ》た趣向です。挟《はさ》み込んであっただけなので、残念ながら転売のあいだに抜け落ちてしまったんでしょう」

「探せば出てくるかもしれませんよ。先《せん》の引き札《ふだ》（チラシ）のように」

「そうそう。まだ楽しみが残っているというものです」

笙之介はおっかなびっくり四編を手にしてみた。他の編も良好な状態だが、やはり新しいだけに、いちばん色目も鮮やかだ。

「これには卓袱《しっぽく》料理や普茶《ふちゃ》料理が書かれているんです」

「しっ、しっぽく……」

「長崎の郷土料理ですよ。普茶料理は禅宗の一派の精進《しょうじん》料理です」

はあ、という顔をするしかないので、笙之介はそうした。

「字だけなら何とでもなりますが……」

治兵衛は笑う。「ご安心なさい。私《あたし》も、やっと揃えたこいつをいきなり笙さんに預けようというほど無欲にはなれません。当分、手元に置いて大事に楽しみます」

笙之介は大いに胸を撫《な》で下ろした。

「それでも、目の保養にと思いましてね」

揃ったのを見せびらかしたかったしと、治兵衛は言う。

「保養にはなりますが、心《しん》の臓《ぞう》には悪いようです」

さっきから手が震《ふる》えて仕方がない。

「私には、やっぱりまだまだ、もっと気楽な古書の方がいいようです」

村田屋へ出向き、今の仕事を預かってきたのが五日前のことである。約束の日にちはだいぶ先だ。それだからこそ、のんびり桜を、それも一分咲きのまだうすら寒いような眺めに見惚れていられたというわけなのだ。

「でも、仕事の話もないわけじゃない」

治兵衛は言って、『料理通』を拝《おが》むようにして、もうひとつの包み、半紙でざっとくるんだ方を取り出した。

「実は、珍しいものというのは、こっちの方なんです」

ひと目では何だかわからない代物《しろもの》だった。半紙より少し小さい大きさの薄い板きれに、刷り物が貼《は》ってある。それはわかる。だが、刷ってある絵柄がわからない。

笙之介は目を近づけてみた。

瓦《かわら》屋根がある。廊下《ろうか》があって、これは欄間《らんま》か。畳《たたみ》が敷いてある、これは座敷だろう。いくつもある。床《とこ》の間《ま》には掛《か》け軸《じく》と花器《かき》。

「こいつは〈起こし絵〉というものです」と、治兵衛は言った。「切り抜いて組み立てると、小さな『八百善』が出来上がるんですよ」

あっと思った。なるほど。建物だけではなく、家具や調度も描き込んであるのだ。

「まあ、玩具《おもちゃ》のようなものですがね。よくできているでしょう?」

料理本が大流行したころは、八百善が名亭の評判を確立したころでもある。庶民ばかりか、そこそこの身代《しんだい》を持つ商人あたりにも遠い憧《あこが》れの的だった八百善は、こんな形でもてはやされることもあったのだ。

「よくまあ、きれいに残しておいてくれたものです。あたしもまさか、これがそっくり手に入るとは思わなかった」

ひとつ組み立ててみませんか、という。

「私が?」

「造作《ぞうさ》ないでしょう。筆さんは絵や字が上手《うま》いだけじゃない、手先が器用なんだから」

「貴重なものなんでしょう?」

「それだって、いっぺんは組み立ててみないことには、勝手がわからないじゃありませんか」

雲行きが怪《あや》しくなってきた。

「勝手――とは」

「あたしはこれをお手本に、新しい〈起こし絵〉を作って売り込もうと思うんですよ。手始めは、ここらの料理屋にね」

それすなわち、筆之介にその作り方を考案しろということだ。

「世の中、だいぶ息苦しくなってきてますがね。去年の御鋳造《ごちゆうぞう》でも、町場《まちば》の暮らし向きが目立って良くなったわけじゃない。むしろ悪くなってるくらいだけども、こういうときこそ商いには工夫《くふう》が要《い》るってもんでしょう」

筆之介はあらためてしげしげと件《くだん》の〈起こし絵〉を検分した。

「しかしこれは、名高い八百善のものだからこそ価値があったんじゃありませんか」

生涯、夢のなかでさえ庶民には縁のない場所だからこそ。

「この界隈《かいわい》の貧乏所帯には、八幡様《はちまん》の二軒茶屋《にけんぢやや》も、八百善と同じくらい遠い場所ですよ」

それは筆之介も然《しか》りである。

「料理本だって同じだ。うちから料理本を借りるのは、料理人ばかりじゃない。見るだけでもお腹《なか》いっぱいになるっていうお客も大勢いるんです」

確かにそうだろう。また村田屋は、そういうお客たちのために、安価な写本を作ることを進んで始めた貸本屋なのだ。おかげで笙之介も飯《めし》が食えている。

「それに、料理屋がお客にお土産《みやげ》として持たせるというのもいい手だと思うんです。あるいは、仕出しに付けるとか」

そっちの方がまだ使い道がありそうだ。子供は確かにこういう玩具が好きそうだが、たとえば太一など、豪勢な料理を出す店に興味を持つとは思えない。持っても、買うだけの金がない。笙之介の目に入るところでは、子供たちの玩具は、自分で調達するか、自分でこしらえるものである。

「わかりました。やってみましょう。でも、上手く組み立てられるかどうか……」

「し損じたからって、笙さんに払う労賃で弁償《べんしょう》しろなんてしみったれたことは言いませんから、ご安心なさい」

治兵衛は笑顔で言うが、笙之介にとっては死活問題である。

「実は、『平清《ひらせい》』にはもう話を持っていってあるんです。面白《おもしろ》いじゃないかと乗り気でした」

平清は深川では名の知れた料理屋だ。治兵衛は商いばかりでなく、客としても出入りしたことがあるのだろう。村田屋は手堅《てがた》く繁盛《はんじょう》している。

「飯粒《めしつぶ》を練《ね》って糊《のり》にすれば、湯気をあてるだけで剝《は》がして貼り直しもききますからね。まあ、そんな顔をしないで、気楽にやってみてくださいよ」

風呂敷包みを腕に、立ち上がりしな、治兵衛は言い足《た》した。「そもそも起こし絵の方はもらい物でしてね。あたしは一銭《せん》も出してない。だから損はありません」

そういうことは最初に教えてほしい。

治兵衛を送り出し、立て付けの悪い障子戸をがたぴし閉め直して文机の前に座ると、ため息が出た。

面倒だと思うわけではない。実は笙之介は、こういう細かい手作業が性《しょう》に合っている。それどころか好きなのである。

——でもなあ。

商いというのは不思議だ。ここで暮らすようになって半年余り経ち、治兵衛とはあれこれとやりとりを重ねてきたけれども、今ひとつ笙之介にはピンとこない、腑《ふ》に落ちないことが多い。ああすれば売れる。こうすれば評判になる。こうすればお客がつく。これをやるとお客が遠のく。国許では考えもしないことばかりだった。

いや、武士の考えることではなかったのだ。

――本当に、遠くへ来てしまった。

今さらのように思うのだった。

一

笙之介は文化《ぶんか》十二年（一八一五）の生まれである。治兵衛に言わせると、

「御府内で朝顔の栽培が流行し始めた年ですよ。凝《こ》り性《しょう》の人たちが、いろいろな朝顔を掛け合わせて、変わった色や形の新種を作ろうと夢中になりましてな。うちもずいぶんと、その手の指南書で儲《もう》けさせてもらいました」

という年だそうである。

笙之介の生地、上総《かずさ》国搗根《とうがね》藩で、そのころ朝顔栽培が流行《はや》ったという話を聞いたことはない。仮にそんな流行があったとしても、父、古橋宗左右衛門《そうざえもん》は知らなかったろう。小納戸役《こなんどやく》に就《つ》き、呉服や日用品を管理するそのお役目柄《やくめがら》、着物や焼き物、漆器《しっき》などには多少の知識を持ち合わせていたけれど、どの道にも凝る人ではなかった。愉《たの》しみといったら、犬が好きだったので、どこかの飼い犬が仔《こ》を産むといそいそともらってきたり、痩《や》せ犬を見るとつい餌《えさ》をやってしまって庭先に居着かれたり

しては、母の里江《さとえ》に叱《しか》られていたことぐらいだろうか。

筆之介は次男である。二つ年上の兄・勝之介《かつのすけ》は、揚根藩の気風そのままの武張《ぶば》った気性《きしょう》で、幼いころから剣術修行に励んでいた。その甲斐《かい》あって、二十歳《はたち》になるやならずで藩の道場の師範代《しはんだい》を務めるまでの腕前になった。

主家の千葉《ちば》氏には、鹿島新陰《かしましんかげ》流を祖に、居合《いあ》いの呼吸を取り入れた独自の剣法〈都賀不念《つがふねん》流〉が伝わっている。都賀はこの創始者である剣士の姓で、不念とは〈念ずることなく打ち込む〉。立ち合いの場では、頭であれこれ考えていては不覚をとる。念を無にして神速の一刀に尽くすというほどの意味だろう。ただ純然たる居合い抜きではないので、二合《ごう》、三合と打ち合わせる技《わざ》もあり、そこには体術《たいじゅつ》も組み合わされている。

つまり、とことん実戦向きの剣だということだ。宗左右衛門の父、筆之介の祖父のころには、槍術《そうじゅつ》も重んじられていたという。かつて合戦の場では、槍《やり》は刀より威力があったからである。

こんな流派の剣術に長《た》けているというのは、そのまま気性の強さを表す。勝之介は精悍《せいかん》で、武士《もののふ》らしい気概に溢《あふ》れた人物なのだ。

一方、筆之介は、はっきり言って気が弱い。剣術も苦手《にがて》だった。竹刀《しない》でこっぴどく打ち据えられて、顔や手足を腫《は》らして道場から帰り、やはり里江に叱られたことは数知れない。屋敷の庭に据えた藁筒《わらづつ》を相手に、兄に稽古《けいこ》をつけてもらい、やっぱり叱り飛ばされたことも数え切れない。今となっては懐《なつ》かしいけれど、思い出せばいろいろな意味であちこちが痛む。

これはしかし、笙之介が兄に似なかったというより、勝之介が古橋家では異色だったと言った方が正しい。宗左右衛門も剣の腕はからっきしだったからだ。若いころ、城下の外《はず》れで飢《う》えた野犬《やけん》に吼《ほ》えかかられて、剣を抜いたものの、斬《き》り伏せるどころか近づくことさえできなくて逃げ帰ったことがある。結局その犬は、後に父の朋輩《ほうばい》の手で退治されたのだが、以来、「古橋の剣は不念流にあらず。犬も斬れぬ不《ふ》犬《けん》流だ」と笑われる種《たね》になった。

父は父なりに、不面目《ふめんぼく》だったろう。しかし、思い出したように蒸し返されては昔の恥《はじ》を囃《はや》されても、一度として怒ったことはなかった。弁解することもなかった。バツが悪そうに黙《だま》っているだけだった。

笙之介は、そういう父が好きだった。

野犬を斬れなかったのは、ただ臆病《おくびょう》だったせいではなく、犬を哀《あわ》れんだからではないかと思う。だからもしも、その犬が恐水病《きょうすいびょう》にでもかかっていて、野放しにしておいては危険だし、犬も苦しむだけだと思ったなら、何としても斬ろうとしたろう。そういう責任感には厚い人だった。

――野の犬までが飢えるのは、この地を治める人の采配《さいはい》に足らぬところがあるからだ。

笙之介には、そう言っていたこともある。

それぞれ理由は違っていたけれど、母と兄は、この父と合わなかった。親子にも相性《あいしょう》はある。一本気で負けず嫌《ぎら》いの勝之介には、父の穏和《おんわ》さが怯懦《きょうだ》に映ったのだろうし、父は父で、己に似ぬ出来物《できぶつ》の嫡男《ちゃくなん》を、早い時期から何となく憚《はばか》っていた。そういえば二人は顔も身体《からだ》つきも似ていない。

勝之介も幼いころは、父が〈不犬流〉と謗《そし》られるのが口惜《くちお》しくて、剣の腕を磨《みが》いた。が、磨きに磨いてまわりから一目《いちもく》置かれるようになると、今度は彼自身の目にも父が軽く見えるようになってきた。武辺者《ぶへんしゃ》を尊《たっと》ぶ家中の気風がそれに拍車《はくしゃ》をかけた。父と兄の不仲は、そんなところに根があるのだろうと、笙之介は思っていた。不幸な循環である。

母・里江の側には、もっとわかりやすい根がある。里江の実家の新嶋《にいじま》家は、古橋家よりもはるかに家格が高い。縁者には藩の重臣もいる。本来なら、古橋家に嫁《とつ》ぐような人ではなかったのである。

それがなぜ零落《れいらく》するように古橋家に来たかといえば、これが里江にとっては三度目の婚姻だったからだ。最初の夫とは嫁《か》して早々に死別、二度目の嫁ぎ先では姑《しゅうとめ》との不仲に悩み、諍《いさか》いが絶えず、子宝に恵まれなかったこともあって二年で離縁となった。

二度出戻った里江を、実家でも持て余した。本来、武家の女の居所は生家にはない。何とかどこかに縁づけたい。だが、里江が姑を罵《ののし》るような悍馬《かんば》であるという噂が広まると、最初の夫も実は里江が食い殺したのだという話まで持ち出されてきて、再嫁先は容易に見つからなかった。

そこで、当時古橋家の家督を継いだばかりだった宗左右衛門に白羽の矢が立った。へっぴりであるのを見込まれたというか、つけ込まれて里江を押しつけられたのだ。二十四年前の話である。

笙之介は父の穏和を愛する。だが、このときばかりは父上、生来の柔和をかなぐり捨ててでも、この縁談を固辞するべきでしたと思うことがあった。もっとも、それだと笙之介も生を受けることはできなかったのだが。

里江は古橋家に嫁し、皮肉なことに、今度は間もなく勝之介を産んだ。続いて笙之介が生まれた。

　里江は実家の家格を背負っている。居場所はなくとも、いや、だからこそ矜持《きょうじ》はある。品下《しなくだ》るような二度目の縁組を、幸せに思うはずがなかった。しかも夫は、勝ち気な里江から見れば雨に濡《ぬ》れた犬のような男である。万事が万事、面白くない。

　ところが、生まれた嫡男は、思いがけず豪毅《ごうき》な素質の持ち主だった。育つにつれて、その才幹がはっきりしてゆく。何から何まで夫とは対照的である。里江はこの子に入れ込んだ。自然、勝之介も里江を慕《した》う。そして彼は彼で父を軽んじる心を育ててゆく。だから、この母子はよく気が合った。

　生家のことで、笙之介に嫌《いや》な思い出ばかりがあるわけではない。父に似ておとなしく、兄に比べられたら足りぬところばかりの笙之介でも、里江にぞんざいに扱われた覚えはない。母は、父とのあいだに通い合うものを育てられなかったことを埋め合わせるように、兄弟には愛情を注《そそ》いでくれた。ただ、頑是無《がんぜな》い子供が己の意志を持ち、気質が固まってくる頃合になると、母が兄には期待を寄せても、彼にはほとんど何も求めていないということを、笙之介はだんだんと覚《さと》るようになった。母が求めるものを、自分は持ち合わせていないと言ってもいい。

　跡継ぎは兄上だ。いっそ気楽でいい、とも思った。ただ、いつか自分が家を出てしまうと、父上はどうなるだろうと案ずることはあった。地味な役務を淡々《たんたん》とこなし、家では犬をかまい、用人《ようにん》たちと親しく語っては、庭を耕《たがや》してつくった菜園で青菜や芋《いも》を育てている父の背中を見るたびに、漠然《ばくぜん》とした寂しさにとらわれて、ものが言えなくなることもあった。

今から思えば、その程度の不安や寂寥《せきりょう》など、現実に襲《おそ》いかかってきたものに引き比べれば、何ほどのものでもなかったのだけれど。

一昨年、天保五年（一八三四）七月の朔日《さくじつ》、古橋宗左右衛門は突然、藩の目付《めつけ》役の取り調べを受けることになった。

御用達《ごようたし》の道具屋〈波野千《はのせん》〉から、賄賂《まいない》を受け取った疑いがあるというのである。これは当の商家の訴《そ》によるものだった。五年前から古橋様の要求に応じてきたものの、年々賄賂の額が増えてきて、今般《こんぱん》はとうてい応じきれない、窮《きゅう》したあまりに、お咎《とが》めを承知で訴え出たというのである。

宗左右衛門には、身に覚えがなかった。

古橋家の暮らしはつましい。目立つ贅沢《ぜいたく》といえば、里江が実家の暮らしを懐かしみ、己の出自を誇《ほこ》ることもあって、家禄の割には雇人《やといにん》の数が多いことぐらいだろう。そういえば父が庭で畑をつくっていたのも、苦しい家計の足しにするためではなく、ただ土いじりが好きだったからである。古橋家くらいの禄高の家では、用人には武士ではなく、領内の農家の者を雇うことが多かったが、宗左右衛門は彼らから畑づくりを習った。己の禄《ろく》のもととなることなのだから、その実際を知っていた方がいいという考えもあったようだ。しかし里江はこれを激しく嫌っていた。確かに、一般には小納戸役のすることではなかった。

波野千からの訴えには、動かぬ証拠があった。宗左右衛門が自《みずか》ら、賄賂の受け渡しやその額、秘匿《ひとく》の方法などについて書き記し、与えたという文書である。それも微妙に細部が異なるものが、五年分にわたって複数残っているというのである。波野千の主人が、いざというときのために隠し持っていたというのである。

宗左右衛門は驚愕《きょうがく》した。これもまた、まったく身に覚えがなかったからだ。

しかし、件《くだん》の文書の手跡《しゅせき》は、彼の目にも彼自身のものとしか見えなかった。

勝之介は既《すで》に、父の跡を継ぐ身として、小納戸役の下役を務めていた。二十歳《はたち》の笙之介は藩校〈月祥館《げっしょうかん》〉に通っていた。ここの老師である佐伯嘉門之助《さえきかもんのすけ》に見込まれ、学問を続けながら、祐筆《ゆうひつ》への取り立てを運動してもらっているところだったのだ。

搗根藩では、主君の側《そば》近くに仕える祐筆を務める家柄は、代々決まっていて動かせない。ただ、他の役職の家の子息でも、優秀な者があれば、佐伯老師は労を厭《いと》わず育て上げ、ふさわしい役務に有り付けるよう計《はか》らってきた。その場合にもっとも手っとり早い手段は藩の実力者との養子縁組で、実は笙之介にもその話が進んでいた。家中でもっとも旧くから祐筆役を務めている加納《かのう》家に男子がなく、娘に入り婿《むこ》を求めていたからである。

笙之介にとっては願ってもない話だった。武は苦手だが、文なら得意だ。何より好きだ。縁談の相手にはまだ会ったことさえなかったけれど、小藩のなかのことだから、噂は聞いていた。搗根の地の海辺で、夏によく咲く浜木綿《はまゆう》のような娘だと評判だった。さらに願ってもない話だった。これには、両親も喜んでいたのだ。

そこへ、降って湧《わ》いたような宗左右衛門の賄賂の疑惑であった。

取り調べは何日も続いた。しかし、いっかな進まなかった。同じところで堂々巡《めぐ》りばかりしていたのである。宗左右衛門には身に覚えがない。だが証拠の文書はある。どう見ても己の手跡だ。しかし書いたことはない。釈明《しゃくめい》を求められても、書いておりませんとしか言えないのだった。

一方、波野千の言い分は首尾一貫しており、主人の恐れ憚る様子にも虚偽《きょぎ》は感じられなかった。波野千の看板《かんばん》と、他の搗根藩御用達商家を守るため、死罪を覚悟で訴に及びましたと神妙なのであった。

五年前といえば、確かにこの店が、藩の御用達として出入りを認められた年だった。入札《いれふだ》の結果、それまで御用達の商家と入れ替えたのである。

このとき、入札の手配万端を調《ととの》えたのは、古橋宗左右衛門その人だった。賄賂のやりとりもそこが始まりであったと、波野千は言うのである。

宗左右衛門に、逃げ道はなかった。

さらに調べが進むにつれて、宗左右衛門に大いに不利な事情が明らかになった。賄賂で巻き上げた金の使い道についてである。

小納戸役は役方《やくかた》（文官）だ。宗左右衛門にはふさわしい役職だった。しかし跡継ぎの勝之介は家中に名を知られた剣士である。彼の本心は番方《ばんかた》（武官）の役職にあり、それは周囲の者たちにもよく知られていた。

母の里江が、勝之介と同じくらい強く、それを望んでいることも。

なぜなら搗根藩には、家柄からではなく、実力で重臣の地位に就く抜擢者《ばってきもの》は、番方出身の者というならいがあるからだ。いささか時代遅れの感はあるが、武を重んじる家風ならではの、永年の慣習だった。

里江は実家の新嶋家に働きかけ、こちらもこちらで密《ひそ》かに運動していたのだった。それには金が要る。里江は、古橋家の家禄からは捻出《ねんしゅつ》できぬほどの金をまいていた。その出所はどこだという詮索《せんさく》になった。

種を明かせば、それも里江の実家に決まっている。あのころも今も、笙之介はそう思う。ほかにあるわけがない。里江を冷たくあしらってきた新嶋家でも、勝之介には期待を抱《いだ》いたとしても不思議はない。

しかし、金銭を媒介《ばいかい》にした役職有り付きの運動は、武士にとっては卑《いや》しいことだ。こんな形で露見した以上、藩の重臣に連《つら》なる新嶋家が、はいそうですと認められるわけがない。

里江は追い詰められた。

その段階になって、宗左右衛門が白状した。賄賂をとったと認めたのだ。その金は、彼一人の裁量《さいりょう》で、勝之介の番方登用のために費《つい》やしましてござる、と。

父が罪を認めたと聞いたとき、笙之介は驚かなかった。この窮状だ。父はきっとそうすると覚悟していたからだ。母を守り、勝之介を守るためである。

それでも、処分はすぐには下されなかった。事の成り行きに、殿が納得なさらなかったのだという。どうにも話が安易《あんい》に出来すぎていると、渋面《じゅうめん》を隠さなかったという。

揚根藩主千葉有常《ありつね》は当時、四十五歳。家臣のあいだで、とりたてて英明であるという評判もない主君ではあった。だが暗愚《あんぐ》でもなかった。これも佐伯老師の話だが、揚根藩千葉家には表立った内訌《ないこう》こそないものの、幾重《いくえ》にも血縁と姻縁《いんえん》が絡《から》み合った藩内のせせこましい勢力争いは、昨日今日始まったものではなかった。誰よりも、殿がそれをよくご存じだった。今般の賄賂騒動も、その因縁《いんねん》がほころび弾《はじ》けて表に出たもので、古橋宗左右衛門はただの捨て駒《ごま》か、誰かの身代わりに過ぎぬであろう。この件にはまだ裏があると、殿は見抜いていたのである。

宗左右衛門は役職を解《と》かれ、蟄居閉門《ちっきょへいもん》を命じられた。屋敷の周辺には竹矢来《たけやらい》が巡らされ、見張りの番士が立った。これは最終的な処分ではなく、事を底から明らかにするまでの、一時的な措置《そち》であると、笙之介は信じた。

しかし。

閉門から三日後の未明、古橋宗左右衛門は自邸の庭先で腹を切った。めまぐるしい悪夢のようだった夏が過ぎ、夜明け前の庭では秋の虫がか細く鳴いていた。介錯人《かいしゃくにん》はなかった。いち早く異変に気づいた勝之介が、腹からおびただしい血を流して悶絶《もんぜつ》する父の首を落とした。後《あと》介錯である。ひと足遅れた笙之介が庭へ飛び降りたときには、宗左右衛門は絶命していた。

――なぜだ。

血刀《ちがたな》をさげ、蒼白《そうはく》の兄が呻《うめ》くように言うのを、笙之介は耳にした。

――なぜ最初から、私に介錯を申しつけてくださらなかった。

それでは酷《むご》いと思ったからでしょうと、笙之介は思わず応じた。すると勝之介は、今にも笙之介を斬ろうとするかのような勢いで食ってかかってきた。

――ならばこれが酷くはないのか？　これが無惨《むざん》ではないのか？

無様《ぶざま》だ、と吐《は》き捨てた。

笙之介には、もうひと言もなかった。

古橋家は廃絶になった。勝之介と笙之介は新嶋家にお預けという処分が決まり、里江もそれに従う。波野千の主人は磔《はりつけ》、妻子は藩外へ追放のうえに三百両の過料《かりよう》を科《か》せられたが、店の看板だけは残された。闕所《けっしょ》（身代取り上げ）にしてもおかしくないところを、主人の自ら訴に及んだのが殊勝《しゅしょう》であることを認め、罪一等を減じた形である。

事件はこうして終息した。嵐は去った。

勝之介と笙之介は、新嶋家で一カ月のあいだ謹慎《きんしん》した。その後、勝之介は道場へ、笙之介は月祥館へ戻ることを許された。勝之介の場合は新嶋家の取りなしに依《よ》るところが大きかったのだけれど、笙之介については、佐伯老師が働きかけてくれたのだ。月祥館はもともと儒学者である老師の家塾だったものが、先代藩主の治世に藩校へと取り立てられたので、これには千葉氏代々の家老の家柄である黒田《くろだ》家の後押しがあった。今では老師は搗根藩の家中学問指南のお役を拝命し、藩儒《はんじゅ》の地位を持つ。黒田家とは今も親しい。それを利用して、さらに老師は、笙之介を自分の書生として使うことも願い出てくれた。

「重々承知のことだろうが、おまえの出世の道は絶えた」

老師は笙之介を面前に座らせて、粛々《しゅくしゅく》と説《と》いた。無論、祐筆の加納家への婿入り話は消えていたのである。

「ならばいくら学ぼうと甲斐《かい》はないとおまえが思うのならば、是非もない。書生と言えば聞こえはいいが、これからのおまえは下男も同様じゃ。学友たちの目も冷ややかだろう。それでも学びたいとおまえが思うのならば、儂《わし》は変わらず、おまえの師じゃ」

笙之介はこのとき少し涙を流して、老師に叱られた。

それからの毎日は忙しく過ぎた。下男も同様はやや言い過ぎだったが、三十数名の藩士らがこぞって学ぶ月祥館の切り回しは御用繁多《ごようはんた》で、笙之介が書をひもとき、硯《すずり》に向かうのは早朝か深夜に限られた。それ以外のときは雑用に追いまくられていた。

木枯《こが》らしが吹くころには、新嶋家から佐伯家へ居を移し、住み込みで老師の身の回りの世話までするようになった。書生である。老師は早くに妻を亡くし、子供もない一人住まいで、腰の曲がった婢《はしため》が内を取り仕切っていた。筆之介はこの婢、そえという人から、炊事《すいじ》や風呂《ふろ》焚き、厠《かわや》の掃除《そうじ》の仕方まで仕込まれた。こちらも厳しい師匠《ししょう》であった。

先は見えないけれど、眠れば朝が来て、新しい一日が始まる。その一日は前の一日と同じ繰り返しで、それでもこのころの筆之介は、まだ淡い期待を抱いていた。

殿の心中に、である。

古橋宗左右衛門という、いわば生き証人を欠いて、小納戸役と波野千の癒着《ゆちゃく》の一件はしりすぼみになった。しかし殿は、疑いを抱いておられたはずである。その疑いは、隅々《すみずみ》まで晴れきってはいないはずである。

いつか、また動きがあるのではないか。

主人が磔にかかり、看板が残ったとはいえ抜《ぬ》け殻《がら》になったはずの波野千が、年が変わって天保六年早々に営業再開を許されたことも、筆之介の心を騒がせた。しかも新しい主人は、罪人となった先代の弟だという。

このお咎めは、やはり軽い。そこに、何かしら隠されたものがあるのではないか。そう感じるのは自分だけだろうかと、笙之介はしばしば自問自答した。これを不審《ふしん》に思う人びとが、ほかにはいないのか。殿は、この動きをどのように見ておられるのだろう。

事はまだ終わっていない。明るみに出ていないものがある。そう思えてならなかった。

時の流れは、人の心に潜む屈託や、小さな希《のぞ》みなどかえりみることはない。月祥館で働く笙之介の日々は、流れるように過ぎた。年が改まり、やがて梅のつぼみがほころび、鏡桜がひととき咲き誇って散り、搗根藩の山麓に新緑が生《は》える。梅雨《つゆ》のころには書物の黴《かび》への用心を厳しくそえに仕込まれ、幾度かの激しい雷雨を節目に鬱陶《うっとう》しい雨雲が去ると、油照《あぶらで》りの夏が到来する。

父のいる生家で暮らしていたころよりも少し痩せ、少しだけ目元が引き締まった笙之介のもとに、思いがけず母・里江が訪《たず》ねてきたのは、そんな夏空のある日のことであった。

久しぶりに会う母は、父の逝去《せいきょ》直後に比べて、少し顔色《がんしょく》が戻っていた。両肩が痩せたのはそのままだが、一時はげっそりと削《そ》げていた頬《ほお》の線は、やわらかみを取り戻している。

夫運がないだの、悍馬《かんば》だのと風評される以前は、里江はむしろ、その容色の優《すぐ》れていることで、よく人の口の端《は》にのぼっていた。若いころには、揚根藩どころか上総国一の美女だと謳《うた》われたこともあるそうだ。今ではさすがにその美貌《びぼう》も衰《おとろ》えたけれど、名残《なご》りの艶《つや》はある。

その母に、生気《せいき》が戻りつつある。それが嬉しい。子供のようだけれど、こうして母に会えたことが嬉しい。

宗左右衛門の切腹以来、里江は表情というものの一切《いっさい》を失ってしまったように見えた。笑みがないのは当然としても、涙もないのだ。目が凍《こお》っていた。里江の身体の、肌《はだ》の一枚下ではすべてが凍りついていて、そのぶ厚い氷の一端が、両の瞼《まぶた》の間から覗《のぞ》いているかのようだった。

声も、めったに発しなかった。たまに口を開くのは、決まり切った挨拶《あいさつ》と謝辞《しゃじ》を述べるときだけだ。そういえば、笙之介はあれ以来、母に名を呼ばれたことがない。

兄のことは、さまざまな場面で、

――勝之介殿。

あるときは怯《おび》えるように、あるときは機嫌《きげん》を伺《うかが》うように、あるときは叱るように、微細《びさい》に口調を変えて呼びかけるのを聞いたことがあるけれど、笙之介は呼ばれなかった。

その母が、自ら足を運んで会いに来てくれたのだ。目の氷も溶《と》けている。ただただ嬉しくて、笙之介の頭には、〈用件〉などというものはまったく浮かばなかった。

「母上にもお変わりなく――いえ、お顔の色が少しよくなられましたね。兄上は」

急《せ》き込んで語り、問おうとする笙之介を、里江はぴしゃりと遮《さえぎ》った。

「勝之介殿もわたしも、変わりようがありません。それはあなたも同じこと」

里江の目の氷は溶けても、その冷たさには変わりがないのだった。

「今日はあなたに大切な用向きがあって参ったのです。余計《よけい》なおしゃべりをしている暇《ひま》はありません」

しゃべりかけた口の形をそのままに、笙之介は黙った。

廊下からそえの声がした。障子は開け放してある。里江と笙之介は罪人の妻子だから、母子といえども密談は控《ひか》える形をつくらなければならない。

「いらっしゃいませ」

腰の曲がったそえが、さらに背を丸めて畳《たたみ》に手をつき、茶を運んできた。里江は黙礼《もくれい》もせず、硬《かた》い表情《かお》をしてそえの手つきを眺めている。そえも里江を見ようとしない。

沈黙が重たくて、笙之介は言った。

「そえ殿、私の母です」

そえは顔を伏せたまま、頭だけ下げてものも言わず、よたよたと出ていった。里江も終始無言で、目を逸《そ》らしていた。

「あれはこの家の婢でしょう？」

そえが去ると、里江が押し殺したような声で訊《き》いた。

「はい」

「あなたは、婢を〈そえ殿〉などと呼ばされているのですか」

情けない――と、くちびるを嚙《か》む。

笙之介はあわてた。別段、老師から指図を受けたわけではない。そえにはいろいろと教わることが多いので、自然とこう呼ぶようになったのだ。

「佐伯様の奥様ならともかく、下女ではありませんか」

里江の声が強い。叱責《しっせき》の声音《こわね》だ。母の里江でございます、笙之介がお世話をおかけしております――それぐらいの挨拶があるかと思ったのに、まるで違う。

「あなたはこちらで、飯炊《めした》きや水汲《みずく》みをしていると噂で聞きました。本当ですか」

こくりとうなずきかけたのを強《し》いて堪《こら》え、笙之介は面《おもて》を上げ、声に出して「はい」と答えた。

里江の眉間《みけん》に皺《しわ》が浮かんだ。

「下女と一緒に立ち働いているのですね」

「書生の仕事のうちです」

「あなたは、学問をするためにここにいるのではないのですか」

「先生の身の回りのお世話をすることも、学問に通じているのです。行住坐臥《ぎょうじゅうざが》、師のすべてに学ぶことがあるのです」

里江はまた、くちびるが白くなるほどに噛みしめた。

「悔《くや》しくはないのですか」

呟《つぶや》くように問いかけてから、里江は自分でその問いを打ち消してかぶりを振った。

「こんな話をしていても甲斐はありませんね。時が惜しいだけです」

実は——と身を乗り出し、にわかに声をひそめた。

「笙之介、あなたに江戸へ行ってもらうことになりました」

笙之介は目を瞠《みは》った。藪《やぶ》から棒《ぼう》である。

「私が、江戸に？」

声がふらついてしまう。

「何のために参るのでしょうか」

「藩邸に、留守居役《るすいやく》の坂崎《さかざき》様をお訪ねするのです。坂崎重秀《しげひで》様ですよ」

留守居役は江戸藩邸に常住し、藩と幕閣《ばっかく》との交渉や諸事の連絡を務める重要な役職である。部屋住みの身で、江戸へ出府したこともない笙之介には、名前ばかりの存在だ。

「坂崎様には、既にお話が通っています。文《ふみ》のやりとりばかりでは迂遠《うえん》なので、あなたを江戸に寄越《よこ》すようにというのは、坂崎様からのご指示なのですよ」

そこまで言って、里江は背を伸ばすと、初めてうっすら微笑《ほほえ》んだ。万事了解だろうと言わんばかりの笑みである。

笙之介にはさっぱりわからない。

「江戸で坂崎様にお目にかかって、何をすればよろしいのです？」

里江の笑みが、たちまち消えた。氷が溶けるより早い。春の淡雪《あわゆき》の如《ごと》しだ。

笙之介は思い出した。よろずのことで、彼が兄には及ばないのが明らかになると、母はいつもこういう顔をした。期待の笑みが、すうっと消えるのだ。そして、

――ああ、やっぱり。

という目の色になる。

母はひと膝《ひざ》にじり寄ると、筐之介にも近寄るように手振りで示した。

「古橋家の再興を、坂崎様にお取りなしいただくのです。そのためのご相談にお伺いするのですよ」

筐之介は驚いた。まったく不意打ちの驚きではなく、バラけていたものがぱちりと嚙み合って生まれた驚きだった。

古橋家の再興とは、勝之介を然るべく取り立てていただくことにほかならない。それを、江戸藩邸から取りなしてもらう――

里江は筐之介の目を見つめて、深くうなずいた。

「坂崎様がお力を貸してくださるというのです。これ以上、強い味方はありませんよ」

母の目の氷を溶かした力はこれだったのかと、筐之介は納得した。

江戸留守居役は、時として藩の浮沈《ふちん》を握《にぎ》るほど力を持つ存在である。故《ゆえ》に、誰でもなれるという役職ではない。知恵も要れば経験もいる。人脈も重要だ。揖根藩では代々坂崎家が務めており、とりわけ今の坂崎重秀は利《き》け者《もの》で知られていた。筐之介も、そんな評判くらいは聞いている。

その上、坂崎重秀は里江と無縁の人ではない。実家の新嶋家とも、古橋家とも縁はないが、里江だけはつながりを持っている。

坂崎重秀は、里江が最初に嫁して死に別れた夫と、叔父《おじ》・甥《おい》の関係にあるのだ。歳《とし》はひとまわり違いで、兄弟のように親密に育ったという。だから里江も彼に親しみ、彼もまた甥の美貌の嫁を、歳の離れた妹のように慈《いつく》しんだのだそうだ。

なぜ笙之介がそんな昔話を知っているかと言えば、里江から聞いたのである。古橋家と宗左右衛門に満足のいかなかった里江の昔語りは、姑と揉《も》めた二度目の婚姻を飛び越えて、純然たる悲運で破れた最初の幸せな婚姻のところにばかり偏《かたよ》る嫌いがあった。それは往々にして懐古《かいこ》の衣《ころも》を着た自慢話になり、今の不遇《ふぐう》を託《かこ》つ愚痴《ぐち》にもなった。里江自身もそれと承知しているのか、語る相手を選んだ。そして幼いころの笙之介は、しばしば選ばれたのであった。

里江は再び、その旧《ふる》いつながりに頼ろうとしているのである。

「しかし」

と、ひと言発して、次の言葉までのあいだに、笙之介は懸命に考えた。

確かに江戸留守居役は重職である。坂崎家もまた旧家で、家中での存在は大きい。だが留守居役というくらいだから、坂崎重秀は江戸に居っぱなしで、国許の情勢には疎《うと》いはずだ。今般の小納戸役贈収賄《ぞうしゅうわい》の一件についても、あくまでも揭根藩内部の事件であった以上、そう詳《くわ》しいことが江戸の重秀の耳に届いているとは思われない。

「坂崎様も、万能ではないでしょう」

そういう言い方になった。

「それに、まだ時期尚早《しょうそう》と」

里江の目尻がぴりりと上がった。「あなたも知っているでしょう。波野千は看板を揚げ直したのですよ。賄賂《まいない》を贈った側には、お許しが出たのです」

受け取った側だけ、時期が早いということはないと、里江は言う。

「母上のお気持ちはわかります。私も、あのお仕置きは緩いと思っておりました。しかしそれは」

里江は笙之介の言うことなど聞いていない。目に光がある。冷たい水が底光りしている。

「あなたの父上がお腹を召したことで、収賄の罪には区切りがつきました。勝之介には将来があります。いえ、あなたにも」

笙之介は付け足しだった。

「坂崎様は、それを哀れんでくださっているのです。古橋家は必ず再興できる、再興されるべきだと、お手紙にはありました」

母はどうやら、江戸とやりとりを重ねてきたらしい。坂崎様、か。

「このことを、新嶋家ではどのように考えておられるのでしょうか」

里江はちょっとひるんだ。まばたきが早くなる。笙之介は察した。

「もしや母上──」

「新嶋の家は、何も知りません」

笙之介の顔を見ず、膝元に目を落としたまま、里江は早口で言った。

「何か察しているとしても、勝之介のためです。黙って許してくれるでしょう」

察していないわけがない。里江が使者を立てるにしろ飛脚《ひきゃく》を頼むにしろ、居《い》候《そうろう》の一挙手一投足は丸見えだ。

笙之介は心がしぼむのを感じた。

今でも彼は、父・宗左右衛門が賄賂をとったなど、でっちあげだと信じている。父は濡《ぬ》れ衣《ぎぬ》を着せられたのだ。ただ、父に不利な材料はあった。その一端をこしらえたのは、ほかでもない母の猟官《りょうかん》運動にあった。

一度そういう痛い目に遭《あ》っているのに、まだ懲《こ》りないのか。新嶋でも、気づいているならなぜ黙認しているのだろう。江戸留守居役にすがるなど見当違いの空頼《そらだの》みで、どうせ無駄だと思うから、放ってあるのか。誰かこの母を、叱って止めてくれる人はいないのか。

「兄上はご存じなのですか」

笙之介の問いに、里江は熱っぽくうなずいた。「勝之介殿も、坂﨑様の文を読んで喜んでいます。あなたの働きを恃《たの》んでいますよ」

新嶋家は里江の実家で、謹慎の笙之介たちを引き受けた立場である。古橋家の再興を願い出ることもできるが、それには時がかかる。ほとぼりが冷《さ》めぬうちは動けないからだ。

血縁ではなく、事件に関わりのない藩の重臣が口を利《き》いてくれるなら手っ取り早い——という里江の計算はわかるが、それは机上《きじょう》の計算に過ぎない。

なのに、母の目のこの強い光は何だろう。兄もこんな目をしているのだろうか。

もう、父上のことはどうでもいいのか。母の、兄の願う古橋家の再興は、父の汚《お》名《めい》を雪《すす》ぐこととひとつではないのか。

「兄上が私を恃んでおられる……」

笙之介は呟いた。確認するためではなく、少しは里江に感じ取って欲しかったから、わざとゆっくり、声を落として言ったのに。

　里江は気づかない。

「そうですよ。ようやく、あなたが兄上のために働くときが来たのです」

　いいえ、と急いで言い直した。

「古橋の家のためです」

　遠い――と、笙之介は思った。

　もともと、母と兄は彼から遠かった。それでも父の生前は、ひとつの路《みち》の上にいて、ただ距離が遠いだけだった。

　今は違う。路が違うのだ。同じように世間を憚る立場になり、距離は狭《せば》まったかもしれないが、足を置く路は異なってしまった。

　母上、父上はあなたをかばって、腹を切ったのです。それは、あなたがけっして心を開くことのなかった不甲斐《ふがい》ない男の、あなたへの最大の思いやりでした。それがわからないわけではないでしょう。どう思っているのです。詫《わ》びる気持ちはあるのですか。感謝することはあるのですか。

　問い詰めたい言葉が喉元《のどもと》に溢れて、笙之介は口を結び、膝の上で拳《こぶし》を握って、しばらくのあいだ何も言うことができなかった。

問い詰めて、母の答えを聞くのが怖《こわ》かった。

さすがに里江も、筆之介の無言のなかに、感じるものがあったらしい。とってつけたようなことを言った。

「古橋家の再興がかなえば、いちばん喜ぶのは、あなたの父上です。わかっているでしょう、筆之介」

さっきから里江は、必ずこの言い方をしている。あなたの父上。貴女《あなた》の夫ではなかったのですか。

「母上はお忘れのようですが」

いくらか、嫌味《いやみ》な口調《くちょう》になってしまった。

「今の私は、佐伯先生にお預かりいただいている身の上です。先生のお許しがなければ、江戸へ行くどころか領内から出ることさえできません」

里江の表情が、からりと晴れた。

「それなら心配ありません。坂﨑様が黒田様に働きかけてくださいます」

「どういうことです?」

「黒田様が佐伯先生に、月祥館の用事であなたを江戸に遣《や》るという形を作るよう、命じてくださるのですよ」

だからあなたなのですよ笙之介、と里江は声を弾《はず》ませた。

「勝之介では、江戸へ出る口実《こうじつ》がつけられません。でも、あなたなら」

佐伯老師は、かつて江戸の昌平黌《しょうへいこう》で学んでいたことがある。今も多くの書物を江戸から取り寄せているし、あちらには知己《ちき》も多い。里江の言うとおり、口実ならいくらでもつけられよう。

笙之介は呆《あき》れた。では母と坂崎重秀は、佐伯老師の頭越しに、勝手にそんな話を進めていたのか。

今度は我慢が切れた。「佐伯先生は謹慎中の私を哀れんで、書生にと願い出てくださったのです。大きな恩です。その先生を、こんな形で利用するなど、できません」

里江は意に介さない。「先生と黒田様はお親しいのでしょう？　だからあなたを書生に迎えることも容易《たやす》かった。ならば、今度も同じことではありませんか」

駄目《だめ》だ。笙之介は悟《さと》った。これは駄目だ。勝手の病《やまい》だ。熱病のようなものだ。これを芯《しん》から冷ますには、言って聞かせるだけでは足りない。やってみせて、失敗してみせなければわからんのだ。

利け者の坂崎重秀も、底が割れたという気がする。いったい、こんな里江に振り回され、ほいほいと言いなりに色よい返事を寄越すような男が、どれほどあてになるものか。

承知いたしましたと、笙之介は言った。ほかに手はない。それに今は、ともかく少しでも早く、里江にここから出て行って欲しいと思った。

足取りも軽く帰ってゆく里江を見送って、笙之介はため息さえ出ずに、茶道具を片付けて台所へ行った。

そえがいた。しゃがんで漬け物樽《だる》に手を突っ込んでいる。

老女は目の端に笙之介を認めると、

「噂どおりの権高《けんだか》なおなごだわいな」

はっきり言うものだ。母の悪口なのに、笙之介は抗弁できなかった。

そえは引っ張り出したたくあん漬けを、骨張った手でごしごしとしごく。それと同じくらい、手加減なしで続けた。

「女の浅知恵《あさぢえ》のくせに、はかりごとが好きじゃ。だから古橋家は潰《つぶ》れたんじゃ」

そえ殿――と、笙之介は情けない声を出した。「どうかそのへんでご勘弁《かんべん》ください」

「先生はもうご存じだよ」

「へ？」

もっと情けない。

「昨日、黒田様からお使いが来たからね。わっしがお茶を差し上げに行ったら、先生は笑っておいでだった」

佐伯老師は笑っていた。

「私を江戸に遣るお話をして？」

そえは漬け物樽に蓋《ふた》をすると、うんしょと声をかけて立ち上がった。しゃがんでいても立っていても、腰の曲がり具合はあまり変わらない。

「愉快に笑っておられたんじゃないよ。苦笑いだよ」

それはそうだろう。

「古橋の後家《ごけ》がまたうるさいことをしよるなら、笙之介は、いっぺん遠く離れてみるのもいいかもしれんとおっしゃった」

話の内容は老師の発言のとおりでも、表現は違うだろう。違うと願いたい。

「学問はどこにいてもできる」

そえは漬け物樽に向かって言う。

「外へ出て、己の身に降りかかったことをゆっくり考えてみるのも、先行きのためになるとおっしゃった」

今度は、老師の表現のとおりだろう。

「母は、私を密かに江戸に遣るつもりでいるのでしょうけれど、何ひとつ密かではありませんね」

新嶋も黒田も佐伯も、このそえも知っている。

「浅知恵じゃもん。恰好《かっこう》だけひそかなら、ひそかになると思っとる」

兄の猟官運動の折も、母は同じようなやり方をしていたのではないか。

――だからそれを。

誰かに利用されたのではなかったのか。

「笙之介さんよ」と、そえが呼んだ。

「はい」

「あんたも〈ささらほうさら〉だねえ」

何と言った？

「甲州《こうしゅう》でね、そう言うんだよ」

そえはくしゃくしゃと水洗いをしてそのまま干してしまった縮緬《ちりめん》みたいな皺顔《しわがお》である。笑っているのか怒っているのか判別しにくいほどだ。

今は、目が笑っていた。

「あれこれいろんなことがあって大変だ、大騒ぎだっていうようなとき、言うんだよ」

そえは甲州韮崎《にらさき》の生まれなのである。佐伯老師が江戸で学んでいたときに婢として仕え、そのまま搗根藩へついてきた。そえがなぜ生地から江戸へ出ていたのか、身寄りはあるのか、笙之介は何ひとつ知らない。あるいは、老師もそえの来《こ》し方についてはしらないことの方が多いのではないかと思う。

「ささらほうさら、か」笙之介は言ってみた。「きれいな言葉ですね」

それで気が楽になるわけではなかったけれど、少し、慰《なぐさ》められたのだった。

三

村田屋治兵衛から預かった八百善《やおぜん》の〈起こし絵〉に、さて、笙之介は一人で向き合っている。

文机《ふづくえ》を壁に押っつけて場所を空《あ》け、床《ゆか》をきれいに掃いた上で、七枚の起こし絵を並べてみた。ひと目でつながり方のわかるところもあれば、わかりにくいところもある。描き込みは詳細で、色彩も豊かだ。板場には食材や食器も描いてある。隅々《すみずみ》までよく見るため、床に這《は》い蹲《つくば》るような姿勢で、一枚ずつ丁寧《ていねい》に検分していった。見れば見るほど細かく描かれていて、実に楽しい。

端《はし》の方には絵の具がかすれたり、薄れて落ちてしまっている部分があった。七枚のうちの二枚は、他の五枚と比べて、やや褪色《たいしょく》していることもわかる。治兵衛がどういう伝手《つて》を使ってこれを手に入れたのかわからないが、いずれにしろ『料理通』と同じく、多少の年月を経《へ》たものなのだろう。

　せっかく組み立てるのだから、色の欠けたところは補修したいが、もとの色とかけ離れないように気をつけねばならないし、褪色の手当の方はもっと難しい。下手《へた》に塗《ぬ》り直せば、今度はこの二枚だけが浮いてしまうだろう。

　あれこれ考えているところへ、筆墨売《ふですみ》りの勝六《しょうろく》がやってきた。日本橋通《とおり》四丁目にある筆墨硯《すずり》問屋「勝文堂《しょうぶんどう》」の手代《てだい》で、名を六助《ろくすけ》という。つづめて勝六なのだが、笙之介はもっぱら六どんと呼んでいる。歳は笙之介より少し上、二十五、六というところだろう。

「笙さん、今日は何ぞ御用はないかい」

　と、物干《ものほ》し場の方から声をかけて、勝手知ったる気安さでがらりと障子を開けたら、笙之介が床を這い回っていたわけで、

「何だよ、銭《ぜに》でも落としたかい？」

　勝六はとんきょうな声をあげた。手足がひょろりと細長く、顔の輪郭《りんかく》は糸瓜《へちま》そっ

くりで、目も鼻も細い。だから驚いたときでも目玉が見えない。

笙之介は這い蹲ったまま彼を手招《てまね》きした。

「六どん、見てごらんよ」

勝六は紺木綿《こんもめん》の風呂敷に包んだ荷をおろすと、いそいそ這い上がってきた。

「いよいよ春本《しゅんぽん》を預かった?」

見当違いの期待は、すぐにしぼんだ。

「おかしな絵だねえ」

日本橋通町一帯はあらゆる問屋が集まっている町筋《まちすじ》で、書物問屋も数多い。勝六は出商《であきな》いだから、そういうお店《たな》をあちこち巡っているはずだが、起こし絵を見たのは初めてであるらしい。笙之介はざっと説明した。

「ほら、ここ」

指で、板場《いたば》の一角を示してみせる。笙之介の爪《つめ》の先で隠《かく》れてしまうような小さな絵だ。

「笊《ざる》に野菜が盛ってある。ふきのとうだよ」

ふきのとうは春の食材である。この起こし絵は春の八百善を描いたものなのだ。

え?　何?　どこ?　わかんねえよと騒ぎ、さんざんためつすがめつして、やっと勝六は言った。

「ああホントだ。こんな小さいもの、筐さん、よく気がつくなあ」

春なら、庭に桜を描きゃいいのにという。

「それなら料理屋でなくたっていい。食材で春を示すところが粋《すい》なんじゃないか」

ほかにも蕗《ふき》や筍《たけのこ》が見つかった。さらに探してゆくと、客が通される座敷の花活《はない》けに、まさに桜がひと枝活けてあるのもわかった。

「細《こま》けえや」

勝六は呆れてみせるけれど、筐之介にはこういう小さな工夫こそが楽しく思える。どこの誰か知るよしもない、この起こし絵を描いた絵師が好きになってきた。

「これ、どうすんの?」

「組み立てるんだよ」

勝六は細い鼻面《はなづら》に器用に皺《しわ》を寄せた。

「切り離すのが面倒だねえ」

確かにそうなのだ。途中で線がずれてはいけない。すぱりと裁《た》たなければ。

「物差《ものさ》しが要るね。それでも小刀《こがたな》だと難しいかもしれないよ」

言って、勝六は筐之介の刀掛けをさした。

「あれは？」

いくら何でも、そりゃ無体《むたい》だ。

「駄目《だめ》？　そうか、笙さんにも武士の魂《たましい》はあるわけだよねえ」

よくよく軽く見られている笙之介の魂であった。

「物差しは、お秀《ひで》さんに借りたらいいよ。ついでに寅《とら》さんに頼んで、出刃包丁《でばぼうちょう》を借りたら？」

二人ともこの富勘長屋の住人である。お秀は古着の繕《つくろ》い直しや洗い張りを生計《たつき》にしている。寅蔵《とらぞう》は斜向《はすむ》かいの棒手振《ぼてふ》りの魚屋だ。ほかでもない、ガキ大将の太一の父親である。

「これを切るのに出刃包丁を使うのは……」

寅蔵の大事な商売道具である。しかし勝六はこだわらない。

「寅さんが気にするかって。今日も河岸《かし》になんて行ってやしないんだから」

今も厠《かわや》の裏で居眠りしてるもの、という。

「また宿酔《ふつかよ》いだよ。どうせ使わねえ包丁なんだから、借り賃を払《はら》ってあげた方が、寅さんも喜ぶんじゃねえの」

しかし太一は怒るだろう。朝寝坊と安酒が大好きな父親を、穀潰《ごくつぶ》しと痛罵《つうば》する息子である。もっとも、罵《ののし》られる方はとんと堪《こた》えてない様子なのが困る。

「まあ、何とかするよ」と、笙之介は言った。

「ちょっと陽《ひ》にやけてるけど、色は足すかい？」さすがに勝六は察しがいい。

「按配《あんばい》が難しいと思うんだ」

「そうだね。原本はいじらない方がよさそうだよ。色をつけるなら、写しを元にして、そっくり同じものをこしらえた方がいい」

それなら、起こし絵の作り方を考案する足しにもなろう。

「で、糊は」

治兵衛は飯粒を練《ね》って使えと勧《すす》めてくれたが、それを言うと、勝六は言下《げんか》に無理無理と手を振った。

「これ、薄《うす》いけど板刷《いたず》りだからね。そんな糊じゃ保《も》たない。膠《にかわ》が要るよ」

俺《おれ》が都合してきてやるよ、という。

「ありがとう」

「礼より、墨を買い足しておくれよ。これを写すには、墨をくうよ」

「六どんにはかなわないなあ」

毎度ありぃと、勝六は細い目を笑わせて去った。あの分なら、こちらで何も言わなくても、嶋屋《しまや》にも声をかけておいてくれるだろう。こちらは神田三河町《かんだみかわちょう》にある筆屋で、顔料《がんりょう》などの画材も扱っている。どちらの店ももともと治兵衛と親しく、商いのこともよく知っているので、何かと融通《ゆうずう》がきくのが有り難い。たとえば今日のようなときでも、墨や膠の代金を笙之介からとらずに、村田屋に付けておいてくれるのだ。あとで手間賃から精算するから、金を払うことでは一緒だが、材料が足りなくて仕事が止まるということはない。

午《ひる》も近くなって陽射《ひざ》しが強まり、朝方よりはずいぶんと暖かくなった。探す手間もなく、お秀は井戸端《いどばた》で、水を張った盥《たらい》の中身を勇《いさ》ましく踏んづけているところだった。景気よく裾《すそ》をからげて、白い臑《すね》が剝《む》き出しだ。三十過ぎの年増《としま》でこぶつきの女《ひと》ではあるけれど、

「あら、笙さん」

その恰好《かっこう》のまんま、下《しも》ぶくれのおっとりとした顔に笑いかけられると、目のやり場に困る。こういうところでは、まだ町場《まちば》の暮らしに慣れない笙之介である。

「今朝《けさ》は早くに村田屋さんが来てたでしょう。忙しいんだね」

「はい、おかげさまで」

盥の中身は、色目もはっきりしないほど汚《よご》れている。足で踏んでいるから、厚地

のものだろう。

春夏秋冬、天気さえ晴れていれば、お秀は井戸端か川縁《かわべり》の物干し場か、どちらかにいる。夏場を除いては、水も冷たかろうし風も寒かろう。それでも筌之介がこの半年で見ている限り、お秀が仕事に手を（もしくは足を）抜いていることはない。そうやって日銭《ひぜに》を稼《かせ》がなければ喰《く》っていけないからだけれども、やっぱり、見るたびに筌之介は感嘆《かんたん》してしまう。それをいちいち口に出せば、笑われたり呆れられたりするばっかりだということはわかってきたから、黙っている。

お秀の亭主は酒好き博打《ばくち》好き借金漬けのしょうもない男で、目先の遊ぶ金欲しさに女房を岡場所《おかばしょ》に叩き売ろうとしたことがあり、お秀は命からがらこの亭主から逃げ出して、今も見つからないように用心深く暮らしているのだという。誰から聞いたという話ではなく、富勘長屋ではみんなこのことを知っている。知っていて気にしていない。お秀本人の笑顔も、いつ見ても底抜けに明るい。

「物差し？　いいわよ、お安い御用よ」

お秀は盥から出ようと、首に巻いていた手拭《てぬぐ》いでちょいちょいと足の裏を拭《ふ》いた。片足立ちになるので、筌之介は思わず手を貸した。すみませんと、お秀がにっこりする。

と、途端《とたん》に不吉なしゃがれ声が響《ひび》いてきた。

「ほうら、この色ぐるいの後家がまた、あたるそばから色目を使いよって」

井戸端にいちばん近いひと間に、〈天道《てんとう》ぼし〉を生業《なりわい》とする辰吉《たつきち》という男が住んでいる。天道ぼしというのは、路上に筵《むしろ》を広げ古道具を並べて売る商いのことだ。国許《くにもと》では見たこともなく、笙之介には珍《めずら》しかった。

この辰吉に、おたつという母親がいる。四十過ぎの辰吉がおそらくは末の倅《せがれ》なのだろう、おたつは眉毛《まゆげ》も歯も抜けきった老婆であるが、驚くほど目ざとく耳ざとい。かてて加えて意地が悪く口も悪い。足腰が弱り切って、一人では厠《かわや》に行くのもやっとなのに、目が覚めているあいだじゅう、戸口に立てかけっぱなしの葦簀《よしず》の陰に潜んで、富勘長屋の人びとの出入りと行状を見張っている。さらに、それをできる限り悪意に解釈し、大きな声に出して言いふらすのである。

富勘長屋では、みんな慣れっこになっている。誰も本気にしない。だから怒らない。今もお秀は笑っている。

「おたつ婆《ばあ》さん、元気が戻ったようだわね」

ちらりと葦簀に目をやって、笙之介に囁《ささや》きかけた。

「一昨日《おとつい》も昨日《きのう》もね、夢見が悪かったとかって、ご飯も食べずに臥《ふ》せってたの。富勘さんが心配して様子を見に来たくらいよ」

笙之介はまったく知らなかった。貧乏人が肩を寄せ合う棟割《むねわ》り長屋ではあるけれど、籠《こ》もっていれば耳に入らないこともある。

「元気になったらなったで、辰吉さんも大変だけど。下手《へた》すると、おたつ婆さんの方が辰吉さんより長生きしそうだもんね」

辰吉は、寒の戻りのあいだに引き込んだ風邪《かぜ》が抜けなくて、今朝も咳《せき》をしながら商いに出て行ったそうである。

実は、辰吉はお秀に気がある。六尺《しゃく》（百八十センチ強）近い大男のくせに、温厚穏和《おんわ》が過ぎて恥ずかしがり屋の彼は、猫背《ねこぜ》でうつむきがちで訥弁《とつべん》で、だからあの歳まで色気は抜き、母親との二人暮らしを続けてきた。富勘長屋ではお秀の方が新参《しんざん》者《もの》だそうだけれど、それでも住み着いて三年が経つ。その間、辰吉はずうっとお秀への思し召《おぼめ》しを胸に秘めて、何も言えずにいるのだ。

お秀は察しているだろう。端《はた》で見ているだけの笙之介にさえわかるのだ。本人に通じてないわけがない。が、お秀も知らん顔を通している。どっちかが押すか引くかすれば埒《らち》が明《あ》くものなのかどうか、そこまでは笙之介なんぞには見当もつかないけれど、

――あれは無理だね。辰吉さんに目はない。

言い切ったことがあるのは、勝六である。笙之介のところに出入りするうち、富勘長屋の内側に通じるようになり、ときどき商いのついでに、観測めいたことや忠告もどきの言を吐くのだ。

――むしろお秀さんは、笙さんに気があるよ。色気ばっかりじゃなくって、世話を焼きたいっていうか、放っておかれないっていうか。けど、まるっきり色気抜きでもない。

お秀さんも苦労が多くって、寂しい身の上だろ？　だから笙さん、せいぜい頼りにしてあげなよと、からかい顔ではなく真面目《まじめ》に言われたので、笙之介も納得《なっとく》してしまったのだ。だからといって何をするというわけではないのだけれど。断じて、ないのだけれど。

二人が井戸端を離れても、ぶつぶつと呪《のろ》うような恨《うら》むようなおたつのしゃがれ声は追いかけてきた。後家蜘蛛《ぐも》が袖《そで》を引いて血を吸うの、女たらしがどうのこうの、と。お秀は後家ではないが、女たらしは私のことなんだろうなあと、笙之介はむず痒《がゆ》い。いつもなら、お秀が洗い物をしているそばに誰かしらいるのだけれど、この好天でみんな忙しく出払って、二人きりだったのが間が悪かった。

どぶ板を挟んで九尺二間《けん》の棟割りが向き合う貧乏長屋でも、出入口の木戸に近い方が上等で、井戸と厠のある奥へゆくほど品下《しなくだ》る。店賃《たなちん》も、少しは違う。日当たりと風通しに差があるからだ。

お秀は木戸から二軒目の、川の側に住んでいる。七つになる娘のおかよと二人暮らしだ。おかよは近くの手習所《てならいじょ》に行っているが、おっつけ帰ってくる時刻だ。母子のつましい住まいはきれいに片付けられており、竈《かまど》の脇には布巾《ふきん》をかけた笊が置いてあった。昼食《ちゅうじき》だろう。この季節、富勘長屋の住人の昼飯といえば、たいていはふかし芋だ。

「でも、書物の字を書き写すのに物差しが要るの？」

問われて説明しているうちに、起こし絵のようなものは、むしろ女の子の方が喜ぶだろうと、遅まきながら思いついた。お秀も興味がありそうな顔をしている。

「あとで、おかよと一緒に見せてもらってもいいかしら」

「もちろんですよ。いつでもどうぞ」

また女たらしと言われるだろうが、まあいいや。

「そういうものをそっくり写すんなら、いつもとは勝手が違うのよね。印付けの道具もいるんじゃない？」

お秀は、仕立物《したてもの》に使うへらも貸してくれた。

「これ、あたしのおっかさんの形見《かたみ》」

「そんな大事なものをお借りするわけには」

「いいのよ。古くって、普段はしまってあるだけだから。でも、三味線《しゃみせん》のばちと一緒でね、象牙《ぞうげ》でできてるから、湿気《しけ》てるところに置かないでね。すぐ割れちまうから」

礼を言って戸口の腰高障子《こしだか》を開けたところへ、ころころとおかよが駆けて帰ってきた。おかえりと笙之介が声をかけると、赤いほっぺたがぱっと笑顔になる。

「笙之介せんせい、いらっしゃい」

照れくさい。たまに笙之介が習字や算盤《そろばん》をみてやるので、おかよはそう呼ぶのだ。

「おかよちゃんのお母さんに、借り物をしにきたんだ」

小腰《こごし》をかがめて、笙之介はおかよと目を合わせた。

「今日は何を習ってきましたか」

「いろはをならったよ」

おかよは年明けから通い始めたばかりだ。

「上手に書けましたか」

幼い子は得意そうにほっぺたをふくらませた。「ぶべせんせいにまるをもらいました」

おかよの通う手習所の師匠は、武部権左衛門《ぶべごんざえもん》という浪人だ。すぐ近所なので、笙之介も面識《めんしき》がある。子供らに〈赤鬼《あかおに》〉とあだ名される強面《こわもて》の御仁《ごじん》だが、この生業で細君と五人の子を養っており、手習所の評判はすこぶるいい。

借り物を懐《ふところ》に、真っ直《ます》ぐ自分の家の戸口に入りかけ、思い直して通り過ぎ、笙之介は厠に向かった。用足しではない。勝六の言っていたことを思い出したのだ。棒手振りの寅蔵は、まさかまだそこに――

いた。

さっき勝六は「厠の裏で」と言ったけれど、今の寅蔵は身体半分、厠のなかにいた。蝶番《ちょうつがい》の緩んだ厠の戸から、腰から下が俯《うつぶ》せに長々と延びている。

「寅蔵さん！」

戸を開けて覗き込むと、寅蔵は落としの暗闇のなかに頭を突っ込んでいた。

「何やってるんですか！」

下肥《しもごえ》のきつい臭《にお》いに、目がちかちかする。寅蔵は短躯《たんく》だが堅太《かたぶと》りの上に、脱力しきっているものだから、笙之介一人で持ち上げるのは大仕事だった。帯《おび》の後ろをつかんでどうにかこうにか厠から引っ張り出し、身体全体が現れると、今度は両脇の下に手を入れて井戸端まで引きずっていった。手桶《ておけ》に汲《く》んだ水を頭から何杯もぶっかけると、ようやく寅蔵はしおしおと半目を開いて、妙に嬉しそうに呻《うめ》いてみせた。

「もう……呑《の》めねえ」

処置なしである。肥の臭いが消えると、息がまだ酒臭い。

働かずに寝てばかりいるこの人に、どこの誰がこれだけ呑ませるのだろう。酒も無料《ただ》ではないはずだ。呆れながら手拭いで顔を拭いてやり、何とか立ち上がらせ、肩を貸して寅蔵の住まいまで連れ帰ったが、誰もいないので仕方がない、土間《どま》からまた担《かつ》ぎ上げるようにして寝かせてやった。そのままでは風邪をひくから、目についたどてらだの半纏《はんてん》だのを掛けてやる。そんなことをしているうちにも、あらためて腹が立ってきた。

寅蔵には太一のほかに、おきんという年頃の娘がいる。太一の姉だが、長屋ではめったに姿を見かけない。それくらい働きづめに働いているのだ。子守だの飯屋《めしや》のお運びだの、いくつもの半端《はんぱ》仕事をかけ持ちで稼いでいる。その合間に、お秀に仕立物や洗い張りを習っている。笙之介に、読み書きを教えてくれないかと言ってきたこともある。いつでも教えるよと応じたが、おきんがいくら勤勉でも一日に使える時は限られており、ひと月の日にちは決まっている。だからなかなか果たせずにいる。

稼いでいるのは、太一も同じだ。彼もいくつかの湯屋《ゆや》をかけ持ちして、焚きつけ拾いから掃除や釜《かま》焚きの手伝いをして日銭をもらっている。子供ながらに力持ちで、いざというときには喧嘩《けんか》も強いので、どうかすると客同士の揉め事がある湯屋では、けっこう頼りにされているらしい。

――子供らがそんなに働いているのに。

心地《ここち》よさげに丸まって眠ってしまった寅蔵を見おろし、息を切らし汗を拭って、説教らしいことを言ってやろうと思ったけれど、胸がふさがり、何も浮かんでこなかった。

幸せな父親もいたものである。

寅蔵の包丁は、今日も出番のないまま竈の脇の戸棚にしまいこまれている。薄暗がりのなかでも、その刃は鋭く光っていた。寅蔵が手入れしているのではない。これは太一の日課だ。今朝も彼が磨《と》いだのだろう。戸口の脇の桟《さん》の上に、砥石《といし》が干してあった。

いくら借り賃を出しても、これで魚以外のものを切るのは許されまい。笙之介はなぜかすごすごとした気分で引き揚《あ》げた。

それからは昼飯もとらず、七枚の起こし絵を順繰《じゅんぐ》りに写し取る作業に没頭した。起こし絵の上に半紙を載せ、四隅《よすみ》を文鎮《ぶんちん》で押さえる。それでも写しているうちに少しずつずれてしまうから、お秀が貸してくれたへらがたいそう役に立った。外枠《そとわく》や柱や廊下《ろうか》など、線の太い部分は没骨筆《もっこつふで》（附立筆《つけたてふで》）で充分だが、家具や欄間《らんま》の線の細いところでは面相筆《めんそうふで》を使う。これまで、写本に挿絵《さしえ》を添えるときでも、あまり込み入ったものは描いたことがなかったから、こんなに面相筆を使うのは初めてだ。手元に揃えておいてよかった。

細かい部分にとりかかると手持ちの文鎮では使い勝手が悪くて、手頃な石を拾いに、物干し場から川縁《かわべり》に降りた。ついでにちょっと頭を冷やす。川風に首を縮《ちぢ》める笙之介の傍《かたわ》らでは、あの一分咲《いちぶざ》きの桜が枝を揺らしていた。

だんだん要領を得てきて、八《や》ツ（午後二時）を過ぎるころには三枚を写し終えていた。そこへ勝六がまた顔を見せた。膠《にかわ》のほかに、

「笙さん、腹減ってない？」

言われて、胃の腑《ふ》がぐうっと鳴った。

「だろうと思った」

勝六が買ってきてくれた餅《もち》を、二人で食べた。食べているあいだも、笙之介の目

は起こし絵から離れなかった。

勝六が去るとまたどっぷりと夢中になり、いつ陽が落ちて、いつ行灯《あんどん》に火を入れたのかも、自分では覚えていない。七枚目をあらかた写し終えるころには、夜になっていた。

どんどんと、戸板が鳴った。そんなに風が強くなったのかと思ったら、障子が開いた。口をへの字に結んだ太一が、何やら小さな包みを提《さ》げて仁王立《におうだ》ちになっている。

「やあ」と、笙之介は我ながら間抜けな声を出した。「こんばんは」

その場に突っ立ったまま、口も曲げたまま、太一はぐいと包みを突き出した。

「これ、やる」

笙之介はぽかんとした。太一は焦《じ》れる。

「姉《ねえ》ちゃんが、笙さんにって」

晩飯《ばんめし》だよと、文句でもつけているみたいに口を尖《とが》らせて言うのだった。

「あ、ありがとう」

気がつけば、また腹ぺこだった。

「違うよ。笙さんが礼言ってどうすんだよ。うちの姉ちゃんがありがとうって」

おいらも――と、太一は気まずそうに目をしばたたいた。

「昼間、父ちゃんを厠から拾ってくれたんだって?」

ああ、そのことか。

「寅蔵さん、起きたんだね」

「父ちゃんは何にも覚えちゃいねえよ。たつ婆に聞いたんだ」

長屋を見張るおたつ婆さんは、こういうご注進もしてくれるのだ。

「恥ずかしくって笙さんに合わせる顔がないって、姉ちゃんべそ泣いてるし」

笙之介は笑ってみせた。「おきんちゃんが酔っぱらって厠にはまってたわけじゃない。何も恥ずかしがることなんかないさ」

見当違いの台詞《せりふ》だったらしい。太一はげんなりしたような顔をした。

「そういう意味じゃねえんだけどさ」

ホラと、包みを突き出したまま、太一はずんずん近づいてきた。笙之介はちょっと気圧《けお》されたようになって受け取った。握り飯だ。

「お秀さんが言ってたけど」

文机の上にぎろりと目を落として、太一は言った。「笙さん、また炭団《たどん》眉毛から面倒なことおっつけられたんだって?」

炭団眉毛とは、村田屋治兵衛のことである。ついでに言うなら、お秀はけっして

〈面倒なこと〉とは言わなかったはずだ。

笙之介は太一に起こし絵を見せて、何をしているのか話してやった。そして思いついた。

「これを切り離すのに小刀を使うんだけど、いっぺん磨ぎたいんだ。砥石を貸してもらえないか」

太一は笙之介がけしからんことでもしたかのように、一人前に眉根《まゆね》を寄せた。

「笙さんが磨ぐの？」

やめときなと、きっぱり退《しりぞ》ける。

「俺が磨いでやる。飯、食っちまいなよ。そのあいだに磨いでおくから。どうせ笙さん、これから夜なべする気だろ？」

目が爛々《らんらん》としてるよ、という。

笙之介は照れた。「有り難い。助かるよ」

太一は得意そうなふうもなく、むしろ渋面《じゅうめん》を深くした。鼻をくんくんさせている。

「湯にも行ってきなよ。急がないと、しまい湯だよ」

肥臭いよ、笙さん。

という次第で、笙之介は腹を満たし、身ぎれいになって、起こし絵の組み立てに取り組んだ。太一の眼力は正しく、夜の更《ふ》けるのも忘れた。それでも組み立ては終わらず、いつの間にか文机に突っ伏したまま眠ってしまった。

少しずつできあがってゆく、小さいけれど豪奢《ごうしゃ》な八百善のせいだろうか。そこに描き込まれた華奢《きゃしゃ》な粋と美のせいだろうか。

明け方、笙之介は世にも美しい夢を見た。

たぶん夢。おそらく夢。でも、仮に夢でないとしたならば――

あれは、どこの誰だろう？

四

そのひとは早朝の川縁に、あの桜の木の下に佇《たたず》んでいた。

そのひと。〈女〉という字をあてるべきなのか、それとも〈娘〉の方がふさわしいのか。いやいや、そもそも〈人〉なのか。

笙之介の目に、そのひとは、早咲きの桜の精のように見えたのだ。朝の陽射《ひざ》しはまだごく薄く、そのひとには影がなかったからかもしれない。あまりにも突然に現れて、足音さえ聞こえなかったからかもしれない。そのひとの頬や肌《はだ》の色と、身に

着けている小袖《こそで》の淡《あわ》い紅《べに》色がぴったりと合っていて、緩く結《むす》んで端《はし》を垂《た》らした濃《こ》い色目の帯だけが、傍《かたわ》らの桜の木の枝の一部のように見えた。まるで桜が身をかがめ枝を差しのべて、優《やさ》しくそのひとを抱こうとしているかのようだった。

朝の川風のなかで、そのひとはたった今、桜の木から舞い降りた。ふわりと音もなく、重さもなく。

そのひとの髪は、肩口で切り揃えられていた。川風が吹き、桜の枝が揺れると、そのひとの髪も舞い、そこに差しかけた朝日が弾ける。笙之介が最初に見たのはその光、そのひとの後ろ姿だった。そしてそのひとがこちらに横顔を向け、白い喉《のど》をのばして桜の木を仰ぐと、枝という枝が嬉しげに身を震わせてさわさわと鳴った。

そのひとは目を細め、口元をほころばせた。前髪も眉のすぐ上で真っ直ぐに切り揃えてあり、風がその髪をすくうと、けっこう出っ張り気味の白い額《ひたい》が覗いた。

ほかのどんな眺めより、たぶんこの眺めがきっかけだろう。やや、おでこだと思った瞬間に、自分が見ているのは生身《なまみ》の人だと笙之介は悟った。桜の精や天女《てんにょ》の類《たぐい》なら、あんな額をしてはいまい。それほど〈美〉とは不釣り合いの、愛らしい出っ張り具合だったのだ。

思わず、ふっと笑ってしまった。

大きな声ではなかったはずだ。ほかに物音もたてなかったと思う。だが、その人は笙之介の気配《けはい》に気がついた。はじかれたようにこちらを振り返ると、その瞳《ひとみ》を大きく瞠《みは》った。

件《くだん》の桜の木は土手際《どてぎわ》にある。川面《かわも》に向かって地べたが傾いているところだから、足元が悪い。前後を忘れて急に振り向いたりすると、

——危《あぶ》ない。

と思う間もなく、その人は足を踏み違えて、大きくよろけた。泳ぐように手を伸ばして桜の幹につかまろうとしたけれど、わずかに届かず派手に転《ころ》んだ。脚《あし》がばたつき、着物の裾《すそ》が翻《ひるがえ》って膝頭《ひざがしら》まで見えた。

笙之介はどうしたか？

ぴしゃり障子戸を閉《し》めた。それだけでなく背中を向けて、閉《た》て切った戸に裏返しの家守《やもり》よろしくへばりついた。心の臓が音をたてて跳《は》ねている。笙之介の目もまん丸になって、今にも飛び出しそうだった。

何で隠れるのだと、人によっては思うだろう。物干し場に飛び降りて助け起こしに走ってやらんものかと思うだろう。遥《はる》か彼方《かなた》にいるわけじゃなし、親切心に欠けること甚《はなは》だしいと。

だが筆之介は、見てはいけないと思ったのである。神かけて言うが、真実そう思ったのである。だから背中を向けただけでなく、とっさに片手で目を覆《おお》ったりもしたのである。

しばらくそうして身を硬くして、心の臓が飛び跳ねるのをやめるまで待った。充分に待った。それから、おそるおそる動き出した。両手の指を障子の縁《へり》にかけてそっと引き開けながら、用心深くふたつの目を覗かせてみた。

桜の木の下には誰もいなかった。

ひとつ呼吸《いき》をするあいだにも昇ってゆくような春の朝日が、刻々《こくこく》と明るさを増しながら一分咲きの桜を照らしている。

筆之介はぽかんと、それに見惚《みと》れた。

――古橋さん。

誰かが呼んでいる。

「古橋さんよ」

せわしく肩をつっついている。

「起きなさいよ。そんなところで寝てちゃあ、風邪を引き込むだろうに」

さらに突《つ》かれ、肩をゆさぶられ、笙之介の頭ががくりと前に垂れて、額が何かにぶつかった。驚いて目が覚めた。

「あれ？」

気がつけば、物干し場に面したあの障子戸に向き合っている。戸は閉まっていて、だから額がぶつかったのだ。

「やっとお目覚めかね」

耳にざらつくがらがら声の主《ぬし》は、差配人の勘右衛門である。笙之介のすぐそばに、中腰《ちゅうごし》になっている。いつものように棒縞《ぼうじま》の着物に同じ柄《がら》の羽織《はおり》、派手な朱色の羽織の紐《ひも》が、莫迦《ばか》に長い。あれは札差《ふださし》の真似《まね》だと、お秀《ひで》が教えてくれた。江戸の町じゃ、男伊達《おとこだて》といったら札差のことだからね。

「富勘《とみかん》さん？」

「はい、あたしですよ。おはようさん」

笙之介は目をしばたたき、ついで手で顔をごしごしこすった。眠い。

「私はここで寝ていたんでしょうか」

「さいですよ。あんたさんの居眠りにも磨きがかかってきたね。何とも器用だ。見料《けんりょう》をとって人に見せちゃどうかね」

嫌味ったらしいことを言って、富勘は文机《ふづくえ》の脇《わき》へ動くと、どっかり座った。

「夜なべ仕事でもなすったんですか」

文机の上には、出来上がった八百善《やおぜん》の起こし絵が載せてある。富勘はそれを、ご禁制の品でも見るようにじろじろと検分した。

「はい……。それ、八百善なんですよ」

「あの料理屋の？」

へえ――と、富勘は起こし絵に尖《とが》った鼻先を近づけた。髪が薄くなってきているので、太一には「ハゲ勘」などと呼ばれるが、彫《ほ》りが深く、眉が濃く、目鼻《めはな》立《だ》ちがはっきりしていて、この差配人は強面《こわもて》であるだけでなく、意外と男前《おとこまえ》なのである。おかげで、とうに五十を過ぎた今でも、色町《いろまち》ではいい顔であるらしい。羽織の紐が長いのも、何やら女とのあいだに曰《いわ》くがあるとかないとか、こっちはたつ婆さんの触れ口だから鵜呑《うの》みにはできないが、さもありなんという感じがする。

「玩具《おもちゃ》ですな」

顔を遠ざけて、富勘は苦《にが》い口つきをした。

「また村田屋さんの仕事なんでしょう？　こんなものを組み立てて、何かご利益《りやく》がありますかいな」

「治兵衛さんは、商いものにしようと考えているようです」

富勘はさらに苦り切る。「あの人も困ったもんですよ。道楽と商売の違いがわからないんだ。まあ、それで食えてるんだから幸せだがねえ」

笙之介はまた目をしばたたいた。顎《あご》のあたりをこすると、髭《ひげ》が触《さわ》る。顔もべたついていて、ああ夜なべしたんだと、自分でも思った。

笙之介は髭の薄い性質《たち》で、これも父の宗左右衛門《そうざえもん》ゆずりだった。兄の勝之介はまるで違い、剃《そ》りあとが青く見えるほどだ。

「けどねえ、古橋さん」

しょぼい髭を指先でいじっている笙之介を、富勘は目つきまで苦くして見据《みす》えた。

「あんたさんは治兵衛さんとは違う。おさぶの端くれだ。いつまでもあの人の道楽に付き合ってちゃ、まずいんじゃありませんか」

おさぶは侍《さむらい》のことで、つづめて言っているだけなのだが、富勘が口にすると何となく軽《かろ》んじているように聞こえるのは、笙之介の僻目《ひがめ》だろうか。

「はあ」

朝っぱらからいびられて、上目遣《うわめづか》いになってしまうのも意気地《いくじ》がない。

「それで富勘さん、今朝は何か？」

店賃《たなちん》なら朔日《ついたち》にきちんと払った。払ったよな？　まだ寝ぼけていて、頭がうまく働かない笙之介である。目を覚まそうとまた顔をこすったら、ついでにくしゃみが飛び出した。

「そら、言わんこっちゃない。朝湯《あさゆ》に行って、あったまってきちゃどうです？　ついでにちっと身ぎれいにして」

東谷《とうこく》様がお呼びですからね、という。

「今朝、うちに遣いの方が見えたんですよ。いつもの時刻にいつものところでというご伝言でした」

それを聞いて、やっと笙之介もしゃんとした。「かたじけない。お手間をかけました」

「かまいやしません。東谷様からあんたさんをお預かりした以上、これもあたしのお役目です」

さばっと立ち上がり、棒縞の裾を払うと、

「いいお知らせだとよござんすね。お国許《くにもと》じゃ、ご一族がお待ちなんだ」

「はあ、まあ、たぶん」

「あんたさんの頼りないのにも、磨きがかかっておりますなあ」

さらに何か言いかけて、富勘はやめた。たぶん、笙之介がおさぶとしては情けないにしても、この長屋ではただ一人、店賃を滞《とどこお》らせていない店子《たなこ》であることを思い出したのだろう。富勘がいなくなって一人になると、笙之介は首をよじって振り返り、ひとつ息を呑んで、静かに障子を開けてみた。

川面にも物干し場にも、川縁の桜にも、いっぱいに陽《ひ》があたっている。今日は暖かくなりそうだ。桜のつぼみもぐんとほころぶだろう。一気に三分咲きになるかもしれない。

とっくに働き始めている長屋の人びとの声が、あちこちから聞こえてくる。お秀が何か言っている。それじゃ行ってくらぁという声は、辰吉だろうか。木戸を出た先にあるお稲荷《いなり》さんで、誰かが柏手《かしわで》を打ち鈴《すず》を鳴らしている。子供らは働きに行く者あり、手習所に行く者あり、朝から元気にはしゃいでいる。

「おうや笙さん、おはよう」

すぐ隣《となり》のおしかが、大きな盥《たらい》を抱えて物干し場に出てきた。もう洗い物を済ませて、これから干そうというのだ。まったく、みんな早起きである。

おしかと亭主の鹿蔵《しかぞう》は、夫婦で青物の振り売りをしている。これだけ陽が高くなっていれば、鹿蔵はとっくに商いに出ているだろう。おしかは亭主が仕入れてきた青物を漬け物にして売り歩くので、朝はいくらかゆっくりなのだ。

「昨夜《ゆんべ》は遅くまで灯《あか》りが点《つ》いてたなあ。筌さん、学問熱心じゃあねえ」

この夫婦には軽い訛《なま》りがあり、言葉尻《ことばじり》をぐうと引っ張るしゃべり方をする。太一が、青物売りだからあの調子でもいいけど、魚じゃ腐《くさ》っちまうよと焦《じ》れるような、のんびりと気のいい人たちだ。写本作りを生計《たつき》にしている筌之介を、立派な学問をしているのだと、大いに尊敬してくれる人たちでもある。

「つい夜なべしてしまいました」

「そら偉《えら》いなあ。けど身体にはいけんよう」

おしかのにこにこ顔に、筌之介は、さっきの富勘には思いつきもしなかったことを、ついと思いついた。

「おしかさん、この近所で」

切り髪の女の人を見かけたことはありますかと、尋《たず》ねてみようか。

でも、すぐ思い直した。あれはやっぱり夢だったんじゃないのか。どうやら自分はあの後、障子にもたれてまた眠ってしまったらしい。それ以前に、あんな時刻に何のために、どうして障子を開けて外を見て、あの人を見つけたのかも判然としない。何から何まで夢のなかのことだったんじゃないのか。

　国許でも江戸市中でも、髷《まげ》を結わない者は、うんと幼くてまだ髪が生えそろわない子供か、病人ぐらいに限られている。病人だって、髷は結わずとも髪は長いのが普通だ。あんなふうに切り揃えたりしない。現に笙之介はこれまでの人生で、あんな髪をした男にも女にも会ったことがない。

　しかし、だったら何であんな夢を見たのだろう。現《うつつ》で一度も見たことのないものが、どうして夢に現れたのか。

　問いかけを宙ぶらりんに、口をつぐんでしまった笙之介に、おしかが不思議そうな顔をしている。手にしてぱんぱんと伸ばしているのは、鹿蔵の下帯《したおび》である。

「いえ、いいんです。すみません」

　下帯を物干し竿《ざお》に引っかけて、笙さん笙さんとおしかが笑った。

「ここんとこにぃ」

　片手でほっぺたを叩いてみせる。

「痕《あと》がついてるよう。笙さん、夜なべにくたびれて、何ぞに寄っかかって寝ちまったんだねえ」

　学問もほどほどにしないと身体に障《さわ》ると労《いたわ》られて恥ずかしく、笙之介はそそくさと隠れた。

いつもの時刻というのは、午《ひる》の九ツ（正午）のことである。いつものところというのは、池之端《いけのはた》にある川船宿《かわぶねやど》「川扇《かわせん》」のことである。

そして〈東谷様〉というのは、搗根《とうがね》藩江戸《えど》留守居役《るすいやく》、坂崎重秀《さかざきしげひで》のことである。

これは里江も知らなかったろう。笙之介も当人から聞いて初めて知った。坂崎重秀には落首《らくしゅ》をひねる趣味があり、〈東谷〉は号だ。二心斎《じしんさい》東谷という。音《おん》で読むと格調があるし、字面《じづら》ももっともらしいが、実は搗根の者なら笑ってしまう号だ。搗根藩城下の遊郭が町の東側の谷地《やち》にあることから、〈とうこく〉は色町を指す符丁《ふちょう》なのである。〈じしん〉は文字通り二心《ふたごころ》あること、あだな心や浮気心を表すから、二心斎東谷というのは、色町の浮気者ぐらいの意味だろう。

但《ただ》し、深読みできなくもない。〈二心〉には、味方や主君を裏切ろうとする心という意味もあるからだ。そもそも落首をひねること自体、小藩とはいえ江戸留守居役を務める重臣のするべきことではない。落首にはしばしば、幕閣や殿様への批判や非難、揶揄《やゆ》が込められるものだからである。

なのに、坂崎重秀はかまわない。

「いちいち坂崎様、坂崎様では儂《わし》も肩が凝《こ》ってかなわん。落首仲間と同じように、おまえも東谷と呼んでくれ」

と、けろりと言ったものだ。

号であっても、名前の方で呼ぶのは躊躇《ためら》われたから、笙之介は問い返した。

「二心斎様ではいけませんか」

「それでは妖術使いのように聞こえんか」

何が嫌なのか、とても嫌そうだった。

「儂もそのうち号を改《あらた》めようと思っておるのだ。おまえも考えてくれんかの」

まるで険《けん》がないのであった。

川扇はありふれた小さな船宿で、池之端に多く立ち並ぶそうした店のなかで、とりたてて目立つところもない。川魚料理を供するほかに、客の求めがあれば不忍《しのばずの》池《いけ》に釣舟《つりぶね》も出す。東谷もたまにこうした小舟に乗り、掘割や池の隅で糸を垂れることがある。

あの、思いがけない里江の月祥館への来訪から三日の後、笙之介は佐伯老師に呼ばれ、正式に、老師の遣いとして江戸へ赴《おもむ》くことを命じられた。遣いの内容は、いくつかの書物を探して購入することと、江戸在住の老師の知己《ちき》の幾人かに、老師に代わって挨拶をすることだった。

「既におまえも承知と思うが、これは表向きの名目《めいもく》じゃ。名目としては立派に立つ。それでも、おまえが江戸へ出ることに、多くの人びとの耳目《じもく》を引きつけてしまうのは得策ではない」

老師の皺顔《しわがお》に苦笑いはなかった。数年前から右目にそこひ（白内障）を病《や》み、瞳《ひとみ》がうっすら白濁《はくだく》している。そのせいか、老師の目の奥の表情は読みにくかった。

「新嶋家に挨拶は無用じゃ。明日の夜明け前に、おまえ一人でひっそりと発《た》ちなさい。道中も人目にたつことのないよう、重々用心して急ぐのじゃ」

江戸までほんの二日の道程《みちのり》だが、老師の口調は険《けわ》しかった。さらに、驚くようなことを言った。

「江戸では、藩邸に近づいてはならん」

留守居役に会うというのに、ではどこへ行けばいいのか。

「坂﨑様からご指示をいただいている」

老師は懐《ふところ》から一通の書簡《しょかん》を取り出すと、笙之介に差し出した。

「江戸に着いたら、ここに書かれているとおりにしなさい」

笙之介は書簡を受け、師に一礼してから広げてみた。内容よりも、大らかというか、いっそ放埒《ほうらつ》なほど大胆な手跡に、まず目を奪《うば》われてしまった。

「坂崎様の御手筋《おてすじ》じゃ」

なぜかそこで、老師は目元で微笑んだ。

「良い字であろう。お人柄《ひとがら》が表れている」

「先生は坂崎様とお親しいのですか」

そんな話は聞いたことがなかった。

佐伯老師は答えない。「旅装はそえが調えておる。足りぬものはないと思うが、今のうちに検《あらた》めておきなさい」

後のことは案ずるな、という。その言葉に、笙之介はかえって心細くなった。

「まるで逐電《ちくでん》するみたいですが」

叱られるか笑われるかと思ったのに、老師はうなずいて、淡々とこう言った。

「しばらく戻れぬことは確かだろう」

え？　と目を瞠った笙之介に、

「万事お任《まか》せすればよろしい。坂崎様には――」

まばたきに、わずかな躊躇《ちゅうちょ》が見えた。

「何やらお考えがあるようじゃ」

笙之介はどきりとした。

「どんなお考えでしょう」

さて、と老師はまた微笑した。

「儂はただ、書生のおまえを遣いに出すだけじゃ」

書物は本当に手に入れたいものばかりだし、知己たちも訪ねてほしい。近況を報《しら》せ、また向こうの様子も報せてほしい。

「書物はまず探すのに手間、探し当てても高直《こうじき》で手が出ぬだろう。そこを何とかするのがおまえの才覚じゃ。これもまた学びの道と心得《こころえ》なさい」

煙《けむ》にまかれてしまった。

書簡は江戸で返してしまったが、今も笙之介は、坂崎重秀の手跡をよく覚えている。めったにない独特の手跡だった。

船宿川扇の名を、初めて目にしたのもその書簡だ。江戸に着いたらそこで待てという指示だったのである。その川の字は、若鮎《わかあゆ》が三尾飛び跳ねているかのように見えた。

江戸に着き、お上《のぼ》りさんよろしくさんざん苦労してようやく池之端にたどり着き、いくつも並んでいる船宿のなかから、これまた右往左往《うおうさおう》の挙《あ》げ句《く》やっとこさ川扇を探し当てた。掛行灯《かけあんどん》に書かれた〈川〉の字は、書簡の字とそっくりだった。

昵懇《じっこん》なのだ。坂崎重秀は、この店の上客なのである。呆れたような面憎《つらにく》いような気分で、突っ立ったまま掛行灯を睨《にら》んでいると、

「おいでなさいませ」

天鵞絨《びろうど》のような滑《なめ》らかな声がした。

「古橋笙之介様でいらっしゃいますね」

川扇の女将《おかみ》でございますと、深々と腰を折って一礼した女は、里江と同じくらいの年齢だろう。しかし比べようもないほど垢抜《あかぬ》けて美しかった。肌白く、唇《くちびる》はほんのり赤く、髷は搗根では見たこともない形に結い上げられていた。

この女将——梨枝《りえ》という女《ひと》は、そうやって最初に顔を合わせたときから、笙之介にとってはずうっと解けない謎《なぞ》だ。坂崎重秀の囲いもののようでもあり、そうではないようでもある。川扇も、坂崎様が金主になっている店のようでもあり、まったく逆に、坂崎様が川扇を頼りにしているようでもある。

解けたのは珍しい髷の謎だけだ。この半年をかけて、笙之介が坂崎重秀に馴染《なじ》み、川扇に馴染み、梨枝にも馴染んでゆくうちに、本人が教えてくれた。

——勝山髷《かつやま》というんですよ。

吉原《よしわら》の勝山という遊女が結って、明暦《めいれき》のころ、大いに流行《はや》った形なのだそうだ。

——今ではすっかり廃《すた》れましたけれど、東谷様がお好みなので、東谷様がおいでになるときは、わたしが自分で結いますの。

「おいでなさいませ」

そして今日もまた、笙之介が川扇に赴くと、彼が暖簾《のれん》を分ける前に、いつも先んじて気がついて、こうしてするりと迎えに出てくる梨枝の手回しのよさにも、やっと慣れた。

「お邪魔《じゃま》いたします」

「東谷様、お待ちになっておられますよ」

勝山髷は手絡《てがら》を掛けず、白元結《しろもっとい》だけを結ぶ。今日はそこに、笙之介の指の長さほどの、小さな桜の枝が挿《さ》してある。薄紅色の花が一輪咲いていた。

五

川扇《かわせん》の二階、不忍池《しのばずのいけ》に通じる細い掘割に面した芙蓉《ふよう》の間が、坂崎重秀——二心斎東谷のお気に入りの座敷である。昨天保六年（一八三五）九月初旬、笙之介が初めて東谷に会ったのも、この芙蓉の間であった。

今でもよく覚えているのは、齢《よわい》五十六、搗根《とうがね》藩江戸留守居役を務めて八年、利《き》け者《もの》で知られるこの人が、このとき、着物の胸や袴《はかま》の前、膝のあたりを灰《はい》で汚していたことである。

そえに厳しく家事を仕込まれた笙之介には、一瞥《いちべつ》して、何をすればこういうことになるかわかった。留守居役殿、竈《かまど》で火を焚いたのである。竈の前にしゃがんで火吹き竹を吹くときに、ちょっと加減を間違うと、煙《けむり》と煤《すす》と灰がわっと噴き出してきて、頭からかぶってしまう。慣れないうちにはよくあることだ。

笙之介は、とっさに頭に思い浮かべた。妾宅《しょうたく》かどうかはともかくも、馴染みの店の気安さに、戯《たわむ》れに台所の竈の前にしゃがみ込み、灰まみれになって梨枝と笑い合い、じゃれ合う東谷の姿を、である。

はるか上役に、初めて見《まみ》える席だ。堪《こら》えて渋面にならぬよう努めたつもりだったけれど、目つきには出てしまったらしい。

「着替えが間に合わなんだ」

恰幅《かっぷく》のいい江戸留守居役は、悪戯《いたずら》が見つかった子供のように、素直にバツが悪そうな顔をした。

「そなた、早く着いたのう。気が短いか。里江の子だわい」

そして笙之介の目を見ると、嬉しそうに微笑んで、こう言った。

「面差《おもざ》しもよく似ておる」

笙之介が母に似ていると言われたのは、このときが初めてだった。

「よう参った――な」

思わず笙之介がまばたきをし、相手の顔を見つめ直してしまったほどに、親しみの念のこもる声音《こわね》だった。

それから一刻《いっとき》（二時間）ばかりのあいだ、笙之介は、国許《くにもと》を発つ前、佐伯老師がほのめかしていた言葉の種明かしを聞かされて、ただ驚《おどろ》いてばかりいた。東谷が語る話、打ち明ける存念は、笙之介にとって思いがけないことだらけだったのである。

まず第一に、東谷が里江に古橋家の再興を約束したのは、ただの方便《ほうべん》に過ぎなかったということだ。

「そなたには気の毒だが、古橋の家は再興できん」

断言されて、さすがに笙之介も色をなした。

「では兄・勝之介はどうなります？　あのまま新嶋で飼い殺しでございますか」

「まあ、いずれ新嶋が婿入りの口を見つけることだろう。里江と勝之介が望むとおりの、番方《ばんかた》の然るべき家筋《いえすじ》にの」

そうなれば兄の身は立つが、古橋家は絶えることになる。

「里江が再興にこだわるのは勝之介のためじゃ。古橋の家のためではない。そなたも重々承知だろう」

だから勝之介の立身さえ果たせれば、里江は満足する。

「当の勝之介にも、異存があるようには、私には思えぬが」

笙之介は返答に窮した。このことについては、兄と腹を割って話したことがない。その機会がなかったし、あったとしても、恐《おそ》ろしくて切り出せなかったろう。笙之介の耳朶《じだ》には今も、父の死を「無様だ」と罵《ののし》った兄の声がこびりついている。

「兄のことより、笙之介よ。そなたは己の身をどう立てようと思っておった？」

どう――と言われても。

「月祥館の書生で生涯を終えるつもりであったか。それはならんな。佐伯老師は、そなたよりよほど先に死ぬ」

身も蓋《ふた》もないことを言う。

「そなたが学を究《きわ》め、老師の跡を継ぐという道も険しい。いくら佐伯師の薫陶《くんとう》を受けても、搗根におるままでは井《い》の中の蛙《かわず》じゃ。黒田殿はそのような藩儒《はんじゅ》を望むまい。よりふさわしい儒者を、江戸より招こうとするだろう」

およそ月祥館については、殿よりも黒田殿の意向がものを言う、という。

「それでもおとなしく月祥館で勤めに励んでおれば、そなたもまた家中のどこぞに婿入りの口があったかもしれんが、罪人の子である上に、兄には及びもつかぬ軟弱者のそなたを、喜んで迎えてくれる家が」

はて、あるかのうと東谷は首をひねった。

「我らが家中の武張《ぶば》った気風は骨《ほね》がらみだ。百年この方《かた》変わらなんだものが、この先易々《やすやす》と変わるとは思えん」

つまりそなたはと、東谷はいささか自慢気《じまんげ》に鷲鼻《わしばな》をひくつかせた。

「いずれは江戸に出てくるより途《みち》がなかった。ならば早い方が良い」

二心斎東谷という人をひと言で表すなら、

——顔がでかい。

身体も肥《こ》えているが、でっぷりという風ではない。堅太りなのだろう。出っ張った腹でさえも、拳《こぶし》で叩くと跳ね返されそうだ。加えて肌が浅黒く、なめし革《がわ》のように厚みがある。

髪は豊かで、だから髷《まげ》が太い。眉も太い。白髪《しらが》はあるのだろうが、ほとんど目立たない。目鼻の造りがいちいち大振りで、仁王《におう》像を思わせる。

その顔が大きい。となると、普通なら怖いはずだ。厳《いか》ついはずだ。が、どういうわけか東谷の場合は、この大きさが妙に長閑《のどか》というか、おおらかに見えるのである。その顔が得意そうに小鼻《こばな》を動かしてにまにまするのに、笙之介はうっとりと見入ってしまった。

「しかし、そなたを撝根から引っ張り出そうにも、里江の目をくらますには、佐伯師の御指図《おさしず》だけでは足らん。里江も骨がらみで撝根の女だからの。藩儒など目くそのように見下げておる」

目くそはひどい。

「故《ゆえ》に、私が道をつけたということだ」

という企《くわだ》てのほどはわかったが、

「それでも母は、私の帰りを待ちかねているでしょう。何と言えばいいのでしょう」

坂﨑様のあれは、ただの方便でしたと？

東谷の大きな顔が、ゆったりと笑った。

「わかりが悪いの、笙之介」

そなたは江戸に留《とど》まるのだ、と言った。

「里江には私から、笙之介に大切な役務を与えたと伝えてやろう。古橋笙之介でなければ果たせず、揖根藩の大事に関《かか》わる役務だ。首尾《しゅび》良く果たせば藩政に大きく寄与し、古橋家の再興にも繋《つな》がる手柄になろうと」

しばらくのあいだ、笙之介は口がきけなかった。だから老師は（しばらく戻れぬことは確かだろう）と言ったのだ。

東谷もにんまりと黙っている。窓の外で、小舟《こぶね》が水を分ける音がかすかに聞こえた。

「――それもまた、方便なのでしょうか」

東谷は出っ張った腹を押し潰すようにして、笙之介の方に少し乗り出した。

「方便のはずがあろうか」

寄れ、と指で招かれたので、笙之介はひと膝寄った。

「そなたの父は、賄賂《まいない》など取っておらん」

藩の重臣の断言に、笙之介は目を瞠《みは》った。

「そなたも信じておるのだろう？　父は潔白《けっぱく》だと」

「はい」

「私も信じておる。あれは冤罪《ぬれぎぬ》だった」

身体の内側から溢れ出てくる感激に、笙之介の口がついぽかんと開いた。

「あ、ありがとうございます！」

今度は笙之介の方が子供のような言い様《よう》になってしまい、あわてて身を引いて姿勢を正し、平伏《へいふく》した。

すると、ぽんと後ろ頭を叩かれた。

「泣いておるか？」

「は？　いえ」

実は目頭《めがしら》が熱くなっていたのを、笙之介はあわてて押し隠した。

「そなたが幼《おさな》いころ、里江はよう言うておった。次男は泣き虫で困る。何かというと女子《おなご》のようにめそめそと泣く。あれはわたくしの血筋《ちすじ》ではありません、腑抜《ふぬ》けの宗左右衛門《そうざえもん》殿の血です、と」

東谷の穏《おだ》やかな声音で聞いても、辛《つら》い言葉だった。

「母を恨《うら》むなよ。里江も不幸せな女なのだ。私の甥と添い遂《と》げておれば、あのような険《けん》を露《あら》わにすることもなく、良き妻女として人にも仰がれたろう。だがなあ……」

寿命《じゅみょう》ばかりはいかんともし難《がた》いと、東谷は嘆息《たんそく》した。

「甥と死に別れ、里江が再縁した折には、私もよくよく言ってきかせたのだ。死んだ者は戻らん。失ったものを惜しみ、不平ばかりを並べていては、寄る幸《さち》も寄りつかん。この夫との縁も、先夫《せんぷ》と同じく、神仏が繋ぎ賜《たも》うた縁なのだとな」

ところが、あの悍馬《かんば》め。東谷は苦笑いに腹を震わせた。

「姑《しゅうとめ》殿と角《つの》突き合いおって、譲《ゆず》ることを知らん。それを夫に諫《いさ》められれば、夫にも楯突《たてつ》く。挙げ句に不縁だ。他家のことながら、私も頭を抱えたものよ」

そう言いながらも、東谷の口跡《こうせき》の端々《はしばし》には甘味があった。母上はこの方に愛《め》でられているのだ――と、笙之介は悟った。今も、通い合うものに変わりはないのだ。

坂崎重秀は、今も里江を身内の者と思っているのだ。

「だから里江が古橋殿に嫁すと知った時には、ずいぶんと案じたよ。あの里江が、庭先に下《お》りるような縁談を、よくも承知したものだと呆れもした。それだけ実家《さと》に居づらいのだろうと哀れにも思ったが」

ただ――と、東谷は笙之介の顔に目をあてた。目玉も大きいが、黒目も大きい。

「古橋宗左右衛門の人となりを知って、安堵《あんど》した。この御仁《ごじん》なら里江を受け止めてくれる。これで里江もようやく落ち着く、と」

ずっと黙っていたし、緊張しているので、笙之介のくちびるは乾いてくっついていた。

「ち、ち」

父上のと言いかけて、言い直した。

「古橋宗左右衛門という人物の、どこをそんなに見込まれたのでしょうか」

笙之介を見据えたまま、東谷は軽く首をかしげた。大きな顔が傾いた。

「そなたは父にも似ているな。目元は里江そっくりだが、鼻筋から口元にかけては、宗左右衛門殿の顔だ」

宗左右衛門殿も、幼いころには泣き虫だったろうよ——と続けて、楽しそうに笑った。

「そして、長じても弱虫だった。父の不犬流の謂《い》われは、そなたも知っておろうな」

笙之介は抗弁《こうべん》した。「あれは、犬を恐れて斬れなかったのではありません。犬を哀れんだのです」

「うむ。私もそう思う」

東谷は、さらりと認めた。

「そなたの父は弱虫だった。あのような弱虫殿が、目先の小さな欲にかられて、袖の下など取るものか。宗左右衛門殿が何より恐れていたのは、信義に悖《もと》る行いをすることだ。省《かえり》みて、己を恥《は》じるような行いをすることだ。その恐れがあるからこそ、他人に誹《そし》られようが、見下《みくだ》されようが、けっして揺《ゆ》るがぬ人であった」

弱虫をまっとうする弱虫だった――

「それ故に、小ずるい輩《やから》に利用されてしまったのだ。私が国許を離れてさえいなければ、あのような事態になる前に手を打つことができたのだがな」

済まぬことをしたと、東谷は顔を伏せた。笙之介はまたくちびるがくっついてしまい、ものが言えなかった。

「此度《こたび》の賄賂の一件そのものは、まったく根も葉もない出来事ではない。波野千《はのせん》が、五年前、御用達商の地位に有り付くところから、藩の有力者の誰かしらに鼻薬を嗅《か》がせていたことに間違いはなかろう」

かの店は、今般のことで罪を問われた主人が一代で興《おこ》した成り上がりだからという。

「何かそれらしいことがなければ、新参者が入札《いれふだ》で勝つのは難しいからの」

「そういうものでしょうか……」

笙之介にはわからない。

「但《ただ》しそれらの〈運動〉は、とりたてて珍しいことではない。目端《めはし》の利く商人ならば、誰でも使う手段に過ぎん。賄賂を受ける側もそれは心得ておるものでな」

そこはそれ、駆け引きと馴《な》れ合いだ。

「では何故《なにゆえ》、今般ばかりは」

笙之介の問いを途中で制して、

「何故《なぜ》だと思う」と、東谷は問い返した。

「金額が……多かったのでは」

「さほどの額とは思えん」

躊躇《ためら》いのない言い切りに、笙之介は東谷の大きな顔を見つめ直した。あっさり否定できるほど、過去にも類例があるというのか。それを東谷は知っているのか。

「では、兄の猟官運動に絡《から》んでいたからでしょうか」

笙之介から見れば、母がおかしたもっとも愚《おろ》かな失策である。が、東谷は首を振った。

「ならば、目付《めつけ》が先に咎《とが》めるべきはそちらの方ではないか？　しかし事実は順番が逆だったろう。まず賄賂のやりとりが曝露《ばくろ》され、その後《のち》に、受け取った金の使い道として、勝之介の猟官運動が持ち出された」

指摘されれば、そのとおりである。

「つまり城方《しろかた》には、この程度の賄賂をわざわざほじくり返して騒ぎ立てる所以《ゆえん》がないのだ。咎めるにしても、もっと穏便《おんびん》なやり方が、いくらでもある」

江戸留守居役の任に就く以前、坂﨑重秀は搗根藩勘定方《かんじようかた》の奉行《ぶぎよう》を務めていた。

それ以前は作事奉行《さくじ》だった。どちらも役方では藩政の根本に関わる重要な役職だ。名家坂崎家の当主は、この二つの重職を経て江戸留守居役へと登るのがならいである。つまり藩の内証《ないしょう》を隅々《すみずみ》までつかんで初めて、幕閣との交渉役と江戸藩邸の切り盛りを任されるのだ。

その人が言うのである。ただの思い込みや風聞《ふうぶん》ではない。

「土竜《もぐら》はどこにでもおる。野山や畦道《あぜみち》に棲《す》んでおっても、たまには畑に餌《えさ》を求めることもある。いちいち叩き殺しておってはきりがないわ。畑の旨味《うまみ》に味をしめて害を為《な》すようになったとき、叩くなり燻《いぶ》すなりすればよろしい。そうでなければ土竜が滅《ほろ》びてしまう。土竜の一匹もおらん土地には、実《みの》りもないわ」

古橋家の庭で、父が楽しみに耕していたささやかな畑にも土竜がいた。笙之介はその小さなケモノの姿を目にしたことはないが、それが掘った跡を、父に指して教えてもらったことはある。

――土竜が寄るなら、この畑も一人前だ。

そんなことを言って、目を細めていた。

「父がかぶせられた罪は、城方から湧いたものではない……」

笙之介が呟くと、東谷は分厚《ぶあつ》い顎をうなずかせた。

「ならば、どこから湧いたか自《おの》ずと知れようよな」

波野千の側である。しかし、そんなことがあり得るだろうか。

「殊勝《しゅしょう》に訴《うった》え出た主人が磔《はりつけ》になっております。妻子は藩外に追放されました」

「しかし身代《しんだい》も看板も残った」

そうだ。年明けには営業再開の許しも出た。

「内訌《ないこう》というものはな、笙之介」

東谷は大きな顔をさらに寄せてきて、声を落とした。

「我ら武士ばかりがするものではない」

商家にも、ある。

笙之介は目を瞠った。「では波野千でも？」

「左様《さよう》。私はこの一件、まずはあの店の内で起きた身代簒奪《さんだつ》が始まりだと睨んでおる」

営業再開を許された波野千の今の主人は、磔に処せられた先代の弟だという。

「旧家には旧家の、成り上がりには成り上がりの勢力争いがある。波野千も、外からは見えずとも、内に入れば手柄争いや、身代を巡っての諍《いさか》いがあって不思議はない。兄弟だから、必ず仲睦《なかむつ》まじいとは限らん」

「しかし、訴え出たのは先代の主人だったのですよ」

「そこが肝心《かんじん》よ」と、東谷は筆之介の眉間《みけん》にひとさし指を突きつけた。

「主人をそのように追い込む――あるいは騙《だま》し、丸め込むには、波野千の側の仕掛《しか》けだけでは足らん。城方の誰かしらの加勢がなくては成らぬ企みだ」

賄賂の件、このまま放置しておけば隠し通せず、いずれ露見し、厳しいお裁《さば》きが下る。その前に、神妙に訴え出たならば悪いようにはしない――

「脅《おど》しと甘言《かんげん》を使い分けての」

「それでも、主人はおとなしく磔にかかったそうです。獄《ごく》の内ではもちろん、死罪となるぎりぎりに至っても、騙された、話が違うなどの抗弁はありませんでした」

「そなた、仕置《しおき》を見たのか？」

筆之介はひるんだ。見ていない。その日は新嶋の屋敷に籠もっていた。どのみち謹慎の身であり、父の無惨な最期《さいご》を見ただけで充分、もう死はたくさんだった。事件そのものに深い疑惑を抱いていた筆之介には、波野千が、父を悲運に陥《おとしい》れた仇《かたき》であるとは思えなかったということもある。

「一服盛るなり、痛めつけるなり、声を奪うなり、おとなしくさせる術《すべ》ならいくらでもあるわい」

筆之介を嗤《わら》いもせず、さりとて顔もしかめず、東谷は言い放った。

背筋《せすじ》がぞわりと寒くなった。笙之介もまた声を失った。

「城方の加勢――まあ、黒幕《くろまく》と呼ぼうかの」

東谷は身を引いてゆったりと座り直すと、鼻から太い息を吐いた。

「黒幕も、この企てに手を貸すには、相応の見返りがなくてはならん。ならんというより、つまらんと言うべきか」

「金品……ですね」

父が手に入れたという額よりも、遥かに大きな金が動いたに違いない。きつくくちびるを閉じて怒りを噛みしめて、しかし、東谷がうっすりと笑っていることに気がついた。

「違う」言下に、叱るように否定された。「金より価値あるものがある」

そなたはやっぱりわかりが悪い、と歎《なげ》く。

「佐伯師はそなたを買っておられたがなあ。勉学はしても世間を知らずか。これは、そなたの得手《えて》のところであるはずなのに」

ちんぷんかんぷんだ。笙之介が得意とすること？　書を読むことに、習字に――

あっと思った。

「波野千が差し出した、父が書き与えたという証文《しょうもん》が」

古橋宗左右衛門にはまったく身に覚えがないにもかかわらず、本人が見ても、己のものだと認めざるを得ないほど、そっくりの手跡《しゅせき》で書かれていた証文だ。

「そのとおり！」

東谷が肉づきのいい膝頭《ひざがしら》を打った。

「なあ笙之介。これが捨て置けぬ大事であることは、そなたにもよくわかるはずだ。他人《ひと》の手跡を写したようにそっくり真似《まね》て、ありもしない偽文書《ぎぶんしょ》を仕立て上げる。そんなことができる者がおるならば、どれほど使い道があるだろう。その文書が動かし難い権威を持つ場では、どれほど強力な武器となるだろうか、と」

笙之介は両手で膝頭をつかみ、身を硬くした。東谷のおおらかで大きな顔が、にわかな威圧感を以《もっ》て迫《せま》ってきた。

「それでは東谷様は、波野千が、そのような偽文書作りの技《わざ》を持つ者を何処《いずこ》から見出《みいだ》してきて、城方の黒幕に近づけたとおっしゃるのでしょうか」

それが黒幕への〈見返り〉だと。

東谷の分厚い顎がうなずいた。

「ならば私の父が被《こうむ》った冤罪《えんざい》は」

「波野千でお店簒奪の動きを起こすと同時に、黒幕どもに、偽文書作りの力のほどを見せつけるために仕掛けたのであろうの」

一石二鳥だと、吐き捨てるように言った。

「仮に証文が偽物《にせもの》だと見抜かれたとしても、城方の黒幕には痛くも痒《かゆ》くもない。それほど言うならやってみせてみろ、というくらいのものだったろう。そして波野千には、万にひとつも見抜かれる気遣いはないという自信があったに違いない」

そう——でっちあげられた賄賂の証文は、取り調べにあたる目付衆の目はおろか、当の古橋宗左右衛門の目にも本物のように見えたのだった。

笙之介は現物を見てはいない。だが、当時の父の驚愕《きょうがく》と焦燥《しょうそう》ぶりは知っている。私に身に覚えはない。だが、鼻先に突きつけられた証文は、確かに私の手跡なのだ。この世にこんなことがあろうか——と、夜も眠られぬほどに懊悩《おうのう》していた。

「あのころ私は、このままでは父が正気を失ってしまうのではないかと恐れていました」

父が、ほとんどすがりつくようにして訴えたことがある。

——笙之介よ、私は己が賄賂を得たことを忘れ去っているのだろうか。己の悪事を忘れ去っているのだろうか。

そんなはずはない。あり得ないのだ。だが、証文は現にそこにある。私の手跡なのだよ、笙之介。

「私も黙って一緒に困っていたばかりではありません。誰でも思いつきそうな抗弁をしました」

――手跡など他人にも真似ることができる。父上に覚えがないならば、証文は偽物なのですよ。

「父は何と言った？」

笙之介が寒気《さむけ》を覚えるほどに青ざめて、しかしきっぱりと、父は否定した。

「偽物とは思われんと」

――花押《かおう》ならば偽物も作れよう。他人の手跡を真似ることもできよう。だが、まったく同じにすることはできぬ。

「手跡はその人を表すと申しました」

文は人なのだよ、笙之介。人がすっかり他人に成り代わることができぬように、文も他人のそれとそっくり同じになることはない。

――だからあの証文は、やはり私が書いたに違いない。だが私には覚えがないのだ。

「そうこうしているうちに、母の猟官運動が追及されるようになりまして」

古橋宗左右衛門は折れてしまったのだ。

思い出すと、笙之介の身体から力が抜けてゆく。父の悲運。己の無力。そうだ私は、母上が罵《ののし》ったとおりだ。めそめそ泣くばかりの役立たずの次男坊だった――

「なあ、笙之介」

東谷の太い声に呼ばれて、笙之介は目を上げた。まばたきすると、視界がぼやけた。また涙しそうになっている。

「人の手跡というものが、宗左右衛門殿の言葉のとおりのものであるならば、件《くだん》の偽文書を作った人物は、己をまったく空《むな》しゅうして、目的の人物に成り切ることができるということになろう」

古橋宗左右衛門には、そんな人物を想定することができなかった。田舎《いなか》の長閑《のどか》な小藩の、実直で素朴《そぼく》な小役人《こやくにん》には、人がそんな技を持つことが信じられなかった。

笙之介には、その想《おも》いがよくわかる。

「だが、いるのだ。その人物は確かにいる」

今もどこかにいて、次の出番を待っている。

笙之介は思いきって訊いた。「東谷様は、黒幕の真の狙《ねら》いは何だとお考えなのですか」

東谷は狙いをつけるように目を細めた。

「その前に、誰が黒幕か気にならんか」

笙之介も思わず身構える。

「ご存じなのですか？」

「見当はつく。それというのも、この二つの疑問の答えの根はひとつだからの」

跡目《あとめ》争いよ、と言った。

「のんびり者のそなたとて、我らが殿《との》が子福者《こぶくしゃ》であらせられることは存じておろう」

藩主千葉長門守有常《ちばながとのかみありつね》には、若菜御前《わかなごぜん》と呼ばれる正室とのあいだに十二歳と十歳の二男がある。四十五歳という殿の年齢の割に子供たちが幼いのは、嫡男《ちゃくなん》、次男、三男までが、いずれも夭折《ようせつ》しているからだ。ここまで育ち上がった二人の男子は、順番からいえば四男と五男にあたる。

さらには側室・お萬《まん》の方《かた》とのあいだにも一男二女があるが、こちらはさらに幼い。お萬の方が千葉家の居城の奥に上がったのは、七年前のことだからだ。それまで殿は、国許《くにもと》の居城で気まぐれに寵愛《ちょうあい》する女人《にょにん》を侍《はべ》らせることはあっても、江戸藩邸に在《あ》る正室に拮抗《きっこう》する存在、いわゆる〈お国様《くにさま》〉を持つことはなかった。それだけ若菜御前に憚《はばか》るところがあったのではないかという観測が、一部にある。

しかし——

「万寿丸《まんじゅまる》様と千綬丸《せんじゅまる》様はご兄弟仲も睦まじく、揃ってすこぶるご健勝で、一昨年にはお二人とも疱瘡《ほうそう》を軽くやり過ごされ、殿も御前様もようよう安堵《あんど》して、昔のお悲しみを忘れられるようになったと聞いておりますが」

千葉家には病苦が寄りつくようで、次男と三男は疱瘡で命を失った。存命なら笙之介と同い歳であるはずの嫡男も病死で、表向きは流行《はやり》風邪と言われているが、実はコロリ（コレラ）の疑いがあった。

いずれにしろ、三人とも幼子《おさなご》にとっては特に命取りの、逃《のが》れようのない病《やまい》で死んでいるわけで、これは千葉家の悲運と呼んでいいだろう。だから四男と五男が健《すこ》やかに育っていることは、家中一同の喜びであった。

東谷は片頬《かたほお》を歪《ゆが》めて笑った。「そなたにそんな話を吹き込んだのは、どこの誰だ？　宗左右衛門殿ではあるまい」

里江だろう、という。まさにそのとおりだったが、東谷の笑いに含みがありそうなので、笙之介はぎくしゃくとうなずいた。

「はい」

「里江は――というより、新嶋家は若菜御前の党派であるからの。そうそう、若君お二人の疱瘡の折には、常磐《ときわ》神社に百枚の赤絵《あかえ》を奉じて祈願したそうではないか」

江戸詰めの坂崎重秀は、そんなことまでよく知っている。

「ご存じでしたか。当時は我が家でも、こぞって赤絵を描いてお手伝いをいたしました」

赤絵とは疱瘡除《よ》けを祈願するためのもので、一枚絵の場合もあれば絵馬《えま》や札《ふだ》の場合もある。新嶋家が擣根《とうがね》の地の氏神《うじがみ》である常磐神社に奉納したのは百枚の絵馬で、そのうちの二枚は笙之介が描いたものだった。一枚には達磨《だるま》を描き、一枚には緋《ひ》縅《おどし》の甲冑《かっちゅう》に身を包んだ八幡太郎義家《はちまんたろうよしいえ》を描いた。赤絵としては珍しい図柄ではないが、よく描けているというので、里江に褒《ほ》められた覚えがある。

——あなたは、こういうことには本当にそつがありませんね。

兄・勝之介は絵が下手《へた》で、ずいぶんと苦心していた。さりとて笙之介に手伝わせるのは業腹《ごうはら》だったのだろう。助《す》けてくれと頼まれることはなかった。笙之介も知らん顔をしていた。あれは結局、誰に描かせたのだろうか。

どんなことであれ兄より優れ、里江に褒められたのは、あれが最後であったような気がする。思い出すと後ろめたいながらも心楽しく、笙之介はつい微笑した。

「そういえばあのとき、お萬の方様も手ずから赤絵を描かれ、常磐神社に奉納されたのですよ。東谷様はそれもご存じですか」

「知っておるよ」

東谷の片頰はまだ不自然に歪んだままだ。

「そなたこそ、若菜御前がその赤絵の奉納を許さず、国許に急ぎの使者を立てて、密かに焼き捨てさせたことを知っておるかな？」

笙之介は、楽しい回想からいっぺんに目が醒《さ》めた。

「え？　焼き捨てた？」

「左様。呪詛《じゅそ》が込められているやもしれぬと、ひどく忌《い》まれての。使者の手配をしたのは、この儂《わし》じゃ」

初めて「儂」というくだけた言い方をして、東谷は自分の鼻の頭を指した。笙之介は二の句が継げない。

「要するに、そういうことよ」

殿を挟んで、二人の女人が争っている。

「その双方に跡継ぎたり得る男子がおる。さらにその守役《もりやく》がおる。守役の後ろには党派ができる」

東谷は先ほども〈党派〉と言った。

「しかし、跡継ぎは御正室のお子に決まっているではありませんか」

「まだ決まってはおらんわ」

「誰がくつがえすというのです？　殿のお気持ちですか。それでも然るべき順序を踏まねば、御家老方《ごかろう》が黙っておりますまい。お世継ぎの問題は、ひとつ手当を間違えば幕閣の不興《ふきよう》を買い、藩の存亡に関わることです」

東谷は大きな顔で、さも嬉しそうににまにました。

「筆之介よ、儂を誰だと思うておる？　そういうのを〈釈迦《しやか》に説法〉というのじゃ」

筆之介は赤くなった。確かに、この青二才が、江戸留守居役殿の前でぶってみせる演説ではない。

「宗左右衛門殿はそうした権勢争いには無縁の御仁であった。そなたはその点でも父親によく似ている。これまで、里江に何か聞かされても、深く考えてみることがなかったのだろうな」

ひとつ噛み砕《くだ》いて教えてやろう——と、座り直した。

「我が搗根藩には家老の四家がある」

筆之介も知らないわけがない。筆頭家老であり城代《じようだい》家老の今坂《いまさか》家。番方《ばんかた》の長である次席家老の井藤《いとう》家。役方《やくかた》の長である黒田家。

「そして江戸家老の三好《みよし》家の四家だが、この三好家は十五年前、江戸藩邸で不祥《ふしよう》事《じ》を起こし、役を解かれることとなった。三好家そのものは今も存続しておるが、それを機会に江戸家老職は空席となり、代々江戸留守居役を拝命しておった我が坂崎家が、家老職を兼務することとなって今日に至る」

儂の親父《おやじ》殿の代からじゃと、さらにくだけた言い様《よう》になった。

「当時、親父殿もこぼしておったがの。そもそも三好家の江戸家老というのは代々お飾《かざ》りで、何の役にも立っておらんかったのよ。仕事はすべて留守居役に押しつけて、江戸の贅沢《ぜいたく》な暮らしにどっぷりと浸《つ》かるばかりでな。いてもいなくても変わらなんだ。だいたい、この不祥事というのがけしからん」

これ――がらみだと、右手の小指をひょいと立ててみせた。

「御正室様のおられる江戸藩邸を守る立場にありながら、自身が女色《にょしょく》に迷い、下賤《げせん》な輩《やから》につけ込まれる羽目《はめ》になっての」

「つけ込まれる？」

「おまえ」と、東谷はさらに気さくな呼び方をして、笙之介の方に身を乗り出してきた。

「美人局《つつもたせ》という言葉を知っておるか」

ちょっと金魚のように口をぱくぱくさせてから、笙之介は切れ切れに答えた。

「に、女人を餌に男を騙し、金品や財物をゆすり取る手口でございましょう」

「知っておるか。へえ」

東谷は口をまあるくした。

「佐伯殿に教わったか？　まあ、いいわ」

笙之介はぱくぱくを続けていた。

「まずは吉原《よしわら》の太夫《たゆう》並みの上品《じょうぼん》の女であったそうだが、正体は蟒蛇《うわばみ》で、しかも鱶《ふか》を従えていたというわけだ。これに、三好殿は頭から呑まれかけてのう」

すっかり呑まれる前に引っ張り出す——しかも密かに事を運ばねばならないから、東谷の父は恐ろしく骨を折ったという。無論、火消しのために金も費やした。

存じませんでしたと呟《つぶや》いて、笙之介は冷汗《ひやあせ》を拭《ひ》った。

「三好殿は、病のために江戸家老職を退かれたのだとばかり思っておりました。家中では、誰もみな、そのように教えられていたと思います」

東谷は片目をつぶってみせた。「それもこれも、儂の親父殿が殿と語らって、周到にこしらえたつくり事よ。家中ばかりではない。今坂も井藤もこれで騙した」

唯一《ゆいいつ》、役方の長である黒田家には真実を打ち明けないわけにはいかなかったが、

「財布《さいふ》の紐《ひも》を握っている者には、嘘《うそ》は通らん。それに黒田の者どもは頭が切れるか

ら、秤《はかり》を見誤《みあやま》る心配がない。己の権勢を強めようと、こんなつまらん事を暴《あば》き立てても、そのせいでお上《かみ》のお咎《とが》めを食って、藩が潰れれば元も子もないとわかっていたから、口が固かったのよ」

現在の三好家は、搗根藩では単に〈着座《ちゃくざ》〉の地位にある。家老などの役職ではないが、藩政に関わることのできる重臣の地位だ。昔からこの〈着座〉は曖昧《あいまい》な地位で、多くの場合、今坂・井藤・黒田・三好の当主が隠居し、家老職を跡継ぎに譲った後、そのまま横滑《よこすべ》りしてここに就くことが多かった。いわばご意見番である。また四家のほかでは、家は小さくとも千葉家の血縁がこの着座になる。その意味では名誉職と言ってもいいが、家柄からくる発言力があるからややこしい。

そういえば、若菜御前の生家は代々この着座にある里見《さとみ》家であり、夫の有常とは又《また》従兄妹《いとこ》の関係になるのだった。

笙之介は思い出した。「佐伯先生が、以前おっしゃっていました」

――我が藩には表立った内訌《ないこう》こそないが、血縁・姻戚《いんせき》が絡《から》み合ったせせこましい勢力争いは、昨日今日始まったものではない。

「だから私の父が巻き込まれた賄賂騒動の一件も、そこに根がある。殿はそのことをご存じだと――」

フンと、東谷が鼻息で遮った。

「おまえ、月祥館で古くさい書物のあいだに鼻面《はなづら》を埋《う》めておるあのご老体に、そんなことがわかると思うか？」

あれは儂からの入れ知恵じゃ、という。

「おまえが短気を起こさぬよう、そう言い聞かせてやってくれと、儂が丁寧に文を送って頼んだのじゃ。有り難く思えよ」

「はあ」笙之介は首を縮《ちぢ》めた。

「まあ、そういうことよ」

東谷は半目《はんめ》になると、さも怠《だる》そうに弛緩《しかん》した。だらんとしても、堅太りで大きな顔には脂《あぶら》が浮いて、つやつやしている。

「家老の四家のうち、今坂と黒田は千葉家の親戚筋じゃ。ただし今坂の方がより親《ちか》しい。番方の井藤は抜擢者《ばってきもの》だが、先々代の正室はこの一族の出で、それが目覚《めざ》ましい出世の糸口になった。三好は今坂よりも千葉家との血が濃く、親戚というよりは、分家と言った方がいい。つまり、いざとなれば三好家から藩主の跡取りを出すこともできる」

臣下《しんか》に降下《こうか》してはいるが、千葉家に対する発言力はもっとも強い。だからこそ江戸家老を務めてきたのだし、猥《みだ》らな不祥事を起こしてもお家断絶には至らなかった。

「それとは逆に、我が坂崎家は代々有能な江戸留守居役を輩出《はいしゅつ》しておるが、家老に上がることはできぬ。今の江戸家老職も空席ゆえの兼務であり、その分の加役《かやく》はいただいておるが、身分としては江戸留守居役のままじゃ。何故《なぜ》かと言えば」

坂崎家は千葉家との血の繋がりがないからである。

「別段、不服ということもないがの。家老になどなっても、気苦労が増《ふ》えるだけじゃ」

本気でそう思っているようだった。

ぐるりと回り道をしたが、笙之介は東谷の言う〈跡目争い〉のことに思案を戻していた。家中の者にとっては、江戸暮らしをしている正室と世継ぎよりも、お国様として国許にいる側室とその子供たちの方が、より身近な存在だ。だからどうということがなくても、その消息はよく伝わってくる。

「お萬の方様は、井藤家を仮親に、奥に上がられたのではなかったでしょうか」

東谷はうなずいた。「あの方は武家の生まれではない。金見郷《かねみごう》の庄屋《しょうや》の娘じゃ」

主君の側室の出自を探るなど、家臣としては憚られることだが、それは家中でよく知られた話だった。

金見郷は、古くは金鉱があったという土地だが、今ではすっかり掘り尽くされている。ただ豊かな山林に鹿が多く棲み、温泉も湧く。

「殿が彼《か》の地に鹿狩りに訪れた折、見初《みそ》められたという噂も本当でしょうか」

「たまたま見初めたのではなく、お膳立《ぜんだ》てする者があったのだよ」

笙之介はうなずいた。「井藤家の計らいですね」

「三好も噛んでおる」

笙之介が驚くと、東谷は笑った。「あの二家は懇《ねんご》ろなのじゃ。家柄はあっても利《き》け者《もの》がおらん旧家と、力と金はあっても家柄がない成り上がり者は、手を組みやすい」

そういうことか。

「さて、若菜御前の生家の里見家はといえば、今坂の分家にあたる。役方の長の黒田家は、今坂、里見の両家と婚姻を繰り返しておって、気脈《きみゃく》を通じておる」

つまり、今坂・黒田の二家が正室若菜御前を戴《いただ》き、井藤・三好の二家が側室お萬の方を担いで対立する構図が浮かび上がるのだ。

「これまではそのようなこと、気にかけてもおりませんでした」

「おまえの家がとりわけのんびりしておったのだ」言って、東谷はちょっと首をかしげた。「宗左右衛門殿は、何もかも心得た上で、知らぬ顔の半兵衛《はんべえ》を決め込んでおられたのかもしれんがな」

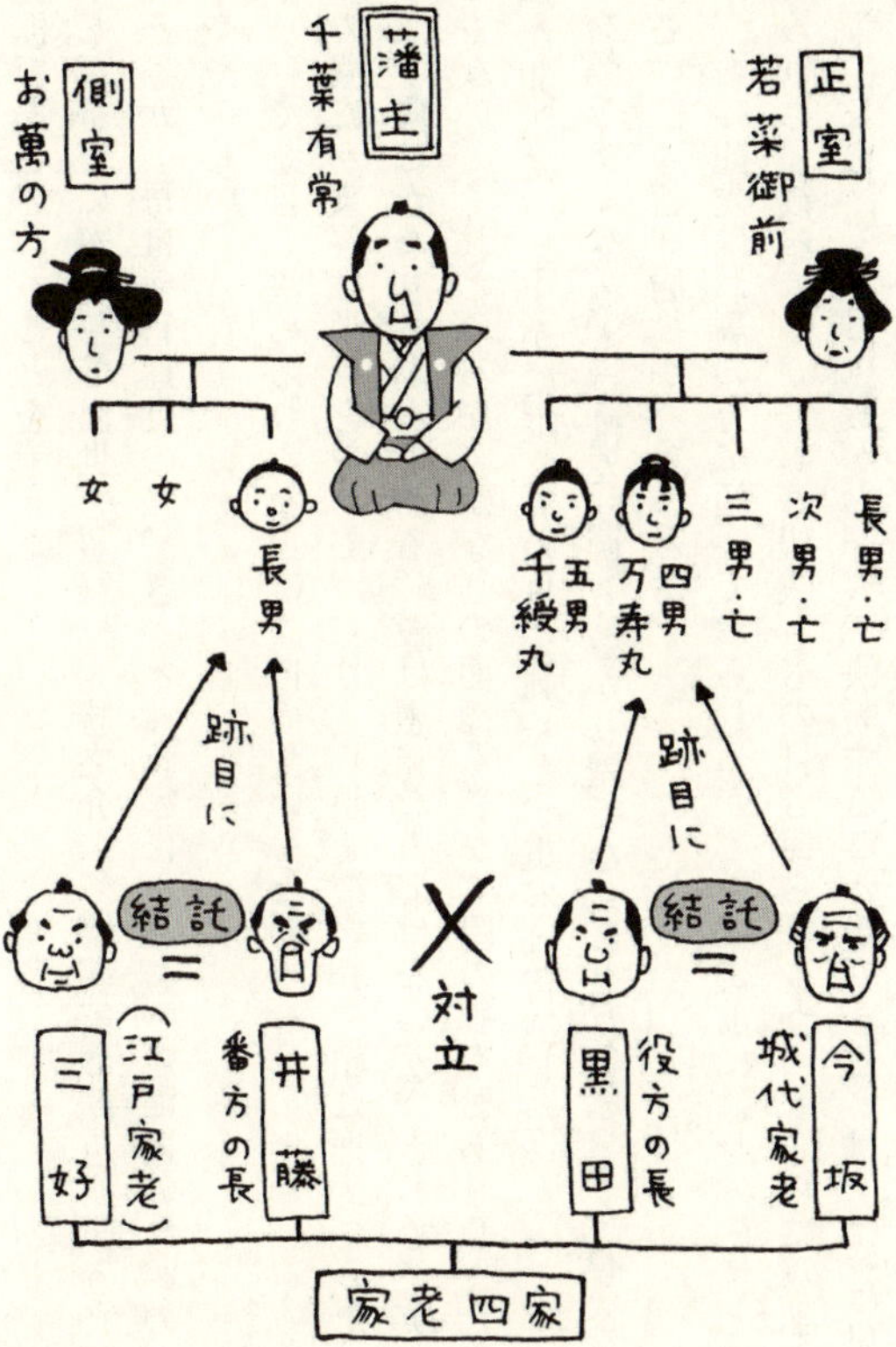
藩主
千葉有常
側室
お萬の方
正室
若菜御前
女
女
長男
長男・亡
次男・亡
三男・亡
四男
万寿丸
五男
千緞丸
跡目に
跡目に
結託
結託
対立
三好
(江戸家老)
井藤
番方の長
黒田
役方の長
今坂
城代家老
家老四家

笙之介は父の顔を思い浮かべた。母のことを思った。母の生家新嶋家が今坂・黒田の党派であるということを考えた。

しかし、番方に奉職して出世を望む兄・勝之介に、井藤家の顔色を窺う必要はないのだろうか。母は猟官運動の際、きっと井藤家にも近づいたに違いないのだ。

――ややこしい。

「殿が一存で跡目を決められるならば、何の憂《うれ》いもない」

いつの間にか東谷は半目をやめて、ぐりぐり眼《まなこ》を笙之介の顔に据えていた。

「しかし、儂はかなり危《あや》ぶんでおる。殿は愚昧《ぐまい》な方ではないが、きわめて英明ということもない。それどころか、かなりの面倒くさがり屋の癖《へき》もおありじゃ」

白地《あからさま》な非難に、さすがに笙之介が目を剝くと、東谷は苦笑した。

「そんな顔をするな。儂も怠惰《たいだ》な面倒くさがり屋でな。似ておるからよくわかるのだ」

利け者の江戸留守居役が、怠惰とは。

「近年、殿の寵愛はお萬の方に傾いておられるが、若菜御前には身内の情というものがあろうし、後ろについておる親戚どもの目も憚られよう。どちらに軍配《ぐんばい》をあげるか、いよいよという時に、殿がお一人で決断することができるとは、儂には思えん」

何しろと、ため息をつく。

「二人の女に挟まれた男というものは、この世でいちばん弱くなるのだ。ともかくも事なかれと流され易くなっての。角《かど》を立てず、あちらにもこちらにも甘いことを言ってやろうとするうちに、にっちもさっちもいかなくなる」

それは実感ですかと問い返したいのを、笙之介は堪えた。

「家老、着座の重臣どもを集めて評定《ひょうじょう》などという事態が起これば、四家が二手に分かれていがみ合うのは必定《ひつじょう》じゃ」

その折に。

「今はどこにあるかも定かでない藪《やぶ》から、とんでもないものが飛び出してくることを、儂は案じておる」

文書だ、と言った。

「これはおまえが知る由《よし》もなかろうが、かつて殿が跡目を継がれる折にも、内訌に近いものがあった。それを果断に捌《さば》いたのは、望雲侯《ぼううんこう》じゃ」

〈望雲〉とは、千葉有常の父、先代の千葉有吉《ありよし》の諡《おくりな》である。この人が病に倒れ、病状がいよいよ篤《あつ》くなり、幕閣へ嗣子《しし》の届け出を出すための評定が設けられた際に、ひと波乱あったのだという。

「殿は御嫡男であり、望雲侯の儲けられた、ただ一人の男子。本来なら揉《も》める材料はなかった。だが当時、望雲侯の弟君の公常侯《きみつねこう》を強く推《お》す向きが頭をもたげての」

その首班となったのは、何と今坂家であったという。

「殿は身弱で将来が危ぶまれると言い張り、公常侯を担いだのだ。そのことでは、殿は今でも、今坂に対して穏やかならぬ想いを含んでおられると思うが」

露《あら》わにはできまい、という。

「望雲侯は病床から気力を振り絞《しぼ》り、この叛乱《はんらん》とも言える騒動を押さえた。しかし、揺根藩の先行きへの深い憂慮《ゆうりよ》と懸念《けねん》は残った。こうした争いは、えてして一代では終わらず、忘れたころになって蒸し返されるものだからの。それと、先ほど儂が畏《おそ》れ多くも言い放った、御嫡男である我らが殿の優柔不断の性《しょう》も、父君ならではの眼力で見抜いておられた」

だから望雲侯は、先の憂いを見越し、手を打った。

「孫の代で、再びかのような跡目争いが生じた場合のために、侯が自らのお手で、家督を継ぐのは正室の嫡男であるという理《ことわり》——公儀に定められておる嗣子決定の筋を貫《つらぬ》くべしと記した文書を遺《のこ》されたのだよ」

遺言状ということだ。

「形は文書であれ、それは望雲侯の御意思の発露《はつろ》だ。殿にとっては、他のどんな甘《かん》言《げん》や建言《けんげん》よりも尊ぶべきお言葉。それさえあれば、殿も情という迷いの雲を断ち切りやすくなろう」

甘言や建言で殿を悩ませる者たちを退けるためにも、望雲侯のお言葉はもっとも効《き》き目《め》がある。

「まったく存じませんでした」

「無論、秘中の秘だからの」

「その遺言状はどこにあるのですか」

問いかけに、東谷は意味ありげな横目で笙之介を見た。

「どこにあるのでしょうか」

笙之介にはわからない。何でそんな顔をするんだろう。

「東谷様」

坂崎重秀は太いため息をついてから、声を落として言った。「筋《すじ》からいえば、本来は今坂がお預かり奉《たてまつ》るべきものだが、その今坂は公常侯を担ぐという愚挙《ぐきょ》をやらかしたばかりだった。その件では、望雲侯は我らが思う以上に深く落胆《らくたん》し立腹しておられたと、儂の親父殿は言うておったよ」

もっとも血縁の濃い今坂家でさえ、侯の意に叛《そむ》こうとした。いや、血縁が濃いからこそ、利害損得と見栄面子《みえメンツ》が入り乱れて、争いの芽になったのだ。そしてその芽は、今坂ばかりにあるのではない。

「嗣子のことでは、四家老はどこも等しく信用ならん。どの家も、隙《すき》あらば自家の権勢を広げようと狙っておる」

猫の額《ひたい》の小藩で――と、東谷は歎くように言い足した。

笙之介はやっと、さっきの東谷の横目の意味を解した。

「では、坂﨑家が」

「儂の顔つきだけで察しがつかんもんかの」

「申し訳ありません」

汗が出てきた。これが核心なのだ。

「東谷様は、その遺言状の偽物《にせもの》が現れることを恐れておられるのですね？」

東谷はうなずくと、肉厚の掌《てのひら》を持ち上げて自分の顔を覆った。

「遺言状をお預かり奉って間もなく、それが存在することが漏《も》れてしまったのは、言い逃れのしようのない当家の失策だ。それが必要とされる時が到来するまでは、存在そのものを秘しておかねばならなかったのに」

確かにそのものとおりである。

「儂の親父殿には脇の甘いところがあった。間者《かんじゃ》を使うのも下手《へた》なら、間者を見抜くのも下手くそでの」

口調とは裏腹に、責めている目つきではない。

「あの親父殿を手本にしたからこそ、儂は利け者《きけもの》と評判されておるのだが、しかし間者使いの手腕は儂の方が上だ」

それは何とも、笙之介には返事をしかねる。

「誰に、どの家に漏れたのでしょう」

「しかとはわからんが、狭い家中の話だ。今では四家すべてが知っているとしても不思議ではないし、そう思っていた方が無難だろう」

「着座の皆様にも？」

「あるかもしらんな。だが公常侯は既に故人。嗣子の公則《きみのり》侯は父親のような野心家ではないし、うかうかと担がれるような粗忽者《そこつもの》でもない。だからその筋は消してよかろう」

いずれにしろ——と、唸《うな》るように言って座り直し、坂崎重秀は笙之介に顔を向けた。

「〈誰が〉は大きな問題ではないのだよ。誰が持ち出してこようと、遺言状の偽物が現れたら、それだけで大事なのだから」

「でも、偽の遺言状にさほどの力があるものでしょうか。当事者に都合のいい内容が記されているだけのものだったら――」

じっと見据えられて、笙之介は言葉を呑んだ。

「おまえ、本当に佐伯老師に見込まれるほどの頭の持ち主か」

「は？」

「偽の遺言状の内容などどうでもいいのだ。問題は、その手跡が望雲侯のそれとそっくり同じであることなのだ。わからんか」

当の本人でさえ当惑するほど、そっくりそのままの偽の手跡。

「そんなものが現れたら、我が坂﨑家がお預かりしている本物の遺言状まで眉唾《まゆつば》ものに見えてしまうではないか」

そうか――そうなのだ。そちらの方がよほど恐ろしい。

望雲侯の御意思をしたためた文書がいくつも残っているわけがない。どちらかは偽物だ。では、どちらが？　見極《みきわ》めがつかないほどそっくり同じ手跡なのに。

ならば、どちらも本物ではないという考え方も出てくる。本物の価値を貶《おとし》めようと企《くわだ》てるなら、最初からそちらへ持っていくことだってできるだろう。むしろ偽物の内容を嘘臭くする方がいいのだ。

手跡さえ本物と同じであるならば、その方がかえって効き目がある。その場合は、これは偽物であると喧伝《けんでん》して掲《かか》げる。ご覧ください、作ろうと思うならこんな偽物が作れるのですよ。坂崎家が守ってきたという望雲侯の遺言状とて、坂崎とそれに与《くみ》する者どもが勝手にでっちあげたものではないという保証はありませんぞ

――

「殿が迷ってしまわれれば、それまでだ。混乱と内紛を収める切り札が、みすみす失われてしまうことになる」

やっと話が嚙み合って、笙之介のなかで輪が閉じた。それが表情に出たのだろう、東谷はゆっくりと深くうなずき、厳しく問いかけてきた。

「殿はご健勝とはいえ、隠居はいつでもあり得ることじゃ。万寿丸様は御歳《おんとし》十二。今坂・黒田の二家では、既に若君の元服《げんぷく》の儀を急ぎ、殿に隠居を勧めようと画策《かくさく》を始めておる。そうはさせじと、お萬の方の側も動いておる。笙之介、おまえはこれを、手をつかねて傍観《ぼうかん》するつもりか？」

笙之介は、返事ができなかった。だって、私に何ができますか。

「敵は――おまえの父を陥れた黒幕は、どちらの党派かわからん。確かにわかっているのは、おまえの父を惑乱《わくらん》させたほどの腕前の偽文書作りが、この動きに一枚嚙

んでいるということだ」

見つけ出せ。

東谷はいっそ脅すような太い声で、笙之介に命じた。

「儂は先ほど、〈誰が〉は問題ではないと言った。我が藩の先行きにとって、我が坂崎家の信用にとっては、相手が誰であろうと問題ではない。だが、おまえにとっては違うぞ」

その違いは、笙之介にもよくわかる。なぜなら——

「おまえにとって、その偽文書作りは父の仇《かたき》なのだから。おまえがその手で見つけ出し、内紛の根を未然に断ち切るのだ」


さて笙之介には、何からどうしたらいいものか、見当もつかなかった。

——件《くだん》の人物は、国許《くにもと》にはおらん。偽文書作りの達人が、魚を漁《あさ》ったり田を作ったりしておるはずがない。身分にかかわらず、町場《まちば》に暮らしておる。しかし猫の額のような搗根の城下町におれば、その腕前が、とうの昔に評判になっておるだろう。

確かに、城下に住まう人びとの大半が、城勤めの武士たちの名字と役職を覚えているような町では、飛び抜けた特技を隠しておくのは難しい。どんな形でも噂になるだろう。

——的《まと》は江戸におるのだ。

江戸で、波野千にその腕を買われたのだ。

——だからおまえもこの江戸で、文書や書物に関わる生業《なりわい》を持ちなさい。蛙《かえる》を捕《と》るなら池へ、鯵《あじ》を釣るなら磯《いそ》へ行くものだ。的と同じ池におれば、どれほど広い池だろうとも、波紋《はもん》は伝わってくる。同じ磯におれば、どれほど入り組んだ磯であろうとも、同じ潮《しお》が寄せてくる。

波野千も、商いの上で江戸と繋がりを持っている。彼らに近づき、その糸の筋をたどる手は打ってある。そちらは任せろと言われた。

——おまえのおる池や磯にその糸を投げれば、早晩、引きがくるだろう。

それにしてもどうやって文書や書物に関わる生業を持てばいいのか。口入屋《くちいれや》に頼るところから始めましょうかと問えば、深川は佐賀町、貸本屋の村田屋の主人、治《じ》兵衛《へえ》という男を訪ねろ、という。

——おまえのことは、万事頼んである。信義に厚く、口の固い商人だ。顔も広いから、今後も何かと世話になるだろう。

そうして笙之介は治兵衛に会い、勘右衛門《かんえもん》に紹介され、富勘《とみかん》長屋に住み着いた。

あれよあれよという間だった。

さて船出してはみたものの、徒《いたずら》に季節が巡っただけで、笙之介の船はまだどこにも着いていない。手がかりらしいものに、まったく巡り会っていないのだから、いっそ船出していないとさえ言っていい。

幸い、これまでは国許でも動きがなかった。東谷が言う〈糸〉の先にも、未《いま》だにこれというものはかからない。だから笙之介も、まずは江戸の水に馴染み、仕事に馴染み、目先の暮らしを落ち着かせることに専念してこられた。

いや、専念し過ぎたくらいである。

こんなことをしてはいられないのだと、川扇に来る度《たび》に思うことを思い直し、芙蓉の間に上がるこの階段を、何度のぼったことだろう——と、ぼんやり考えていると、後ろから梨枝が、

「今日で六度目のお越しでございますよ、笙之介さん」と言った。

慣れたつもりでも、やっぱりこの人の察しの良さには驚かされる。

「そ、そうですか」

五度も無駄飯《むだめし》を食い、六度目を食おうとしているのだと思うと、さらに身が縮む。

二階に上がると梨枝が先に立ち、次の間に膝をついて、

「おいでになりました」

ひと声かけてから、笙之介を促《うなが》した。

「遅くなりました」

挨拶して頭をあげた途端に、笙之介は吹き出しそうになってしまった。坂崎重秀の釜焚きの腕前は、たいして上達していないらしい。露見《ばれ》ないように着替えを済ませてはいるものの、顎の先には煤がこびりついている。

「おお、待ったぞ」

東谷は着流し姿で脇息《きょうそく》にもたれていたが、笙之介を見ると身を起こした。梨枝がするりと下がって、唐紙《からかみ》を閉める。

「年が明けてからお目にかかるのは、今日が初めてになります。新年のご挨拶も、遅くなりました」

東谷の大きな目鼻だちがほころんだ。春なのに、日焼けしたような顔色はほとんど変わらない。これが地《じ》の色だと、本人は言う。

「うむ。年末からこちら、音沙汰《おとさた》せんで済まなんだ。儂も忙《せわ》しなくてのう」

「東谷様がお忙しいことは私も重々承知しておりますから、どうぞご無理をなさらないでください」

今年は殿の参勤交代《さんきんこうたい》の年にあたる。出府《しゅっぷ》は四月中頃の予定だから、江戸藩邸はその支度《したく》に大わらわのはずだ。

「今日もお出かけになってよろしかったのですか」

「よろしいのだよ。儂はくつろいでおる。そう見えんか?」

ちょっと戯《ふざ》けてから、東谷はまた脇息に寄りかかった。

「殿の出府が六月に延びた。つい一昨日《おととい》、御老中《ごろうじゅう》より正式にお許しを賜《たまわ》ってな」

大名の参勤交代の時期は、三月か四月に定められている。近年は街道の往来の混雑を避けるため、遠方の大藩や譜代《ふだい》、親藩《しんぱん》の場合は任意の時期にずらすことも増えてきたけれど、吹けば飛ぶような小藩に、そんな融通《ゆうずう》は必要ない。

「延期とは——国許で何か」

ひやりとして乗り出した笙之介に、東谷は右手の指を輪っかにしてみせた。

「これよ、これ。いよいよやりくりがつかん。昨秋の不作が響いておる。菜種油《なたねあぶら》の出荷が終わり、問屋から金が入るのは、どう算段しても五月。前借りももう無理だ。そこのところを綿々《めんめん》と訴えての。どうにかこうにかお許しを取り付けた」

菜種油は搗根藩の主要産物である。江戸市中の必需品だから、高値《たかね》で売れてすぐ現金に替わるところが有り難い。

　この菜種金は昔から搗根藩の虎の子であった。だが小藩のことで、いかんせん元の虎が小虎であるに過ぎない悲しみがあり、一方で右肩上がりを続ける諸色《しょしき》に、菜種の卸値《おろしね》は追いつかない。もう何年も前から、藩の勘定方《かんじようかた》では、足りない分をその年の菜種の出来高を担保《たんぽ》に問屋から前借りを繰り返してやりくりしてきたが、それにも限度がある。

「儂もいささか疲れた。今日一日限りは暇《ひま》をくれと、逐電《ちくでん》してきたのよ」

　財政逼迫《ひっぱく》を理由に先送りは許されても、参勤交代そのものを免《めん》じられるわけではない。東谷は――搗根藩も、ほんのひと息ついただけで、金策の苦労はまだまだ続くのだ。

「金詰まりは死ぬより辛いわ。それも己の懐《ふところ》の苦労ではない。形《なり》はでかいが中身は虚《うろ》の藩の財布の苦労じゃ。いっそ儂も浪々《ろうろう》の身となって、気楽に暮らそうかの」

　愚痴《ぐち》って口を尖《とが》らせる東谷は、やっぱり本気ではないくせに、「あんな父ちゃんとはもう縁切りだ」と、寅蔵《とらぞう》の悪口を言うときの太一にそっくりだ。

　老中の許諾《きょだく》を得《え》るには、かなり前から働きかけておかねばならないはずである。それで東谷様は忙殺《ぼうさつ》されていたのかと、笙之介は納得《なっとく》した。

「禄《ろく》を離れ、梨枝さんの下で釜焚きでもなさいますか」

「おう、いいのう」

「それなら、今少し腕を上げられませんと」笙之介は顎を指で触ってみせた。

「煤がついていますよ」

東谷はあわてて顎をこすり、苦笑した。

「露見《ばれ》たか。笙之介、今日は菜飯《なめし》だぞ」

「有り難くご馳走《ちそう》になります」

この半年で判《わか》ったことがある。東谷の釜焚きは、梨枝とじゃれるための口実《こうじつ》などではなかった。あの灰かぶりにも理由があった。

——笙之介が川扇で初めて食う飯だ。私が炊いてやりたい。

そう言って、進んで竈の前に陣取《じんど》ったのだそうだ。梨枝がこっそり教えてくれた。で、それがクセになり、面白みも覚えてしまって、今では趣味になっている。

「それで東谷様」笙之介は座り直した。「冗談《じょうだん》はさておき、今日は」

そう急《せ》くなと、東谷は手を振った。

「それともおまえの側に、急くほどの収穫《しゅうかく》があったかの？」

笙之介は小さくなった。

「ございません。まことに申し訳」

ありませんを、また手で遮られた。

「だろうな。ならば、まずは川扇の春の料理を食おう。先に小難《こむずか》しい話をすると、飯が不味《まず》くなるわい」

今は急くことはないと、半ば悔しそうに、半ばは安堵したように、ぼそりと付け足した。

ぽんぽんと手を打つと、梨枝が女中を従え、料理の膳を運んできた。昼食《ちゅうじき》だが三の膳まであり、燗酒《かんざけ》もつく。焼き物、和《あ》え物、煮物と色とりどりで、若芽《わかめ》や鰆《さわら》など春の食材がふんだんに使われている。

昼から赤い顔をして長屋に帰るのが恥ずかしいので、笙之介は呑まない。東谷もいつもは口をつける程度だが、今日は腰を据えて味わうつもりでいるらしい。

「たんとお召し上がりくださいね、笙之介さん」

給仕について、梨枝は微笑みかける。

「お元気そうで何よりでございますが、少しお痩せになりましたね。それに、近ごろ夜なべをなさいましたか？」

いつ会ってもおっとりと優しく、美しさに隙のないこの人は、目も鋭い。

笙之介は照れた。「近ごろどころか、昨夜が夜なべでした」

「まあ、いけませんね」

「村田屋の仕事か」と、東谷が訊く。

「はい。珍しいものを預かったのです。東谷様は、八百善《やおぜん》にいらしたことがおありでしょうか」

「ある」と東谷は答えた。そして梨枝に目を向ける。

「しかし八百善ならば、儂より梨枝がよく知っているだろう」

梨枝ははにかんだ。「嫌ですわ。よく、というほどではございません」

「ほう、そうだったかのう」

二人のやりとりに、何とも甘《あま》やかな含《ふく》みがあった。それだけに返しにくい。笙之介が戸惑《とまど》っていると、梨枝はきちんと受けてくれた。

「昔、少しばかり縁がございました。八百善がどうかなさいましたか」

笙之介は起こし絵のことを話した。それがどれほどよくできていて、精緻《せいち》で美しく、玩具《おもちゃ》と言い捨ててしまうには惜しい工芸品であるかを、熱心に語った。

聞き入るうちに、梨枝の目も輝いてきた。「笙之介さん、組み立てるだけではなくて、その写しもこしらえたのですね？」

「はい。治兵衛さんに、起こし絵の作り方を考えてくれと言われましたから、それには現物を真似《まね》るのが早道かと」

「それなら、御用が済んだら、その写しの方をわたくしにくださいませんか」

厚かましいおねだりですがと目を伏《ふ》せて、

「ぜひ、見てみたくなりました」

「それならいっそ、川扇の起こし絵を作ってもらえ」東谷が太い声で言い出した。

この川扇の起こし絵ならば、構えの大きい八百善のそれよりも、楽《らく》に作れそうだ。笙之介もうなずいた。

「稽古台《けいこだい》ということでよろしければ、作りましょう」

「まあ、嬉しい。ありがとうございます」

梨枝は花がほころぶような笑顔になった。けっして大輪《たいりん》の花ではない。咲き誇るような勝ち気さもない。笑っていても、長い睫《まつげ》の落ちる瞳に、うっすらと影がある人だ。

「その八百善の起こし絵には、人の姿は描かれておりましょうか」

「いえ、建物と庭の様子だけです」

「わたくしが存じております八百善の起こし絵は、お客の姿が組み込まれているものでございました。人の形を切り抜いて、八百善の暖簾《のれん》の前に立てるのです」

それはたぶん、村田屋治兵衛も知らないだろう。梨枝は本当に、八百善に詳しいのだ。

「ならば川扇の起こし絵には、梨枝の姿を置こう」

東谷はどこまでもこの店のことしか考えていない。

「梨枝がおらねば川扇ではない」

「いえいえ、東谷様あっての川扇でございますよ」

笙之介はこの別口の起こし絵について考えていたので、しばらく二人を放っておいた。

「治兵衛さんによれば、今では起こし絵というものはすっかり廃《すた》れているそうですが」

「そうでございましょうねえ。わたくしが知っておりますのも、ずいぶんと若いころでございますから」

「一度世間から忘れ去られたものであるならば、逆に目新しくて、人の目を惹《ひ》くこともできるでしょうか」

東谷が大きな丸い眼《まなこ》をぐりりと回し、杯《さかずき》を乾《ほ》してから、言った。「人によるな。今日《きょう》び、料理屋を使うことのできる金持ちは限られておる。昔日《せきじつ》よりも今日の方が、より狭いところに限られておるだろう」

だから、起こし絵は玩具ではない。

「贅沢品だ。村田屋も商いにすると言い出すくらいなら、それは百も承知だろうが」

貸本屋にもピンからキリまである。村田屋は繁盛《はんじょう》しているけれど、けっして高級な店ではない。その日暮らしの長屋のかみさんも、商家の女中もお客である。そんな客たちには、起こし絵は縁がない。

「ですから治兵衛さんは、同じ料理屋を相手にするつもりのようです。もう平清《ひらせい》には話を持って行ったそうですから」

でも——と、笙之介はちょっと言い返したい気分になった。

「料理屋に縁のない人たちだって、きれいなものを見れば楽しいでしょう。富勘長屋でも、お秀《ひで》さん、洗い張りをしているおかみさんですが、見たいと言っていました」

「それはおまえがすぐそばにおるからだ。そうでなければ、起こし絵に触れる機会さえなかろうよ」

笙之介が黙ってしまうと、梨枝がしなやかに立ち上がった。

「東谷様、お銚子が空《あ》きましたわね。笙之介さんには菜飯をお持ちいたしましょう。今日の汁椀《しるわん》は鯉《こい》こくでございますよ」

「江戸市中の鯉は一年じゅう脂《あぶら》が乗っておる」と、東谷も嬉しそうな顔をした。

東谷が、富む者と貧しい者との隔《へだ》たりについて語っているのはわかっている。その隔たりがますます高く、深い溝《みぞ》になっていると示唆《しさ》しているのもわかっている。

笙之介が川扇に招《よ》ばれる度に、梨枝は工夫を凝らした膳を並べ、たんと召し上がって元気をつけてくださいねと勧めてくれる。美味な料理に、笙之介が生き返ったような気分になることも確かだ。たまさかに摂《と》るこの滋養《じよう》に富んだ食事がなかったら、富勘長屋で半年暮らすことはできなかったかもしれない。

その一方で、回が重なるごとに後ろめたさも覚える。働きづめのお秀や育ち盛りの太一や、毎日振り売りに出ているおしかと鹿蔵《しかぞう》にこそ、こういう物を食べさせてやりたい。

思うだけで、笙之介には無理な業《わざ》だ。だから、自分だけこっそりと食して帰る。自分もまた貧乏長屋の貧乏浪人なのだという顔をして帰る。

だがそれさえもまた、かりそめの顔なのだ。笙之介の今の暮らしは、坂崎重秀にお膳立てされたものなのだから。

「ゆっくり味わえばいいものを」

飯が済み、梨枝を下がらせると、東谷はおもむろに切り出した。

「余計《よけい》なことを考えおって、旨《うま》い鯉こくが台無しだったろう」

笙之介の胸の内などお見通しなのである。

「東谷様にお目にかかると、我に返るような気がするものですから」

それは当然だがと、東谷は目を細めた。

「儂もおまえに会うと我に返る。この半年、早かったの」

梨枝が少し窓を開けていったので、池の水面《みなも》を渡る風がやわらかく吹き込んでくる。

「城方《しろかた》の権勢争いが凪《な》いでいるのは、皮肉な話だが、これも先秋の不作のせいだ」

城下では米の値が上がり続け、農村は飢えている。

「昨年末、安住ノ庄《あずみのしょう》では地方《じかた》役所の焼き討ちが起こっての。鎮圧《ちんあつ》に手こずったらしい」

安住ノ庄は藩の西部の山がちなところで、水田耕作の難しい土地柄である。普段でも平地より貧しい農民たちのことだから、昨秋の不作は大きな打撃になったのだろう。このままでは年を越す前に餓死者《がししゃ》が出ると、救済を求めて掛け合っても地方役所では相手にされず、それどころか罰せられる始末で、遂《つい》に決起したのだ。

私が江戸で、曲がりなりにも白い飯を食って暮らしているうちに、国許では飢える者が増えていたのだ、と思った。

「此度《こたび》の出府延期は、勘定方からの切羽《せっぱ》詰まった要請を受けた黒田殿の提案だった。昨秋、年貢《ねんぐ》の徴収《ちょうしゅう》を終えた時点で、勘定方からはその声があがっていたそうだ」

　しかし、右から左へ言い出せる事柄ではない。出府延期は不名誉なことなのだ。藩の失政を、進んで幕閣に披露するようなものだからである。

「黒田殿はその声を抑《おさ》えつつ、金策に走り回った。儂もその経緯はよく知っておる。共に奔走《ほんそう》したからの」

　すっかり語ることになると、おまえが川扇で一泊する羽目《はめ》になるから勘弁してやろうと笑った。

「いよいよいかんと、家老と着座を集めて出府延期の願出《ねがいで》を協議することになったのは、年明けて間もなくのことだった」

　強硬な反対論が出てくると思ったと、東谷は続けた。

「米が不作でも、菜種金があるではないか。四月までまだ間がある。問屋とも交渉の余地があろう。算盤《そろばん》勘定に疎《うと》い者ほど、何とでも言える。そうして侃々諤々《かんかんがくがく》の挙げ句、それでも出府延期を願い出るというならば――」

　この際、殿には隠居していただき、幕府の手前を繕《つくろ》わねばならぬという意見が出てきてもおかしくなかった。

「だが、その動きはなかった。好機と言えばこれほどの好機はなかったのに、井藤も三好も形ばかりの反論はしたものの、藩主の交代を迫るような気配は見せなんだ」

――ふうん。

「これから、ということはありませんか」

老中の許しを得て、初めて藩主の責任論を云々《うんぬん》するという手順だ。

「おまえも言うの」東谷は目を剝いた。「が、それはない。御老中からは殿に、藩の財政再建に尽力《じんりょく》せよというお達しがあったのだ。それを果たし、六月に出府して御礼と報告を申し上げない限り、殿はむしろ藩主の座を下りることができなくなった」

公儀の上意に背《そむ》き、逃げ出すことになるからだ。

今度は笙之介の方が目を細めた。「あるいは東谷様、そういう流れも読み込んだ上で、家老方や三好様の出方を見ようと、わざと〈出府延期の願出〉というかまをかけたのではありませんか？」

東谷は喉声《のどごえ》で唸った。「何を言う。おまえが何の手がかりもつかめずにいるうちに、儂がそんな危ない橋を渡るか」

「ですから、私があまりにも無能なので、手がかりの方は諦《あきら》めることにして」

諦められても仕方がないほど、笙之介は無為《むい》に過ごしてきた。

一転、東谷は歯を見せて笑った。

「儂がおまえを見捨てるときは、先にそう言うから安心せい」

あまり安心できない。

「だいいち、それでは儂が黒田殿と通じておるように聞こえるぞ」

笙之介は頭を掻《か》き、東谷は指で鼻の頭を掻いた。

「出府延期は、儂にも予想外のことだった。御老中を懐柔《かいじゅう》するのに、また余計な費《つい》えをしてしまったよ」

深いため息をつくと、目を上げる。

「黒幕どももまだ、支度が調っておらんのかもしれん」

支度か。何をどう調えるのか。笙之介は考えた。そして、以前から頭にはあったものの、東谷には言えずにいたことを、口にのぼせてみることにした。

「もしかすると、私の父を陥れた一件の、ほとぼりが冷めるのを待っているのではないでしょうか」

誰がどのような形で跡目争いの火蓋《ひぶた》を切るにしろ、事が起これば騒動になるのは目に見えている。坂崎家にある本物の遺言状と、それに対抗しようと持ち出される偽物の遺言状を巡って、さまざまな思惑が入り乱れ、侃々諤々の様相になるだろう。どちらが真に望雲侯の遺されたものなのか。

その際、誰かがふと思い出すかもしれない。

――そういえば、賄賂《まいない》で腹を切った古橋宗左右衛門《そうざえもん》が、動かぬ証《あかし》と突きつけられた証文に、まったく身に覚えがないと抗弁していたことがあったではないか。

――此度の騒動も、あれと同じ筋なのではないか。偽の文書を作り、それを用いて家中に混乱を起こそうとする者がうごめいておるのではないか。

東谷は、踏みつぶされた蝦蟇《がま》のように顔を歪《ゆが》めてみせた。

「済まんが、おまえの父親の死にそれほど強くこだわりを残し、ここ一番でそれを引き合いに出すような者が、家中におるとは思えんなあ」

「言ってみただけです」

笙之介は萎《しお》れた。ただ、もしも自分が黒幕一味のなかにいたら、きっと同じことを言うという考えに変わりはなかった。

人は、奇妙なことでも一度限りなら、さほど気にしない。が、似たようなことが繰り返されると、先のあれと後のこれとを見比べてみるものだ。大事に臨《のぞ》んで慎重《しんちょう》を期すならば、先のあれと後のこれとの間は、なるべく空けた方がいい――

そして思った。ほかにはいなくても、兄の勝之介なら？

「兄は、引き合いに出すかもしれません」

ぎろりと眼《まなこ》を動かし、東谷はかぶりを振った。「わからん。おまえの兄は、おまえほど素直な頭の持ち主ではなさそうだ」

どういう意味だろう。

「里江から便りはあったか」

「はい、正月明けに」

母も兄も変わりはなく、兄は日々道場に通い、師範代《しはんだい》として弟子たちに稽古をつける傍《かたわ》ら、己の鍛錬《たんれん》にも励んでいると書いてあった。

「それだけか」東谷はまた鼻から息を吐く。「里江が書くはずはないと思ったが」

「何かあるのでしょうか」

東谷の大きな眼が冷たく光った。

「近ごろ、里江は波野千と親しんでいるようだぞ」

主人が代わったとはいえ、波野千と？

「そんな……まさか」

「気の毒だがまことじゃ」

かの店のお内儀《かみ》はしばしば新嶋家に出入りしており、さらには、里江と勝之介に仕《つか》えさせると、女中を二人寄越したという。

ない。

「儂の耳に入ったのは一月《むつき》の中頃じゃ」

笙之介は呆然《ぼうぜん》とした。情けない。何ということだ。これでは父は浮かばれようがない。

「いつからですか？」

「この女中らは、そうして仕えることで、先代の主人どものしでかした悪事を償《つぐな》い、宗左右衛門殿の菩提《ぼだい》を弔《とむら》うと、殊勝《しゅしょう》なことを申しておる——こら笙之介、しっかりせんか」

どやされて、ともかくも開けっ放しになっていた口を閉じた。

「今さら、いちいち萎れるな。むしろ都合がいいと思え。おかげで儂の手の者は、波野千の内情をつかみ易くなった」

ということは、里江や勝之介の身辺にも、坂崎重秀の手の者が張りついているのだ。そばにいて、笙之介の母と兄が、波野千の甘言に丸め込まれるのをじっと見ているのだ。

恥だ。だが、そういう自分はどうだ？　母と兄を責められる立場だろうか。

「はい」笙之介はぐっと奥歯を噛んだ。

「この先、殿が江戸におられる間は、内紛は起こらん」と、東谷は言った。「一年余の猶予《ゆうよ》を得たということじゃ。大きいぞ」

　それはわかるが、既に半年を過ごしてしまった笙之介には、あと一年の猶予しかないというふうにも思える。

「ともかく、それらしい糸口には、何でもいいからあたってみることだ。でな、笙之介」

　大食い競《くら》べに興味はないか。

「は？」

「近々、神田伊勢町《かんだいせちょう》の瀬戸物屋《せともの や》〈加野屋《かのや》〉が、得意客を集めた花見の会で、大食い競べを催《もよお》すそうだ。行って、見物するといい」

　加野屋とは――と、にんまりする。

「波野千の江戸での取引先のひとつだ。どうだ、近づいてみる価値はあろうが」

六

　翌日である。

　川扇《かわせん》のご馳走《ちそう》のおかげか、朝から仕事がはかどって、起こし絵の前から預かっていた村田屋がかりの写本作りが、昼前にはすっかり終わった。約束の期日より早いけれど、ちょうどいい、起こし絵と一緒に届けに行こうと、笙之介は思い立った。

　こちらは、仇討《あだう》ち話を三つ集めた読み物の写本だった。ただ、そのまま写すだけではなく、村田屋治兵衛からは注文がついていた。

「せっかくの忠義話なのに、出てくる悪党のやることが酷《むご》すぎるし、色模様《いろもよう》もどぎつくていけません」

　これじゃ広くは貸し出せないから、子供にも読ませられるように目に余る場面を取っ払い、適当に話をつないで書き直して欲しいというのだった。

「人の名前も似たようなのばっかりが出てきてまぎらわしいから、いいように付け替えて、かなもたくさん振ってくださいよ」

　後段の注文は、今度に限らず、村田屋から読み物の写しを頼まれるときには、折々に言われることである。

　だとしても今回、笙之介には一抹《いちまつ》の不安があった。

「押込御免郎《おしこみごめんろう》」というふざけた筆名を名乗るこの読み物の作者は、仇討ちの美談よりも、仇討ちのもととなる悪人どものえげつない悪行《あくぎょう》と、彼らの色模様の方をこそ読ませたかったらしい。だから、治兵衛が「直せ」というそれらの部分を取っ払ってしまうと、途端に話が痩せてしまう。つまり、もともとそういう類《たぐい》の読み物なのである。

何もわざわざ子供に読ませなくっても――と、写しを作りながら、笙之介は何度も思った。仇討ちの忠義話なら、ほかにいくらでも上等のものがあるだろう。ばっさりと削《けず》ってばかりいたから、写す手間はかからなかったが、こんなもののためにいつもより長めの期日をくれて、よろしく頼みますよと言った治兵衛の意図が、ちょっと読み切れない。

もしかしたら、別の書物と間違えたのではないかとさえ思うのだが、この前は、起こし絵と『料理通』の話ばかりしていて、聞きそびれてしまった。

原本と写しを下に、その上に起こし絵をそうっと載《の》せて、ふわりと風呂敷で包む。提《さ》げるより、武家のお女中のように両手で捧《ささ》げ持っていった方がよさそうだ。

という具合だったから、佐賀町の村田屋に着くと、いつものように堆《うずたか》く積み上げた書物を背に、帳場格子《ちょうばごうし》の真ん中に鎮座《ちんざ》している炭団眉毛《たどんまゆげ》の主人に、こう言われた。

「おや、おしとやかにおいでですね」

村田屋では出商《であきな》いのほかに、店先にも客を入れて、その場で本を貸す商いもする。本が傷《いた》むし、うっかりすると盗《ぬす》まれるからと、これをやらない貸本屋は多いが、治兵衛は自分がほとんど常に帳場で目を光らせていられることと、そうやってふりのお客と話をすることも商いのうちだというのが信条なのだ。

笙之介は、治兵衛が板の間に出してくれた円座《わろうだ》に腰をおろし、風呂敷包みをほどいた。

「おお、これはこれは」

治兵衛が、組み立てた起こし絵をためつすがめつしているあいだに、笙之介はこの起こし絵の写しを取ったこと、試《ため》しに川扇の起こし絵を一からこしらえてみるつもりであること、川扇の梨枝から、これとは別の八百善の起こし絵があると教えてもらったことを語った。

「東谷《とうこく》様も梨枝さんもお元気で？」

「はい、お変わりありません」

治兵衛は東谷を通して梨枝を知っており、何度か川扇にも足を運んでいるらしい。

「試しのうちはいいですが、笙さん、梨枝さんと直《じか》商いをしちゃいけませんよ。うちを通してくれないとね」

こういうところはがっちりしている。

「川扇なら小さな店だし、試しにこしらえてみるには手頃ですな。平清《ひらせい》との話もまとまりそうですが、いきなりあの店じゃ、筆さん、腰が引けるでしょう」

下見を兼ねて、いっぺんは料理も食べにいかないとね、という。

「それにしても、さすがは筆さんだ。きれいに組み立ててくだすった」

近々、好き者を集め、『料理通』を観《み》る会を開くのだという。

「自腹を切って八百善に行くことはできないが、八百善を知っているというくらいの人たちには、楽しい集まりになるでしょう」

治兵衛がいそいそと起こし絵を奥へしまいに行くと、入れ替わりに番頭が出てきて筆之介に挨拶した。この人は、たまに治兵衛が留守にするときに帳場を守る。いつでもお辞儀しているみたいに腰が曲がりきった老人で、治兵衛はなぜか番頭さんではなく、爺《じい》やと呼んでいた。それで用が足りてしまうので、実は筆之介は、未《いま》だにこの老番頭の名前を知らない。

「それで、こちらの方なんですが」

治兵衛が戻ると、筆之介は件《くだん》の写本を取り出した。

「治兵衛さんのおっしゃるようにしたら、半分くらいの長さになってしまいました」

紙の片側をこよりで仮綴《かりと》じしただけの写しに、治兵衛はさあっと目を走らせた。たちまち読んでしまうのだ。

そして顔を上げると、炭団眉毛を寄せた。

「筆さん、これはいかん」

筆之介は、「ああ、やっぱり」と言った。

「何がやっぱりですか」

「治兵衛さん、書物を間違えたんですね」

炭団眉毛は寄ったままである。

「間違えてなぞおりませんよ」

これが今回、筆さんにお願いしたものですと、厳しい顔で言う。

「でも……それなら何が」

「わかりませんか」

治兵衛はこよりのところを指でつんつんと叩いた。

「私は筆さんに、どぎついところを取っ払ってくれと申しました。でも、それだけじゃなかったはずですよ。話をつないで書き直してくれと申しました」

「つないだ……と思いますが」

「ええ、つないでありますね。取っ払って、つないだだけです。だから半分になってしまった」

削った分を書き足さなくちゃ、という。

「え」と、笙之介はちょっと引いた。「それは私に、話を作れということですか」

「ほかにやりようがありますか？」

「だって私は……読み物なんて」

思わず口ごもった笙之介に、治兵衛は大きな眼《まなこ》をぴたりとあてる。

「読み物なんてくだらないものに、笙さんのおつむりは使えませんか」

「いいえ、そういう意味では」

「だったら書いてくださいよ。仇討ちは武士《もののふ》の花道だ。笙さんなら、この三つの話に出てくるお侍《さむらい》さんたちの気持ちがよくおわかりでしょう」

笙之介も治兵衛の顔を見つめ返した。

東谷は村田屋の上客で、だから二人は知り合いで、東谷が口をきいてくれたから、笙之介はこの仕事に有り付いた。が、東谷が笙之介の背負う事情を、どこまで治兵衛に打ち明けているのかはわからない。自分から言えることではないから、なおさらだ。

今の台詞《せりふ》は、事情を知っていて、何かほのめかしているのだろうか。

そういえば治兵衛は、ときどき、何かとても気がかりなことがあるような目つきで笙之介を見ていることがある。この人がちゃんとこの生業《なりわい》で食っていけるのだろうかと案じてくれているのだと思っていたが、存外それればかりではないのかもしれない。

「この三つの話の主人公たちは」と、笙之介は言った。

「はい、三人おりますね」

「ええ。で、名前こそ違っていますが、みんな似たり寄ったりです」

父親か主君が悪人の奸計《かんけい》に倒れ、怒りに燃えてその仇を討とうとするわけだが、

「三人とも美しい許嫁《いいなずけ》がいて、その許嫁がまた仇討ちを手伝おうとして逆に悪党に攫《さら》われたりして」

「はい、はい」

治兵衛は熱心にうなずくが、この三話ともに、若く美しい許嫁たちが悪党に穢《けが》される（もしくは穢されそうになる）ところがひとつの見せ場なのである。そこは治兵衛の言う「取っ払ってしまうべき」場面であり、だから笙之介は躊躇《ちゅうちょ》せずにそうしてしまった。

「そういうくだりを書き換えるとか、代わりになるようなことを書くなんて、私にはどうにも手に余ります」

治兵衛は急に、けろりと笑顔になった。

「笙さんには、美しい許嫁がおられないからですか」

まっこうから来た。

「それは、えっと、そういう意味ではなく」

「美しい許嫁がいなくても、美しい許嫁がいたらどうかなと考えることはできるでしょう。この美しい許嫁を残して死ぬ羽目になるとしても、父親や主君の仇は討たねばならぬ。ああ、武士とは辛いものだ」

大げさに唸《うな》ってみせてから、治兵衛はゆったり座り直した。

「私が言いたいのはね、笙さん。人の生き様《いよう》は、もっといろいろでしょうということです。仇持《かたきも》ちの若侍が、みんな似たり寄ったりであるわけがない。仇討ちをするということについても、思うところはそれぞれ異なるはずです。そういうことを考えて書き足してほしいんですよ」

するとが話が広がるでしょう、という。

「二本差しでない素《す》っ町人が読んでも、ああそうかと感じ入るような話になりますよ」

そりゃそうだろうが、何で私がそんなことをしなくちゃならないのだと、笙之介は当惑《とうわく》する。

写本作りの始めには、ずいぶんと手習所の教本を写したものだ。『名頭字尽《ながしらじづくし》』『伊呂波尽《いろはづくし》』『庭訓往来《ていきんおうらい》』『消息往来《しょうそくおうらい》』などは、どこの手習所でも使う教本なので、数が要る。きれいに正しく写せばすぐ商品になるので、まず手始めにということだった。これらの教本は、その内容だけではなく、そこに書かれている文字がそのまま習字の手本としても使われるので、筆之介の骨法《こっぽう》正しく美しい手跡が活《い》きた、ということもある。

算盤《そろばん》の教本である『日用塵劫記《にちようじんこうき》』も、かなりの数を写した。このとき、字で説明するばかりではわかりにくい算盤の珠《たま》の動かし方や、「桁《けた》」というものの大小を、小さな絵をつけて解説してみてはどうかと筆之介が提案し、ほらこんな具合に——と描いてみせるとこれまたなかなか上手《うま》かったので、治兵衛は大いに喜んだ。

昨今、市中で見かける手習所の算盤教本には、絵がついているものがけっこうある。あれは村田屋が元祖で、筆之介の発案だ。威張《いば》るほどのことではないが、話のタネにはなるだろう。

そうやって明けても暮れても教本三昧《ざんまい》だったのが、三月《みつき》ほど経つと、もっと上級のものを任されるようになった。手習所の習子《ならいご》ではなく師匠が読むもの、儒者《じゅしゃ》が子供の教育について書いた書物の『比売鑑《ひめかがみ》』や『和俗童子訓《わぞくどうじくん》』などである。それに混じって、随筆や風土記《ふどき》、道中記《どうちゅうき》などの読み物、子供が悦《よろこ》びそうな御伽草子《おとぎぞうし》、化《ば》け物《もの》草子なども写してはきたものの、今度のようなくだけた——はっきりいって下卑《げび》た読み物を、仕事として与えられたのは初めてであった。

削ってしまえというなら、それでもまだ話はわかる。話のなかの人物の気持ちを考えて書き足せ、書き直せと言うのは、写本作りの域を超えていないか。

やっぱり——と、勘《かん》ぐってしまう。

「治兵衛さんは、私に謎をかけておられるのでしょうか」

炭団眉毛は、わざときょとんとしてみせる。笙之介にはそう見えた。

「どんな謎かけでしょう」

「ですから、仇討ち話にひっかけて」

治兵衛の大きな目がさらに広がった。「おや笙さん、仇持ちだったんですか？それとも仇を探しているんですか」

何か、はぐらかされてるなあ。

治兵衛は篤実《とくじつ》な人柄だけれど、やり手の商人であることを忘れてはいけない。その必要があるときには、すっとぼけたり知らん顔をしたり、嘘をつくのだって上手かろう。

「いえ、いいです」

こういうとき、すぐ引っ込んでしまうから気が弱いと言われる。でもむくれ顔は隠せないので、子供っぽいとも言われる。

治兵衛は鷹揚《おうよう》に笑って、本当に子供を見るように目を細めた。

「私はね、懐かしかったんですよ」

やわらかな声音で言って、さっきは指先で叩いた写しの上に、今度はそっと掌《てのひら》を置いた。

「この押込御免郎という人はね、私の親父の知り合いだったんです」

もちろんこれは筆名で、もう、とうに故人ですという。

「浪人者《ろうにんもの》で、半端《はんぱ》仕事で食いつなぎながら仕官の口を探し続けて、とうとう有り付けなくってね。結局は裏長屋で擦《す》り切れるように死んでしまいました。こういうものを書いたのも、身過《みす》ぎ世過《よす》ぎのうちでした」

字が汚《きたな》くて、写本作りには向いていなかったのだそうだ。

「でも、この原本の手跡は」

かなり古いものではあるが、しっかりと整ったいい字である。

「そりゃそうですよ、親父が手《て》ずから書き写した本ですから」と、治兵衛はさらに笑顔を広げた。「ものがものですから、うっかり人に任せられません。他所《よそ》へ流れ出たら、村田屋の看板に傷がつきますからね」

先代の村田屋は、まだ貸本業の方は始めていない。が、書物問屋《しよもつ》の傍ら、書物を商うだけではなく書物を作る――出版業の方を少しばかり手がけていた時期があったのだそうだ。

「親父の道楽《どうらく》みたいなものでした。だから、こんなものもこしらえたんで」

それが、このあいだ書物蔵《ぐら》を片付けていたらひょっこりと出てきた。

「押込さんという人は、〈武士は食わねど高楊枝《たかようじ》〉を地でいくお方でね。子供のころの私《あたし》は苦手《にがて》でした。いつも金欠《きんけつ》のくせに、気位《きぐらい》ばっかり高くって、すぐ大きな声を出すし」

それでも、先代の村田屋興兵衛《こうべえ》は彼を粗略《そりやく》に扱わなかったそうだ。この読み物だって、押込殿が書いて持ち込んできたものを本にして、いくばくかの金を払ったのだろうという。売るあてがないのだから、村田屋の持ち出しである。

「昔は不思議でしょうがなかったけれど、これをぱらぱら読み返してみたら、何となく、当時の親父の気持ちがわかるような気がしてきました。それでね、まあ、私の代になって、埃《ほこり》をかぶって出てきたのも何かの縁だから、供養《くよう》と思って、いっぺん世に出してあげようかと思いまして」

「だったら、このまま出したらいいでしょう。いちばんの供養ですよ」

へえ、と治兵衛はとんきょうな声をあげた。

「笙さんでも、嫌味《いやみ》を言うことがあるんですねえ」

囃《はや》されて、笙之介は赤くなった。

「そう拗《す》ねないで、気散《きさん》じだと思って、私の言うとおりにやってみてくださいよ。だから期日も長くとったんです。急ぐものじゃないから、もっと先延ばししたってかまわない」

「気散じなら、起こし絵でできました」

「あれは飛び込みだったから、私も計算外でした。それに、もう商売になりますしね。こっちは本当に算盤の外の話だ」

眼差《まなざ》しはやわらかなまま、治兵衛は笑みを消して、笙之介に向き直った。

「ご自分じゃ気づいてなかったかもしれないが、このごろ笙さん、元気がありませんでしたよ。先《せん》だっても、朝からぼんやりと、ろくに咲いてもいない寂しい桜を眺めて、お国許のことなんぞ想《おも》っていたでしょう」

村田屋には、笙之介のほかにも、内職として写本作りをしている武士がいる。もちろん浪人者ばかりである。

「何人か見てきていますから、私の目は確かです。ああいうふうだと、決まって皆さん、気鬱《きうつ》になっちまう。とりわけ春先はいけない。こりゃ、やっぱり笙さんも危ないぞと思いましたよ。江戸に出て来て半年という、半端に区切りがいいのもいかんのです」

確かに昨日など、ああ半年経ってしまったと、繰《く》り言《ごと》のように思っていた。

「色っぽい話だって、嫌いじゃないでしょう？」

上目遣《うわめづか》いで持ちかけられて、笙之介はごほんと空咳《からぜき》をした。

「……これは下品に過ぎます」

「だったら、上品に書き直してください。そこが頭の働かせようです」

できますよと、ぽんと肩を張られた。

「お国許を離れて、一人で不案内な江戸にいるという点じゃ、この話のなかの若侍と笙さんは似ている」

「その一点だけですよ」と、笙之介は念を押した。

「はいはい。そこをとっかかりに、いろいろ考えてみてください。いい読み物に直ったら、労賃をはずみます」

押しまくられて、筆之介は結局、押込殿の書いた仇討ち譚《ばなし》を風呂敷に包み直す。

そのときふと、先日の、川端の桜の下で見た人のことを思い出した。治兵衛があの桜のことを口にしたからだ。

「治兵衛さん、このあたりで、切り髪姿の女人を見かけたことがありますか」

事の次第を話すと、治兵衛は炭団眉毛を大げさに上げ下げした。

「それはまた面妖《めんよう》な」

「でも、きれいな人だったんですよ。幽霊《ゆうれい》じゃありません。この世のものです」

「夢じゃなかったんですね？」

問いかけて、治兵衛はさらに眉毛をうごめかす。

「この近所にも、富勘《とみかん》長屋の近所にも、そんな珍しい切り髪の人なんて、心当たりがありませんなあ」

口では訝《いぶか》しがりつつも、目の動き、瞳の輝きにはどこか、楽しんでいるような色がある。と思ったら、案の定《じょう》こう言った。

「何だ筆さん、美しい許嫁はいなくっても、美しいものには出会っているわけだ」

ふうん――と、ついでに顎までさすり出す。

「なるほどねえ」

「そんなに笑わなくても」

「笑っちゃおりません。笙さんも隅におけないなと思っているだけです」

隅も真ん中もない。こちらはただ見かけただけなのだ。

「気になるなら、調べましょうか」

商売柄に加えて人柄で、治兵衛は顔が広い。

「いえ、いいです。そこまでするには及びません」

腰が引けたついでに立ち上がった笙之介を追いかけるように、

「桜は化けますからな」と、治兵衛は言った。「笙さんがしみじみ見つめるもんだから、桜の精がその気になっちまって、化身《けしん》して現れたのかもしれません」

ご用心を、という。

「そういえば、切り髪姿の妖物《あやかし》に、〈大禿《おおかむろ》〉というのがおりますよ。しかし、あれが出るのは山中だったかしら。どっちにしろ、水辺に出るのは女の妖物と相場が決まっておりますからなあ」

今日はとことん、分《ぶ》が悪い。行きはそろりと、帰りは脱兎《だっと》の如く、笙之介は風呂敷包みを抱えて村田屋を逃げ出した。

七

神田伊勢町、瀬戸物屋の加野屋の花見の会と、そこで行われるという大食い競《くら》べ。花見の席は得意客のためのものだとしても、こうした〈競べもの〉は、見物人あってこそだ。ぶらりと出かけて見物するのに難しいことはない――と、東谷《とうこく》は言っていた。加野屋がどのくらいのお店《たな》なのか、上客として招かれている人びとの顔ぶれはどんなふうか、探ってくればよい。

「ついでに、加野屋の内の者と顔見知りにでもなれれば重畳《ちょうじょう》だが、まあ、一度に多くのことをやれと言っても無理だろう」

という次第で、三月《やよい》の十日、午《ひる》の九ツ（正午）から始まるというその会まで、笙之介には特に用意することはなかった。市中の桜は日ごとに開花が進み、五分《ごぶ》咲き、八分咲きと、満開に近づいてゆく。富勘《とみかん》長屋の裏の堤《つつみ》の一本桜も、花が増えるにつれて、低く張り出した枝が、まるで花びらではなく実をつけているかのようにどっしりと重みを帯《お》び、水面《みなも》に映るその姿には、物憂《ものう》げな色香《いろか》があった。

村田屋治兵衛の難しい注文に、笙之介は依然、困っていた。これもまた、いっぺん諭《さと》されたくらいで「なるほど、わかりました」というわけにはいかない。困《こう》じて迷って、机に頬杖《ほおづえ》をついて桜を眺めているうちに、

——主人公の若侍と許嫁を、こういう桜の下に立たせてみようか。

などと思いつくのが関の山である。立たせるのはいいが、そこで何を語らせるか。それはどんな場面なのかとなると、また詰まる。詰まってばかりでは気がくさくさするので、写本作りを脇に除《よ》けて、八百善の起こし絵の写しの方に手をつけてみる。要領がわかってきたから、次は一からこの手で川扇の起こし絵を作ろう。こっちは楽しい。自然、写本の方は置き去りになってしまう。

こうして、九日の朝である。近くの湯屋の釜焚《かまた》きでひと働きして戻った太一が、一枚の引き札《ふだ》（チラシ）を、笙之介に見せに来た。息せききって、駆けてきたらしい。

「笙さん、こんなのがあるんだって」

朝湯のお客にもらったんだよという、その引き札は、何と加野屋のものだった。

「大食い競べだってさ。誰でも出ていいんだっていうけど、これ、ホントにそんなこと書いてあるのか？」

日々食うことに追われて、手習所通いがおろそかになってしまうものだから、太一は字がよく読めないのである。

「うん、我こそはと思う者は、こぞって参加あるべしと書いてあるよ」

太一のほっぺたは赤く、目は輝いている。ぐいぐいと身を乗り出してくる。

「菓子の組と、飯《めし》の組があるってホント？」

何を食い競べるかという、組み分けである。

「菓子の組なら、俺《おれ》、いちばんになれるだろうって言われたんだ」

引き札には、〈菓子組〉〈白飯《しろめし》組〉〈鰻《うなぎ》組〉〈酒組〉の四組があると書いてある。

「鰻も？」

太一は手を打って飛びあがりそうになった。「うわあ、俺、出る出る！ たらふく鰻が食えるんだろ？」

叫《さけ》んでしまってから、急にあわてた。「けど出るのに、金払うのかな？」

笙之介は引き札に目を落としたまま首を振った。「無料《ただ》だよ。おまけに、どの部門でも一等になれば賞金が五両もらえるそうだ」

「五両！」

今度こそ太一は躍《おど》りあがった。

「出る！ これ、明日だよな？ 行くぜ！ ぜったい一等になってやる！」

騒ぐ太一の傍らで、笙之介はじっくりと引き札を読み返した。確かに、間違いなくそう書いてあるけれど――

「ずいぶんと豪勢《ごうせい》な催しだね」

笙之介は素朴《そぼく》に驚いていた。思わず、顔をしかめていた。

「大丈夫なのかなあ」

「何だよ笙さん、水かけンなよ」

「でも、話が旨《うま》すぎやしないかい？　勧進元《かんじんもと》の加野屋というお店は、これだけの費《つい》えをして、何か得になるんだろうか」

笙之介はこの〈大食い競べ〉を、もっと小さな集まりだと思い込んでいたのである。加野屋の客と、ご近所神田界隈《かいわい》の人びとだけが相手の、花見の余興《よきょう》だ。それだって豪勢な話である。国許ではあり得ないことだと、充分に呆れていたのだ。そこに加えて、

「こんなふうにして人を集めて、引き合うような催しじゃないだろうに」

神田界隈どころか、大川を越えてこの深川まで、引き札が届いている。この分では、市中にくまなく大食い競べの開催が知れ渡っていることだろう。いったいどれほど人が集まり、金がかかるのか、見当もつかない。

太一は舌打ちすると、横目で笙之介を見た。

「これだから田舎《いなか》もんは困るよ。江戸の商人《あきんど》は太っ腹なんだ。お祭り騒《さわ》ぎが大好きだしね。こういう〈競べもの〉は、ちっとも珍しいもんじゃねえよ」

「珍しくない割には、太一も驚いてるね」

何だよと、また舌打ち。根が素直だから、バツが悪そうな顔になる。

「まあ、さ。ここんとこは、なかったよね」

「昔は多かったんだ」

「父ちゃんが俺くらいのころには、月にいっぺんくらいの割合で、あっちこっちでやってたっていうよ」

まさにお祭り騒ぎ続きだったのだ。

「世の中の金回りが悪くなって、こういう催しも減っちまったんだ。金持ちが金に汚なくなって、儲けた金をてめえらの懐に抱え込むようになっちまったからだって、父ちゃんは言ってる。昔はね、こういう恰好《かっこう》で、金持ちが俺たち貧乏人に楽しみを分けてくれたもんだったのにって」

日ごろ、酒好きで怠《なま》け者の父親には厳しい太一だが、寅蔵《とらぞう》の言うことをいつも頭から莫迦《ばか》にするわけでもない。貧富の差が開くばかりで、世の中の金の回りが悪いというのは、差配人の富勘がよくこぼしていることであり、幼いなりに小銭《こぜに》を稼いでいる太一の実感でもあるのだろう。

「富が偏《かたよ》っているということなら、私にもわかるよ」

江戸の町の暮らしと国許のそれを引き比べれば、否応《いやおう》なしに感じる。国許にいたころは、城下と村の暮らしに隔《へだ》たりを――それだって仄聞《そくぶん》しただけのものだったが――覚えることはあった。でも、江戸と搗根《とうがね》の暮らしの差は、その比ではなかった。

貧乏所帯が集まっているこの富勘長屋だって、一日に一食は白飯を食べている。国許では、藩士でも下級の家は雑穀《ざっこく》混じりが当たり前だったし、不作の年には正月の餅《もち》も粟《あわ》餅や稗《ひえ》餅になった。搗根の日常の〈普通〉は、江戸市中の物差しをあてれば〈貧〉になる。

「そんならさ、笙さんも出ようよ」

こういう楽しみを逃す手はない、という。

「金持ちのおこぼれにあずかれるときは、がっちりあずからねえとな。菓子の組に出たらいいよ。笙さん、甘いもの好きだろ。そしたら俺は白飯の組に出るよ」

二人で合わせて十両稼ごうよ。勢い込む太一の顔は底抜けに明るく、卑屈《ひくつ》なふうはない。

「私は遠慮しとくよ。けど」

くなる。

太一が参加するというのなら、ただの見物人よりも、加野屋にもう一歩近づき易

「太一の頑張りを見に行こうかな」

「おう！」

太一は手を打って、じゃあ姉ちゃんも連れてこう、と言った。

「寅蔵さんは？　酒の組に」

「ダメダメ、父ちゃんは駄目《だめ》だ。笙さんも知ってるだろ？　うちの父ちゃんは大酒呑みじゃねえんだ。酒好きだけど、酒には弱いんだ。勝てやしねえって」

既にして太一は勝負師の顔だ。笙之介はせいぜい軍師の顔でもしてみようか。

さて、驚きはさらに重なることになる。そのあと、ひょいと顔を見せた日本橋《にほんばし》は勝文堂《しょうぶんどう》の六助《ろくすけ》が、まずこの大食い競べを知っていた。引き札も持っていた。お店の近所で、派手な装束《しょうぞく》の男が口上《こうじょう》をしながら撒《ま》いていたそうだ。

「ありゃ、幇間《たいこもち》だね。この加野屋さんの旦那《だんな》の贔屓《ひいき》かな」

そんなことまでして、明日の大食い競べの催しを広く知らしめているのだ。

「笙さん、こういうの珍しいだろ」

花のお江戸の大盤《おおばん》振る舞いだよ、という。

「うん。だから見物に行こうと思って」

太一が参加する気になっていることを話すと、勝六《しょうろく》は糸瓜顔《へちまがお》を長閑《のどか》にほころばせて、そんなら俺も行こう、見逃せないと言った。

夕暮れ時になり、稼ぎに出ていた人びとが帰ってくると、富勘長屋のなかにもこの話題が広がった。太一から聞いた者もいれば、勝六と同じように、往来で引き札をもらったり、噂で聞いた者もいる。それに加えて、何と差配人の勘右衛門《かんえもん》その人が、件《くだん》の引き札を手にひらひらさせながら、店子《たなこ》たちを井戸端《いどばた》に集めてこう呼ばわった。

「明日は朝から、皆で伊勢町へ繰り出すからね。空具合《そらぐあい》も好さそうだし、桜は満開だ。いい花見になるだろうよ」

おかよの手を引いたお秀《ひで》が、笙之介に身を寄せてきて、小声で囁《ささや》いた。

「差配さん、自分の懐が痛むわけじゃないから、威勢がいいったらありゃしない」

「以前にも、皆で花見に出かけたことがあるんですか」

お秀は鼻先にくしゃくしゃっと皺《しわ》を寄せて笑った。「まさか。あたしらの花見は、川っぷちのあの桜を眺めるくらいだもの。こんなの初めてだわよ」

まあ、せっかくだから楽しもうねと、お秀は笙之介にもおかよにも笑いかける。

と、おかよがこれまた驚くようなことを言った。

「ぶべせんせいも出るんだよ」

武部《ぶべ》先生——武部権左衛門《ごんざえもん》は、おかよが通う手習所の師匠である。笙之介と同じ浪人者だが、師匠として多くの習子《ならいご》たちに仰がれ、慕《した》われている。

「お酒の組に出るんですって」と言って、お秀は声をひそめた。「先生、実は酒豪《しゅごう》らしいの。けど、普段はお酒なんか呑めないでしょう」

武部権左衛門は、手習所の謝礼で妻と五人の子供を養《やしな》っている。

「呑みたいだけ呑んで、しかも一等になれば賞金が出るっていうんで、先生、張り切ってるみたいよ。五両は大金だもの」

考えることは同じなのだ。

「何だか、大変な騒ぎになりそうですね。本当に皆で手ぶらで出かけて、見物なんかできるのかな」

「手ぶらじゃないから大丈夫ですよ」

気がついたら、富勘がすぐそばにいた。今日も羽織の紐が長い。濃い眉毛が機嫌《きげん》好さそうにやわらかな弧《こ》を描いている。

「ちゃんと枡席《ますせき》があるからね」

「枡席？」

「見物人の席ですよ。ついでに言うなら、あたしだってちっとは自腹を切るんだ。重箱《じゅうばこ》ぐらい出しますよ」

ぽんと胸を叩く富勘に、あらご馳走になりますとお秀は愛想《あいそ》笑いをした。

「でも、枡席って」

「そっちは村田屋さんの肝煎《きもい》りだ」

富勘はしげしげと笙之介を見回して、

「治兵衛さんが、お得意さんを案内《あない》して見物するのに、大きな枡席を押さえててね。まだ空きがあるってんで、うちに声をかけてくれたんだ。その点じゃ、古橋さんのおかげかもしれないね」

治兵衛が金を出してくれたのか。

「やっぱり、見物には金を取るんですね」

「そりゃそうさ。けど、それだって加野屋さんに儲けが出るような催しじゃない。それでも派手にやるってところが豪儀《ごうぎ》なんですよ。あ〜あ、あたしもいっぺん、そういう身分になってみたいもんだ」

夢のまた夢だよね——と、ちくりと歎いてみせる。

「あたしたちは、差配さんにはたっぷり恩を感じておりますから」

「はいはい、恩だけなら無料《ただ》だ。ところで古橋さん」

「は、はい」

「明日はあんたさんが皆を伊勢町まで連れていってくださいよ。あたしは向こうで落ち合うからね。枡席には村田屋さんの札が立ってるはずだから、間違いようはないでしょう」

頼みましたよと、何となくはずむ足取りで去ってゆく。その後ろ姿に、お秀がぺろりとベロを出し、小指を立ててみせて言った。

「あの浮かれようったら。どうやらあたしたち、明日は差配さんの今のこれ、と、お目もじすることになりそうね」

「え？　じゃあ、おかみさんには内緒《ないしよ》で？」

勘右衛門には立派な古女房がいるはずだ。治兵衛からはそう聞いている。

「そうよ。決まってるわ」

「お秀さんは、富勘さんのおかみさんに会ったことがありますか」

「いっぺんもないわよ。おたつ婆さんも知らないんじゃないかしら」

それはね、つまり笙さん——と、姉さんのような顔になった。

「そのときその場で、差配さんが連れてる女の人がおかみさんなのよ。そういうことにしておくの。わかった？」

大人たちのやりとりをよそに、おかよは丸いほっぺたであどけなく呟《つぶや》いた。

「ぶべせんせい、勝てるかなあ」

翌日も好天であった。陽射しは明るく、春風が温《ぬく》い。川っぷちの桜の枝からは、ほろほろと花びらがこぼれている。

みんな浮き浮きしている。家にある食べ物を持ち寄って折に詰めたり、握り飯を包んだり、女たちは朝から忙しかったようだ。そのうえで、おきんもお秀も、笙之介が初めて見る帯を締《し》めていたり、簪《かんざし》をさしていたりする。おしかと鹿蔵《しかぞう》の夫婦は、ついでに商いをすると言って、いつもの振り売りの恰好だけれど。

勢揃《せいぞろ》いといってもたったの五世帯だが、辰吉《たつきち》がなかなか来ない。やっと出てきたと思ったら、額に汗《あせ》を浮かべている。

「やっぱり、おふくろはうちから動かねえ」

みんなで花見だっていうのにと、面目《めんぼく》なさそうだ。

「いいじゃない、お留守番を頼めば」

お秀に言われて、辰吉は素直に赤くなった。照れ隠しのようにしゃがみ込むと、

「おかよちゃん、べべ、きれいだね」

言われてみれば、おかよの着物は色目が鮮《あざ》やかな元禄模様《げんろくもよう》だ。古着の仕立て直しだが、この子のよそ行きだろう。

「太一、寅蔵さんは？」

笙之介の問いに、おきんと太一の姉弟は口ぐちに即答した。

「うちの父ちゃんはいいの！」

「父ちゃんはいいんだ！」

「いいって――」

「柱にくくりつけてあるから」

笙之介は目を剝いたが、みんなは驚かない。

「お花見の席で、また酔っぱらって厠《かわや》に顔を突っ込むようなことになったら、あたし、恥ずかしくて死んじゃうもの」

おきんが早口に言って、さあ出かけようと歩き出す。姉ちゃん、まだ気にしてンだよと、太一が笙之介に囁いた。

「えっと、それじゃ皆さん、はぐれないようにして行きましょう」

誰も迷う気遣いがあるわけではない。むしろ笙之介がいちばん、市中にはまだ不案内だ。でも一応は勘右衛門から頼まれた引率役で、皆を引き連れて歩き出した。

春の町を、そぞろ歩いて抜けてゆく。途中で鹿蔵とおしかが呼び止められては商売するし、実にのんびりしたものだ。

おきんが笙之介の横に並ぶと、

「おはよう、笙さん」と、科《しな》をつくって微笑みかけた。「いいお天気で、よかったよね」

「うん」

「笙さんは、お国ではよくお花見をしたんでしょう?」

揚根の桜は、江戸市中より少し開花が遅い。その分、山の花という花がいちどに咲く。

「花見というより、山歩きや野歩きでした」

「お弁当を持って、皆様でお出かけになったんですわねえ」

言葉遣いもいつものおきんらしくない。薄化粧《うすげしょう》もしているようだ。やっぱり花見というと格別なのかなあ。

「今朝《けさ》ね、卵焼きをこしらえたの」

おきんの顔が近い。そう、と応じて笙之介はちょっと足を速《はや》めた。

「笙さんの好物だって聞いたから」

「あ、ありがとう」

ふっと気がついたのだが、笙之介はこれまで、女人と並んで歩いたことがない。母や女中は連れになる立場ではないし、そんな仲の娘もいなかったから、機会がなかった。

——だから、わからないんだな。

件の押込御免郎の仇討ち譚で、主人公と許嫁のやりとりや、二人が共にいる場面を書き足そうとか書き直そうとかしても、何をどうしていいかわからないのは、そもそも体験を欠いているせいなのだ。

おきんが身体《からだ》をくっつけてくるので、笙之介はまたちょっと離れる。何となく振り返ったら、鹿蔵夫婦と辰吉と、ゆっくり後をついてくるお秀と目が合って、軽く目配《めくば》せされた。何だろう？　と思ったら、おきんに袖を引かれた。

「笙さん、あたしたち、太一が一等になって五両もらったらね——」

その甘い声を制して、後ろの方から太い声が呼びかけてきた。

「おおい、おはよう」

見れば武部権左衛門である。路地から往来に出てきたところで、手を振っている。

「伊勢町行きでござろう？　我々も同道させてくれんか」

習子たちに〈赤鬼《あかおに》〉と呼ばれる赤ら顔の大男だ。その傍らにはほっそりとした色白の女と、五人の子供たち。

「あら、奥さま」と、おきんが声をあげ、

「てっちゃんよっちゃんおこんちゃんさんちゃんみっちゃん、おはよう！」

五人の子供たちと太一はわあっと寄り集まり、おかよも嬉しそうにその輪に入った。

「家内と子供らだ。よろしくお頼み申す」

笙之介は、武部夫人には初めて会う。挨拶を交わすあいだにも、子供らはにぎやかで、

「俺たち、先に行ってる！」

太一が先頭で、いっせいに駆け出した。

「迷うなよ」武部先生の大声に、

「迷うもんかよ！」

太一は意気軒昂《いきけんこう》である。駆けていけば、その分、さらに腹も減るから都合がよかろうか。

「おかよったら、ついて行かれるかしら」

お秀の心配を察したように、先の角を曲がるところで太一は身をかがめ、おかよを背中におんぶすると、颯爽《さっそう》と走り去った。

「めったにないことですもの、子供たち、昨夜のうちからはしゃいでおりました」

武部権左衛門の浪人暮らしは永《なが》い。十年近くになるはずだと聞いている。が、妻の聡美《さとみ》の口調も物腰もたおやかで、いっこうに世帯窶《やつ》れしていない。

「なにしろ、花見はいいものだ」

磨り減った草履《ぞうり》を鳴らして大股《おおまた》に歩きながら、武部先生も嬉しそうだ。酒を呑まずとも赤鬼のこの御仁が、実は酒豪だという。大酒を呑んだらどんな顔になるのだろう。

「村田屋の治兵衛さんは、かねがね大人《たいじん》だと思っていたが、やはり太っ腹なお方だ。有り難い有り難い」

手習所に教本は必須だから、武部先生も治兵衛とは付き合いがある。彼の手習所では、笙之介が作った写本も使ってくれている。

「他の習子たちは、今日はお休みですか」

「うむ。やはり伊勢町へ繰り出そうという子供らが大勢おった」

「私は田舎者ですから、こういうお祭り騒ぎは初めてです。江戸はやはり、豪儀なところですね」

自然と並んで歩く笙之介と武部先生のあいだに、おきんが割り込んでくる。

「でもね笙さん、あたしらだって、こんな大食い競べなんか、見るのは初めてよ」

「昔は多かったがな」

武部先生は背が高いだけでなく、身体の幅も広いし胸も厚い。割り込もうとするおきんはすぐ弾き出されてしまう。

「これ、を機会に、また増える、といいですけどね。だってお店の名を上げるには、手っ取り早い、でしょ」

しぶとく割り込もうとして先生にも笙之介にもぶつかり、足取りが乱れて転びそうだ。

「何だおきん、おまえもまだ子供だなあ。そんなに急《せ》くな、急くな」

腹から笑う武部先生に、おきんは恨みがましい目をしている。道中、ずっとそんな具合で、笙之介の歩みは落ち着かなかった。

大川を渡り、神田の町に入ると、春風に乗ってどこからか、軽やかな太鼓《たいこ》の音が聞こえてきた。

壮観であった。

加野屋は、笙之介が漠然《ばくぜん》と思っていたような、いかにもという構《かま》えの大店《おおだな》ではなかった。表は二間《けん》（三・六メートル）で、ただ奥行きが深い。いわゆる〈鰻の寝床《ねどこ》〉のような造りである。そしてこの長い一階部分のほとんどが、商いものを並べた売り場になっていた。

客はこの細長い売り場の内を通り抜けるよりも、むしろ、店の右側にある一間ほどの幅の路地をぶらつきながら買い物をするらしい。飛び石を敷き、長腰掛《ながこしか》けを据え、植木などあしらってあって、路地というよりは坪庭《つぼにわ》の細長いもの、という言い方があたっているかもしれない。

その路地を挟んで、加野屋とよく似た造りの建物がもう一軒《けん》立っている。こちらは店舗《てんぽ》ではなさそうだが、本日は、ここの一階も二階も窓が開け放たれ、人びとの笑顔が覗いていた。

桜は、この二つの建物に挟まれた路地を抜けたところで咲き誇っていた。そこが加野屋の庭なのである。路地を通らず、建物を左右から回り込んでゆくと、庭を囲む板塀《いたべい》越しに、貫禄《かんろく》ある古木《こぼく》からまだしなやかな若木《わかぎ》まで、ざっと数えても十本ほどの桜が、揃って満開を迎《むか》えているのを見渡すことができた。

そう、まさに〈見渡す〉だけの広さがある。今日は無礼講《ぶれいこう》で開けっ放しにされてお
頑丈《がんじょう》そうな閂《かんぬき》のついた板塀の木戸も、今日は無礼講で開けっ放しにされてお
り、筆之介たちのような見物人は、みんなそこを通って庭へ出入りするようになっていた。加野屋の名入りの半纏《はんてん》や前垂《まえだ》れをつけた若い衆が、続々と集まってくる人びとに、どうぞお入りをと声をかけている。

先ほどから耳に快《こころよ》い太鼓の音は、この庭の外側をぐるりと練り歩きながら、大食い競べの開催を告げる男が鳴らしているのだった。飴《あめ》売りのような南蛮《なんばん》風の衣装と先の尖った履き物が楽しくて、子供たちがそのあとをくっついて歩いている。

庭には見物人用の縄張《なわば》りがしてあり、大食い競べはその真ん中で行われるらしい。長机《ながづくえ》に床几《しょうぎ》がいくつかに、大きな水瓶《みずがめ》も据えてある。長机の正面に、小座布団《こざぶとん》を並べた腰掛けが二列あるが、これは招待客たちのためのものだろう。一般の見物人たちは、庭のそこここで、てんで勝手に場所取りを始めている。既にしてたいへんな混雑だ。

「わあ……」

おきんは目を回しかけている。

「もっと早くに来ればよかったね。こんなに混んでちゃ、もう場所がとれないわ」

すると武部先生が野太《のぶと》く笑った。

「そんな心配が要るものか。そら、あそこで村田屋さんが手を振っている」

大柄な武部先生は、立ち見の見物人たちの頭越しに、目ざとく村田屋治兵衛の炭《たん》団眉毛《どん》を見つけたのである。

「お揃いで、よくお出かけくださった」

治兵衛は嬉しそうに一同を迎えると、縄で仕切られた枡席の一角《いっかく》へ招いてくれた。ちゃんと緋毛氈《ひもうせん》が敷いてあり、小火鉢《こひばち》も出ている。

「下草が柔らかいから、じかに座れますよ。さあさあ、突っ立ってないでずうっとお入りなさい」

「富勘さんは？」

「おっつけ来るでしょう。なあに、あの人は遅れたってかまわない。枡席付きの重箱《じゅうばこ》と酒があるからね」

治兵衛はせかせかと世話をやく。

「おきんちゃん、その包《つつ》みは何だね？　こっちへ置きなさい。おやおしかさん、道々商いして来たのかね。働き者だねえ。そんなら桶《おけ》ごとそっくり私《あたし》に寄越《よこ》しなさい。加野屋さんの賄《まかな》いに売ってってことよう。あんたの漬け物だってことを、ついでに売り込んでくるからね」

他の枡席の客たちも座り始め、子供たちが嬉しそうに騒ぐうちに、桜の花びらがはらはらと舞い落ちる。笙之介もうっとりと頭上を仰いだ。こんなに見事な庭を持っているなんて、加野屋はどれほどの身代《しんだい》なのだろう。大したものだ。きっと、搗《とう》根《がね》藩などよりもずっと格式ある大名家にも出入りを許されているに違いない。

——波野千《はのせん》はこことと、どういう繋がりがあるんだろう。

笙之介の覚えている国許の波野千も、確かに羽振りはよさそうだったけれど。

——商いの取引をしているだけの間柄なら、探ることなんかなさそうだよなあ。

と思っても、春爛漫《はるらんまん》の眺めに自然と気分が浮き立ってしまって、まあいいか、と頬が緩んでしまう笙之介である。

一方、武部先生と太一には、花見気分などさらさらない。やる気満々だ。

「大食い競べに参加するんだ！」

「どうしたらよろしいのかな？」

「じゃあ、私が案内しましょう」

治兵衛が二人を、加野屋のお店ではない方の建物に連れて行こうとするので、笙之介は言った。

「後学《こうがく》のために、私にも手続きを見せてください」

するとこ、おきんもくっついてきた。

「凄い人出ですね、村田屋さん」

笙之介の袖《そで》にちゃっかりぶらさがり、目をぱちくりさせてあたりを見回している。

「加野屋さんって、家作《かさく》持ちなんですね。二軒とも加野屋さんの建物なんでしょう？」

「二軒どころか、住まいは別にあるんですよ。庭の南側のあの家がそうだ」

治兵衛が指さしたのは、桜の木立《こだち》の向こうの瓦屋根《かわらやね》である。

「お店と住まいを行き来するのに、雨の日は傘《かさ》をささなくちゃならないんだからね。豪気《ごうき》なもんだ」

「じゃ、こっちは？」

笙之介は、見物人らしい人びとの笑顔が覗く窓を見上げた。

「貸席《かしせき》ですよ。お客が好みの料理屋から料理を取り寄せて宴会を開いたり、稽古事のお披露目《ひろめ》をしたりするんです」

そうした宴席に、器《うつわ》の一切《いっさい》を貸し出すのも加野屋の商いのうちだという。

「加野屋さんはとりわけ伊万里焼《いまりやき》が得意でしてね。今日もお得意様を大勢お招きしているから、たんと並べることでしょう。一枚が五両もするような大皿とかね」

言われてみれば、貸席だという家の窓から覗く人びとは、庭の見物人たちよりも上等に着飾《きかざ》っているようだ。

「凄いわねえ……」

おきんは可愛《かわい》らしいため息をついた。

「世の中には、そんな暮らしがあるんだね、笙さん」

うん、と応じた笙之介は、人混みにことよせておきんがぐいぐい身を寄せてくるので困っていた。

貸席の一階には、大食い競べに参加する人びとのための受付口が設けられていた。参加を望む老若男女《ろうにゃくなんにょ》に相対《あいたい》する係の者たちは、真っ白な鉢巻《はちま》きをしている。そして受付を済ませた者たちは、朱色《しゅいろ》、藍色《あい》、白地《しろじ》と豆絞《まめしぼ》りの手拭いを受け取って鉢巻きにしていた。あれで組を分けているらしい。

笙之介はおきんと共に、太一が受付するのを見物した。名前とところ、歳はいくつか、これまで大食い競べに出たことがあるか、これまででいちばん大食いをしたのはどれくらいか。手際《てぎわ》よくきびきびと問われて、太一も勇んで答えたけれど、

「おちびさん、あんた勝ち目はなさそうだよ。今のうちによしたがいいねえ」

言われて、盛大に口を尖《とが》らせた。

「何でだよ！」

「今日は大食い名人が大勢来ているからね。素人《しろうと》の出る幕《まく》はないよ」

江戸の町でこれほど大がかりな大食い競べが行われるのは久しぶりのことなので、昔とった杵柄《きねづか》の大食い名人たちが、こぞって参加しているというのだ。

こういう〈競べもの〉が娯楽になるというだけで驚きなのに、名人がいるとは。

笙之介も目が回りそうだった。

「そンじゃ今度は、おいらが名人になればいいんだろ？」

太一は負けん気に歯を剥き出す。治兵衛が笑ってとりなした。

「まあ、にぎやかしだと思って参加させてやってください。この子は佐賀町の村田屋の身内でございます」

係の男は村田屋の名を聞くと、表情を一変させた。

「ああ、左様《さよう》でございますか。村田屋さんのお声がかりなら、かまいません。それじゃあ坊や、気張《きば》ってお食べなさいよ」

「おう！　じゃおいら、鰻組！」

「おやおや、それは駄目だ。鰻組と酒組は、大人だけなんだよ。白飯か菓子になさい」

太一はぶんむくれ、いいや鰻だうなぎだと粘《ねば》ったが、さすがに治兵衛が止めに入った。

「おまえさんの年頃じゃ、鰻の大食いは身体に毒だ。今日は初めてなんだし、白飯にしておきなさい」

太一は豆絞りの手拭いを受け取った。大食い競べはまず飯の組、次に菓子の組、酒の組と続き、鰻の組が最後だという。朱色の手拭いを手に戻ってきた武部先生も、まだ一滴も呑まないうちから、赤鬼顔をさらに赤くしている。

「こりゃあ、真剣勝負になりそうだ」

笙之介は問うた。「こういう場合、事前に下ごしらえしておいた方がいいのですか？　それとも、腹《はら》をすっかり空《から》っぽにしておいた方がいいのでしょうか」

武部先生は呵々大笑《かかたいしょう》して、

「いい、いい、それがしは呑む。花見だからな！」

のしのしと枡席に戻っていく。笙之介は太一の顔を見た。「どうする？」

「俺、卵焼き食ってくる」

「まだ駄目よ！　差配さんが来てから！」

おきんが止めたが、聞いちゃいない。庭ではにぎやかに花見の酒宴が始まっている。

「あ〜あ、しょうがないなあ」

「笙さんたちもお行きなさい。大食い競べは余興だ。まずこの花を楽しまなくちゃねえ」

笙之介には気になることがあった。

「治兵衛さん、加野屋さんと昵懇《じっこん》の間柄《あいだがら》のようですね」

「そうね。村田屋さんのお声がかりなら、なんてね」と、おきんもうなずいた。

治兵衛はけろりとしていた。「私のような商いだと、いろいろなところにお客がいるものですよ。あの言い様《よう》はお愛想《あいそ》だ。そもそもさっきの係の男は加野屋の者じゃない。近所の口入屋《くちいれや》の番頭です。今日は手伝いに駆《か》り出されているのでしょう」

確かに、加野屋の半纏や前垂れを付けている男女の数が、半端《はんぱ》ではない。これがすべて奉公人のわけはなかった。

「それだって、大川のこっちでも名を知られてるんだもん。村田屋さんは名店なんだ」

素直に感じ入っているおきんに、治兵衛は炭団眉毛を持ち上げて微笑んだ。

「さいざんす。うちは名店ですよ。身代じゃ、加野屋さんの十分の一にも足りませんが、顔の広さじゃ負けてませんせん」

「枡席にお招きした治兵衛さんのお客さんは、どんな人？」

おきんの問いで、笙之介も思い出した。あの枡席は、富勘長屋だけのためではないのだ。

と、治兵衛の眉毛が今度は下がった。

「それがねえ……。私らとまじるのはやっぱり気恥ずかしいと、貸席の方に行ってしまってね。だから私もそちらに移りますから、枡席は皆さんでお好きに使ってください」

ああ、だけど、と笙之介の肩に軽く触れて、

「本所横川町《ほんじょよこかわちょう》の代書屋さんが、ご夫婦で来るはずです。勝文堂さんとも馴染《なじ》みの人で、勝六さんがお連れすると言っていたから、笙さん、これを機会によしなにするといいでしょう」

代書屋か。笙之介の眉がぴくりとした――ことはない、はずだ。治兵衛の炭団眉毛も動かない。

「そうですか。ありがとうございます」

治兵衛は貸席にあがっていってしまい、おきんはまだ笙之介の肘《ひじ》にぶら下がっている。

「ねえ筆さん。せっかくだから、加野屋さんの商いものを冷やかしてみましょうよ。一枚五両のお皿って、どんなかしら」

そんな代物《しろもの》が店先に出ているわけはなかろうという筆之介の予想は、呆気《あっけ》なく覆《くつがえ》された。

桜に負けず、加野屋の品揃えも豪華絢爛《ごうかけんらん》なのだ。値札《ねふだ》の付いているものも、付いてないものもあるが、ないものの方が高価なのだろう。まず物を選んでから買値《かいね》を交渉することのできる客にしか用のない品だ。

筆之介が知っている瀬戸物屋は、店先に所狭しと商いものを並べて積んで、ときにはそれが埃《ほこり》をかぶっていることさえある。加野屋ではまったく違った。桐箱《きりばこ》に収められていたり、五枚続きの絵皿の柄《がら》がすっかり見えるように陳列《ちんれつ》されていたりする。治兵衛の言葉どおり伊万里焼に見事なものが多いが、それだけではない。笠間焼《かさまやき》など、搗根に近い焼き物の名産地のものもあった。

ぎやまんも扱《あつか》っている。色鮮やかな脚《あし》の高い酒器や、内側に灯心《とうしん》のついた、細長い提灯《ちょうちん》のようなもの。売り子に尋ねると、長崎渡りの「洋燈《ランプ》」というものだという。

おきんがしきりと感心して見惚《みと》れたのは、色も柄もとりどりの猪口《ちょこ》を、木枠《きわく》のなかにざっと三十ばかり並べたもので、これは一個売りをしないという。このまま飾り、季節に合わせて取り出して使うのだ。同じような趣向で十二支《じゆうにし》の絵がついたものもあり、これは木枠も漆塗《うるしぬ》りだった。

笙之介はその奥の、差し渡し一尺《しやく》（約三十センチ）以上ありそうな大皿に目を惹かれた。鮮やかな青色の染め付け皿に、

——昇龍《しようりゆう》だ。

雲を分けて天空を飛ぶ龍が描《えが》かれている。たてがみと髭《ひげ》と鱗《うろこ》の先端には金泥《こんでい》が施《ほどこ》されていて、昇る龍に道を開けるように流れゆく雲の鈍色《にびいろ》と、見事な対照をなしていた。

どんな絵師の手になるものだろう。描き損じれば、大皿そのものの値打ちも損《そこ》ねてしまう難しい仕事だ。紙の上でさえ、これほどの命に溢れた龍を描くのは難しいのに。あの眼に宿る光の輝かしいこと。生きている。確かに空を翔《と》んでいる。

「どんなお料理をのせるお皿かな」

おきんが小さく呟《つぶや》いた。笙之介は笑った。「さすがに、あれには何も盛らないよ。飾って眺めて楽しむものだ」

「そうだよね。お芋《いも》の煮っ転がしなんか、のっけられないよね」

卵焼きでも無理だよね。鰻の蒲焼《かばや》きならいいかしら、鯛《たい》のお造りはどうかしら

と、おきんは大真面目《おおまじめ》に考えている。おきんが食べてみたいものが口をついて出てくるらしいところが、可愛らしい。

富勘長屋の面々に、まるで手が出ない品ばかりではなかった。売り場の端《はし》に、大《おお》笊《ざる》に入れて、茶碗《ちゃわん》や湯飲みを売っている。それでも、本所や深川あたりの瀬戸物屋では珍しくない瑕物《きずもの》はひとつも見あたらない。

「太一のお茶碗のふちが、いっぱい欠けてるんだけど」

おきんが指をくわえて眺めているので、笙之介は男気を出すことにした。幸い、治兵衛から起こし絵の賃料をもらったばかりだ。

「今日の卵焼きのお礼だから」

好きなのを三つ選《よ》っていいよ、と言うと、途端におきんは真っ赤になった。

「いいの！　そんなのいいから！」

笙さんにねだるなんて、そんなのできないからと、袖を噛んでぴょんぴょん跳ねて、背中から火が出たみたいな騒ぎようだ。

「でも、お礼だよ」

「それなら、とっといて。ね？　今度、四ツ目《よつめ》の夕市《ゆういち》にいっしょに行こうよ。そのとき、何か買ってもらうから。ね？　ね？　とっといて。ね？」

売り子も、まわりのお客たちも笑うので、笙之介も照れてしまって引き下がった。おきんはさらに頬を赤らめて、笙之介の袖を引っ張った。

「ほら、口上《こうじょう》をしてる。いよいよ大食い競べが始まるみたいよ。行こ！」


太一は奮闘《ふんとう》した。

だがしかし、いかんせん相手が悪かった。格が違いすぎたとも言える。

白飯の組の大食い競べでは、人間業《わざ》とは思えないような光景が展開された。件《くだん》の南蛮風の装いの男が太鼓を百打つうちに食べた量を競うのだが、十五人の参加者でいちばんになった男は白飯七十七杯を水十杯で平らげて、けろりとしていた。太一は白飯二十二杯でビリッけつで、しかもひっくり返ってしまった。

「何だよ、あれ。化けもんじゃねえの」

聞けば勝者は浅草《あさくさ》の茂左右衛門《もざえもん》、五十五歳。十年前に当地で開かれた大食い競べでも一等をとった剛《ごう》の者で、そのときは湯漬け八十二杯を食ったというから恐れ入る。器が違う。胃袋が違う。見物人たちは呆れるやら驚くやら、歓声とどよめきがあがるたびに、満開の桜が舞い散った。

さて菓子の組では、饅頭《まんじゅう》と羊羹《ようかん》と鶯《うぐいす》餅《もち》をそれぞれが得意な組み合わせで食して競ったが、一等の麹町《こうじまち》の米屋彦三郎《よねやひこさぶろう》という男は、饅頭八十個、鶯餅二十個、羊羹十三本であった。量を食うだけでなく、この男は食う速さも凄《すさ》まじかった。ほとんど嚙まずに次から次へと口へ放り込み、丸呑みしてしまう。

「見てるだけで、おなかいっぱい」

おきんが胸を押さえてぐうと呻《うめ》いた。笙之介もまったく同感だった。

治兵衛が招いた横川町の代書屋夫婦は、菓子の組が始まったところで枡席にやって来た。糸瓜顔《へちまがお》の六助《ろくすけ》も、やあやあと嬉しそうだ。

「こちら代書屋の井垣松三郎《いがきしょうざぶろう》様と、奥様のお陸《りく》様ですよ」

勝六は丁重《ていちょう》に紹介したが、夫妻の方はいたって気さくだ。

「御家人《ごけにん》くずれでござる。くずれる前も貧乏、くずれて後も貧乏じゃ。村田屋にも勝文堂にもツケが溜《た》まっておる」

悪びれたふうもなく語って、富勘長屋の人びととも、驚くべき大食い競べを観戦するうちに、すぐうち解けた。夫婦共に還暦《かんれき》を過ぎているだろう。白髪《しらが》まじりの痩せた髷《まげ》に、花びらが降りかかる。くたびれた着物とちびた草履《ぞうり》。しかし夫婦の顔は底抜けに明るい。

代書屋に、屋号や店名はないという。町では「井垣の先生」というだけで通じるそうだ。主《おも》に扱っているのは長屋や貸家の証文で、顧客《こきやく》には差配人が多い。近くの町飛脚《まちびきやく》の仕事もしていて、文《ふみ》を書くだけではなく文面の助言もするそうだ。来た文を読んでくれと頼まれることも多いという。

「あなたは村田屋で写本をされておるとな」

「はい。教本が多いのですが、このごろ読み物も手がけるようになりました」

すると井垣老人は、心得顔《こころえがお》でにっこりした。

「では治兵衛さんに、面倒な注文をつけられておるでしょう」

笙之介は目をしばたたいた。「すると、井垣様も?」

夫より先に妻が笑い出して、笙之介にうなずきかけた。

「そうやって、村田屋さんは読み物を得手《えて》にする書き手を探しているのですよ」

「村田屋の馬琴《ばきん》先生を見つけようとな。儂《わし》は早々に勘弁《かんべん》してもろうた」

お若いの、お気張りなさい、あたればば大儲けじゃと、これまたのんきなことを言う。浪々《ろうろう》の身とはいえ、武士があっけらかんと金儲けを語るなど、やっぱり国許ではあり得なかったことだ。

夫妻の親しみ易さに甘えて、笙之介は思いきった。

「井垣様、少々異なことを伺いますが」

他人の手跡を真似《まね》てみたことがおありですか。代書屋をしていて、そういう依頼を受けた経験をお持ちでしょうか。笙之介の問いに、井垣老人はさして驚いたふうを見せなかった。

「――世の中には、いろいろな都合がありますからなあ」

老齢の皺《しわ》と笑い皺のほどよく混じった目元を弛《ゆる》ませて、おっとりと答えた。

「商いの上でそうした注文を受けたことはござらんが、あっても面妖《めんよう》には思いません。それに、他人の手跡を真似てみるというのは、誰でも一度はすることでしょう」

「とおっしゃいますと？」

「手本を見て習字をする。あなたもそうでしたろう？　できるだけ手本と同じ字を書こうと稽古をする」

「ああ……そうですけれど、でも同じにはなりません」

「左様。人はそれぞれに気性や体質《たち》が違う。それに従って書く文字も異なる。兄弟姉妹でも、手跡は違います」

笙之介と兄・勝之介の書く字もまったく似ていなかった。それも気性が違い、体格も好みも違ったからだろうか。

「それがしはな、手跡の違いというものは、そもそもはひとりひとりの眼《まなこ》の違いだと思います」

「まなこ、ですか」

　筆之介が目を瞠《みは》ってみると、井垣老人は面白そうにほっほと笑った。

「人は、己の見たものを描きます。それは字でも絵でも同じ。見ているもの、見えるものが異なれば、それを写して書いたり描いたりするものも異なるのは、むしろ自然なことでござろう」

「それでは」と、筆之介はもう一歩踏み込んで問うた。「真似られた当人にも見分けがつかぬほどそっくりに、他人の手跡を真似ることのできる人物がいるとしたら、それはどんな人物になるのでしょうか」

　はてさて——と、井垣老人は顎を撫でる。

「真似る手跡の主《ぬし》に合わせて、ころころと眼を取り替えることのできる人物、ということになりますかな」

　まなこを、取り替える。

　筆之介が考え込んでいると、おきんがちょこっと首を伸ばしてきて、むずかしいお話はそれくらいにしない？　と言った。

「お酒の大呑み競べが始まるよ」

参加者の十三人の男たちが登場してきて、見物人たちが沸《わ》き立った。武部先生は朱色の手拭いできりりと鉢巻きをして、仇討《あだう》ちにでも臨むような凜々《りり》しさだ。

「武部先生は、お歳が若い方だなあ」

辰吉が呆れたように声をあげたのももっともで、参加者のなかには腰が曲がりきった老人もいるのだった。

「酒の強い弱いも、生まれつきの体質ですからな。歳は関係ござらん」

井垣老人の注釈《ちゅうしゃく》に、みんな驚く。

「そんじゃ、俺も父ちゃんみたいな酒に弱い酒呑みになるのかなあ」

「だったら最初《はな》から呑まなきゃいいのよ。呑みスケになっちゃってからやめるのは大変なんだから」

太一とおきんのやりとりに、武部先生の奥方の聡美が微笑んだ。

「ほどほどならばよろしいのですよ。お酒は百薬《ひゃくやく》の長《ちょう》とも申します」

「でも武部先生はお酒に強いって」

「はい。わたくしどもの国では、主人のような人のことを〝笊〟と呼んでおりました」

呑んでも呑んでも、笊に水を汲む如く酒が通り過ぎるだけで、酔わないからだという。

「じゃ、勝てらぁ！　五両はいただきだ！」

逸《はや》る太一と、父親に声援をおくる五人の子供たちを優しく見やり、聡美はちょっと目を伏せて、こう言った。

「笊の体質であったばかりに、主人は禄《ろく》を失いました」

この呟きを耳にしたのは、笙之介と井垣老夫婦ばかりである。他のみんなは口上に気をとられている。聡美も、夫と同じ身の上である笙之介たちにだけ、告げたようであった。

井垣夫妻は顔を見合わせて、夫人のお陸の方が言った。「それはまた……。御酒《ごしゅ》が過ぎてお役を仕損《しそん》じたということではございませんの？」

聡美の微笑みが寂しげな苦笑に変わった。「それでしたら、己の不始末と諦めのつけようもございましたが」

呑んでも酔わない武部先生は、絡《から》み酒の癖《へき》のある上役が、酔って同輩を虐《いじ》めるのを止めに入って叩きのめし、逆恨《さかうら》みをかう結果になったのだそうだ。なにしろ相手は酔っ払いで加減を知らないから、止めるにはそこまでやるしかなかったのだろうが、やられた上役は恥と怒りに燃えた。酔っ払いの常で、醒めてしまえば己の醜《しゅう》態《たい》をきれいさっぱり忘れているから、なおさら武部先生が憎《にく》い。

「お役目の上でもとかく因縁《いんねん》をつけられ、しつこく虐《しいた》げられまして、それでも上役のことですから堪《こら》えておりますと、今度はその態度が面憎《つら》いと、とうとう闇討《やみう》ちに遭いました。幸い、そのときは難を逃れましたが」

――このままでは、斬るか斬られるか、どちらかの道しかなくなる。

「思い余った主人は、家を捨てお役目を捨て、わたくしどもを連れて逐電《ちくでん》したのです」

八年前のことだという。そんな苦労があったのか。笙之介は聡美の楚々《そそ》とした佇《たたず》まいを見つめ直した。

「以来、あれほどつまらんものはないと申しまして、夫は御酒を断っておりました。それがこのたびはどういう風の吹き回しなのか、わたくしも驚いておりますが……」

五両は大金でございますから、という呟きには、不安の響きがあった。楽しげな子供たちを見つめる目は、心なしか潤《うる》んでいる。

「きっと勝てましょう」

井垣夫妻は聡美をいたわり、子供たちと一緒に声援を始めた。参加者たちがそれぞれに床几につき、太鼓打ちがばちを構える。

そのとき笙之介は、ふと誰かの眼差《まなざ》しを感じた。こんな人混みのなかでおかしな話だが、誰かに見られている。

つと顔を上げ、まわりを見まわした。貸席の二階の窓で目が止まり、あっと思った。

八

あっと思ったのは、先方も同じであったらしい。目が合って、その人は凍りついたようになった。向かって右の、手摺りの桟《さん》に花鳥《かちょう》の飾りがついた窓である。

笙之介は糸に引かれるように立ち上がった。そのまま前に出ると、窓のなかの人は逃げるように姿を消した。黒髪がふわりと揺れるのが見えた。

駆け出そうとしたら横合いから袖をつかまれ、笙之介はよろけてしまった。

おきんだ。「笙さん、どうしたの？」

「う、うん」

おろおろとまた窓を仰ぐと、今度はそこに、治兵衛の顔がある。笙之介を認めて、苦笑《にがわら》いして額に手をあてると、すぐ引っ込んだ。

これはいったい、どういうことだ？

「ちょっと急用ができた」

そう言っておきんの手を振りほどくと、笙之介は歓声をあげる見物人たちのあいだを抜けて、貸席《かしせき》へ走った。大呑《おおの》み競《くら》べが始まり、てんでに朱塗《しゅぬ》りの大杯《たいはい》を傾ける参加者たちを励ますように煽《あお》るように太鼓が鳴り、見物人たちもそれに合わせて数をかぞえる。そのなかを、笙之介は急いだ。

貸席の玄関口では、白足袋《しろたび》を履いた治兵衛が待ち受けていた。走ってきた笙之介に、炭団眉毛を八の字にして、済まなさそうに首を縮めてみせる。

「治兵衛さん！」

「相済《あいす》みませんねえ」

さらに口のなかでもごもご、いい、言い訳だか説明だかを言い足した。貸席のなかの客たちも、桜の庭の見物人たちと同じように賑《にぎ》やかに騒いでいるので、まるで聞き取れない。

笙之介は声を張りあげた。「さっきのあの人は、桜の人じゃありませんか！」

富勘《とみかん》長屋の裏の堤に立つ一本桜の下に佇《たたず》んでいた、夢とも幻《まぼろし》ともつかない切り髪の人だ。一分咲きの桜に似て慎《つつ》ましく、寂《さび》しげで、それでいて笙之介の目を奪った人だった。

「まあ笙さん、落ち着いて」

宥《なだ》める治兵衛の後ろには、階上《うえ》にあがる階段がのびている。磨き込まれて黒光りするほど艶《つや》がある。その上に、笙之介は目をやった。

「上にいるんでしょう？　治兵衛さん、あの人をご存じだったんですね」

「はい。いや、ですけど、その」

逃げられてしまいましたとごまかし笑いしながら、治兵衛は笙之介の腕を取った。

「ちょいとこちらへ。ええ、履き物を脱いでくださいよ。そんなに急《せ》かないで」

急いているつもりはない。驚いているだけだ。だいたい治兵衛も人が悪い。あの人を知っているなら知っていると、最初《はな》から教えてくれればいいではないか。

治兵衛はちょっとまわりを見て、階段のすぐ脇の唐紙《からかみ》を開けると、

「ここを拝借しましょう」

と手招きした。なかに入ると、四畳半ほどの小上《こあ》がりの座敷で、誰もいない。治兵衛は勝手知ったるふうにさっさと座り、笙之介にも座るように促した。

「でも——」

「いいから、お座んなさい」

意固地《いこじ》に突っ立っていた笙之介は、まわりの喧噪《けんそう》から切り離されると、確かに自分が妙に急き込んでいたことに気がついた。

武士のはしくれとして、女子《おなご》のことで大声をあげるなど、無様《ぶざま》ではないか。

「不作法《ぶさほう》なことをしてすみません。私も花見に浮かれているようです」

今度は笙之介の方が身を縮めるのを、治兵衛はどんぐり眼《まなこ》を細めて笑った。

「あのお嬢さんはね、和香《わか》さんといいます。お歳《とし》は十九。うちのお得意様ですよ」

客なのか。ならば、知っているどころの騒ぎではなかろう。切り髪と聞いて、すぐ思い当たったはずである。

「素性《すじょう》については、う～む」

治兵衛は懐手《ふところで》をすると、勝手に悩み、勝手に納得《なっとく》したようにうなずいた。

「私から申し上げるのはご勘弁ください。ただ、ご近所の人ですよ。だからこそ朝早く、あの川っぷちにふらりと現れたんですから」

「では、今日ここにふらりと現れたのは」

笙之介の尋ね方が、急いてはみっともないと我慢しているのが見え見えだったのだろう。治兵衛はふき出した。

「私がお招きしたんです。笙さんにお引き合わせしようと思ってね」

引き合わせる？

笙之介はつっかえた。「わ、私はそんなことを、お頼みした、わけでは」

「だって、会いたくないんですか。正体《しょうたい》を知りたかったんでしょう?」

「それはそうですが」

「笙さんだって若いんだ。木石《ぼくせき》ぶってみせなくたっていい。きれいな娘さんを見かけたら、気になるのは当然です」

すっぱりそう言うと、治兵衛は急にしんみりした眼差しになり、ほかに誰がいるわけでもないのに、声を落とした。

「和香さんはね、普段《ふだん》はほとんど家から外に出ないんです。ですから笙さんの話を聞いたとき、私はとても驚いたんですよ」

どん、どん、どん、どんと、桜の庭の太鼓の響きが高くなる。歓声もわあっと沸き立っている。

「大変な箱入り娘なんですね」

治兵衛はうなずいた。「ええ、確かにご両親は、あの人を目に入れても痛くないほど可愛がっていますよ。だけど、箱に入れてるのはそのせいじゃない。むしろ、和香さんが箱に入って出ようとしないのを、ご両親はずっと案じているんだけども、和香さんの気持ちもわかるから、強《し》いて引っ張り出すことができないままになっているんです」

そこまで言われれば、和香というあの娘に何らかの（それもかなりややこしい）事情がからみついていることは、笙之介にも察しがついた。

「今度も、ここへ連れ出すまでには、私とご両親とで、そりゃ気張ってかき口説《くど》いたんです。それなのに、いざとなったら和香さん、やっぱり気恥ずかしいと言い出すし」

そう言って、しかし治兵衛はにっこりと笙之介に笑いかけた。

「でも、あの人がこんな賑やかな場所へ出て来てくれたのは重畳《ちょうじょう》です。それは笙さんのお手柄です」

手柄と言われても、笙之介にはちんぷんかんぷんだ。

「私が何かしたのでしょうか」

「ええ、したんですよ。笙さん、和香さんの切り髪に驚いたんでしょう？」

「はい」

「和香さんが美人だと思った。桜の精じゃないかと思ったんでしょう？」

「はあ」

こういうやりとりも、侍《さむらい》としてはどうなのだろうと思いながら、笙之介は治兵衛に引っ張られるようにして返答する。

「あの人のおでこが……ちょっと出っ張り気味で可愛らしいということまで、笙さんは気がついたんですよね？」

「そんなことまで先方に伝えたんですか？　かえって気を悪くしたでしょうに」

「いいえ、全然」治兵衛はゆっくりとかぶりを振った。「気を悪くなんかするもんですか。驚いてはいましたけどね」

笙之介はたじろいだ。「武士のくせに、こっそり覗きなどするふとどき者がいることに驚いていたんでしょう」

「いえいえ、川っぷちの桜の木の下では、和香さんは笙さんを見ていません。ただ、つまずいて転んだとき、川に面した富勘長屋の障子戸がぱたんと閉まった音がしたので、あわてて目をやったそうです。それで、誰かに見られていたのかなと」

それじゃ本当に覗き野郎《やろう》じゃないか。笙之介は胸の奥が恥で焼けるような気がした。

「そんな顔をしなさんな」と、治兵衛はいたって大らかである。「笙さんが若いお侍さんで、うちで写本作りをしている人だと話したら、和香さんはほっとしたようです。怪しい人物じゃありませんよ、けしからん男でもございませんよ、それはこの村田屋治兵衛が請け合いますと申しましたらね」

和香の気持ちも、それで動いた。実に珍しい、前代未聞《ぜんだいみもん》だと、治兵衛は力《りき》む。

「笙さんがどんな人なのか、遠くからでもいいから見てみたいというから、そんなこと言わないで直《じか》に会いなさい、一緒に花見をしなさいと焚《た》きつけたんですが」

しくじりました――と、眉毛を上げ下げするのである。

「少々、急ぎすぎましたかなあ」

何で驚いたのか、何が珍しいのか、どう急いだのか、治兵衛の言うことはやっぱり筋《すじ》が見えない。

「私にはよくわからないんですが」

「わからんでしょうね」と、治兵衛はあっけらかんと認めた。「まだわからんでしょう。だから順々にお話しします」

ちっとも順々ではないような気がする。治兵衛は何故《なぜ》こんなに上ずっているのだろう。

「さっきはね、古橋笙之介さんという人は、あの枡席にいる人ですよと私が指さして、和香さん、窓から下を覗いたわけです」

そう、和香は真っ直ぐに笙之介を見つめていた。

「切り髪だったでしょう」

「そうですよ。だからすぐわかったんです」

「珍しいんですよ。笙さんは切り髪姿の和香さんを、これで二度見たことになる。そんな人は、ご両親以外にはいないんです。私だってまともに見たことはない」

笙之介の頭のなかは、また混迷する。

「どういうことです？」

「和香さんは、普段はすっぽり頭巾《ずきん》をかぶっているんです。あの可愛らしいおでこどころか、目の上まで隠すような頭巾をね。その恰好《かっこう》でないと、ご両親以外の人の前には現れないんです」

笙之介は口を結んで、治兵衛の顔を見た。炭団眉毛は真っ直ぐで、どんぐり眼も笑みを含んではいるが、眼差しは真剣だった。

「若い娘さんにしては、おかしなならいです。でも、和香さんはそういう人なんですよ。そうしたがる事情がある」

思い出してみた。桜の木の下の和香。窓から笙之介を見つめていた和香。切り髪がはらりと、額と頬にかかっていた――

「だけれど、笙さんはそれに気づかなかった。二度とも気づかなかった。それよりもまず、あの人を美しいと思った。おでこが可愛いと思った。和香さんの、ほかの〈何か〉にはまったく惑わされずにね。笙さんは、そういう目の持ち主なんだ。そのことには、実は私も驚きました」

　だから、最初に笙之介に切り髪姿の女のことを尋ねられたときには、わざと知らん顔をして混ぜっ返したのだ、という。

「和香さんに、これこれこういう人がいるけれど、あなたのことを教えてもいいかと、まず確かめるのが先だと思ったからです」

　笙之介は、結んでいた口を、ちょっとへの字にした。

「確かめたら、和香さんは、私に和香さんのことを教えていいと言ったのですね」

「そうです。笙さんがどんな人なのか、興味を引かれたからですね」

「私が、和香さんの〈何か〉に気づかなかったから」

　治兵衛はうなずき、笙之介の目を見た。笙之介は思いきって訊いた。

「その〈何か〉とは、何ですか」

　治兵衛も思いきったように、いっぺん目を瞠《みは》ってから、答えた。「笙さんにそれを問われたら答えていいかと、和香さんに訊きました。するとあの人は、いいと言いました。ただね、私が笙さんにそれを教えたら」

　――古橋様という方も、もうわたしに会いたいとはお思いにならないでしょう。

「ですから、かまいません、と」

呼吸を三つするあいだ、笙之介は黙っていた。迷ってなどいなかったから、考えていたのではない。ただ、できるだけ果断《かだん》な言い方をしたかったのだ。

「そんなふうに決めつけられては心外《しんがい》です」

あまり果断ではなかった。

治兵衛は嬉しそうにぽんと手を打った。

「そうこなくっちゃ。さすがは笙さんだ」

若いっていいですねと、浮かれたようなことを言う。そしてすぐに続けた。

「和香さんにはね、痣《あざ》があるんです。お顔と身体《からだ》の左半分にね、赤痣があるんですよ」

笙之介はへの字の口を、さらに強く結んだ。くちびるが見えなくなるほどに。

「だから普段は頭巾を手放さないんです。着物も、左の袖を右より長く仕立ててあります。手の甲《こう》を隠すためにね」

さあ笙之介が何を言うかと待ちかまえるように、治兵衛は大きな目をくるりと回した。

「私は、まったく気づきませんでした」

笙之介には、それしか言葉がなかった。だって桜の精のように見えたから。黒い切り髪に黒い瞳に、一分咲きの桜のかすかな紅を映したような白い頬が見えたから。本当にそれだけが見えて、心を動かされたのだから。

「冬から春先にかけては、いくらか薄くなるんだそうです。夏場がいちばんいけない」

治兵衛は痛ましそうに顔を歪《ゆが》めた。

「痛んだり、腫《は》れたりすることもあるそうでしてね。和香さんが切り髪にしているのも、髷《まげ》を結うことができないからです。髷を結うにはどうしても髪を引っ張りますし、髪油も、あの人の肌にはよくないらしい」

笙之介は何かまとまったことを言おうと考えるのだが、さっぱりまとまらなかった。結局、ぼそりとこう呟いた。

「切り髪は、よく似合っていました」

治兵衛は笑《え》み崩《くず》れた。「嬉しいねえ。そうですか、そうですか」

また、ぽんぽんと手を打つのである。

「和香さん、さっきは窓から顔を出すときに、頭巾を脱いだんですよ。それまではかぶっていたんです」

今度は笙さんに痣を見せようと思ったんでしょう、という。

「でも、笙さんは二度目も見なかった。一度目も二度目も、遠目で見えなかったんじゃありませんよ。あれくらいの近さなら、普通は気づくくらいの痣なんです。赤痣だと見てとることはできなくても、お顔に影があることは、ほかの人なら見てとるでしょう」

いつの間にか、桜の庭の太鼓の音はやんでいる。人びとのざわめきだけが、唐紙越しに遠く聞こえる。

「――私は失礼なことをしたのでしょうか」

「いいえ、とんでもない」

治兵衛は力を込めて言った。

「それは、笙さんの目がいい目である証《あかし》です。〈美〉を見る人の目です。上《うわ》っ面《つら》だけじゃない、ものの真の美しさをね」

治兵衛は感じ入っているようだけれど、和香は逃げ出してしまったではないか。

「和香さんは怖がりなんですよ」

無理もありませんがと、治兵衛は優しく言った。

「なかなか人を信用しないところもあります。ここから逃げ出すときだって、拗《す》ねたようなことを言っていました」

――古橋様という方も、今度はわたしの痣を見て、わたしが桜の精なんぞではなく、ただのお化けだとお気づきになるでしょう。

「ご自分ではせいぜい毅然《きぜん》と強がったつもりでしょうが、半べそをかいていましたよ。ありゃあ、笙さんを見て、和香さんも心が動いたからでしょうな」

「冷やかさないでください」

顔が赤くなっているのが、自分でもわかる。

「冷やかしちゃいません。私は喜んでいるんです。どうです笙さん、ひとつ和香さんとよしなにしてみませんか。あの人も書物が好きだし、お二人はきっと気が合うと思うんです。ええ、合いますとも」

その口上は、ほとんど仲人《なこうど》である。

笙之介は、炭団眉毛の笑顔に、ちょっと呆れた。苦笑してしまった。

「治兵衛さんは、意外と強引なんですね」

「おや、そうでしょうか」

「和香さんがそういう事情をお持ちの人であるならば、いきなり花見の席へ連れてくるなんて、酷《こく》ですよ。無理が過ぎます。もう少し、手順というものがあるでしょう」

責められてもへこまず、治兵衛はますます張り切るようである。

「これまでずっと動かなかった横車《よこぐるま》だから、私も馬鹿力《ばかぢから》で押してみたんですよ。いっぺん、そういうことをしてもよかろうと思ってね。でも、これからは気をつけましょう。和香さんにも無理はさせません。とりあえず、今日のこの場の話を、和香さんに伝えてもよろしいですか」

わたしはただのお化けだ。和香はそう言ったという。でも笙之介が前後を忘れてここへ走ってきたのは、二階の窓から覗いた顔が、あの桜の精だったからだ。

自分で自分のことを、お化けだなんて言わないでください。

貴女《あなた》はあんなに──きれいなのに。

笙之介は言った。「私が、あのとき和香さんを驚かせてしまったことをお詫《わ》びしていると、ちゃんと伝えてくださるならば」

「承《うけたまわ》りましたと、治兵衛は深々と頭を下げた。

ひと息つくと、満足げな治兵衛の前で、笙之介は何だか急に我に返ったような気がした。今日、ここに何をしに来たのか。花見に浮かれ、浮いた話に赤くなるために来たわけではない。しっかりしなくては。

「今度は私の方から、ひとつお尋ねしたいことがあります」

お耳を──と手招きすると、治兵衛は目をぱちくりさせ、顔を寄せてきた。

「何でしょう？」

「今日、治兵衛さんが花見の枡席を用意してくれたのは、東谷《とうこく》様に頼まれたからですか」

炭団眉毛が持ち上がり、逆の八の字を描いた。額に三本の横皺《よこじわ》が寄る。

「はあ？」

声をひそめ、笙之介は早口に言った。「治兵衛さんが惚《とぼ》け上手《じょうず》なのは、よくわかりました。でも、正直に教えてほしいんです。今日のことは、東谷様の計《はか》らいですか？」

しげしげと笙之介を見つめると、治兵衛は一度、二度とかぶりを振った。

「いいえ、東谷様からは何も伺っておりませんよ」

じゃあ、単なる偶然なのか。これだけ大評判の花見の宴《うたげ》と大食い競べだから、たまたま重なっただけで、治兵衛は何も知らないのだ。

笙之介が考えていると、当の治兵衛は別の方角へ勘《かん》ぐった。

「さては笙さん、あなたが木石ぶっているのを見かねた東谷様が、何とかしてやれと私を焚きつけたとでもお思いですか？　いやいや、それはありません。この企《たくら》みは、私だけのものでございますよ」

こんな気のいい人を利用するのは後ろめたい。だが、機会があればそれを利用しなくては、何のために江戸にいるのかわからない。もう徒《いたずら》に時を喰ってはいられない。

「治兵衛さん、ひとつ頼まれていただけますか」

筆之介はさらにひそひそと言った。

「村田屋さんでは、いつも新しい書き手を求めておられますよね？」

「筋の良い書き手でしたらね」

「この宴席で、それを喧伝《けんでん》していただけませんか。とりわけ、元の書物の手跡をそっくり真似ることができるくらい、筆耕《ひっこう》に習熟した書き手がいたら、ぜひ欲しいと」

「何ですか、それは」と、治兵衛はきょとんとした。「絵ならわかりますが、手跡をそっくり真似るなんて。写本作りに、そんな技《わざ》は要りませんよ」

「そうかなあ。手跡もそっくり真似るのは、写本作りの極みじゃないですか」

我ながら舌先三寸《したさきさんずん》である。但《ただ》し、思いつきではない。花見が決まったときから、筆之介なりに思案してはいたのだ。

「この目で『料理通』を見たとき、思ったんですよ。絵だけではなくあの文字にも、えもいわれぬ味わいがありますよね。組み合わせの妙《みょう》があります。あれをそっくりに写せたら、どんなに素晴らしいでしょう」

「そりゃ、そうですけど」

「お願いします。そういう技を持つ人がいたならば、私はぜひとも学びたいんです。このごろずっと考えていたんですよ」

ふむ――と顎をひねり、治兵衛の話題はまた和香のことに戻る。

「和香さんも字が上手ですよ」と、にやり。

「それなら、ますますお会いするのが楽しみになります」

笙之介も後ろめたい思いを呑み込んで、笑ってみせた。

「今日は大勢お集まりですからなあ」

治兵衛は言って、貸席の賑わいの方に目をやった。

「ま、そういうことならやってみましょう。でも、そんなお人がいますかねえ」

いるはずなんですよと、笙之介は心のなかで呟いた。

九

水面《みなも》には、桜の花びらが散り浮いていた。

今はまだ、それらのひとつひとつに桜の精が乗り込んで船団、花筏《はないかだ》を組み、ヨイヤサアと小さな櫓《ろ》を揃えて漕《こ》ぎ出した――というくらいだ。これがあと二日もすれば、桜色の毛氈《もうせん》を敷き詰めたような眺めになると、梨枝が教えてくれた。桜は散り始めると足が速い。

川扇《かわせん》の小舟と釣《つ》り竿《ざお》を借り、筆之介は不忍池《しのばずのいけ》にいる。東谷がよく釣り糸を垂《た》れているという場所を教えてもらい、そこまで漕いできたのである。

上野の森の桜に囲まれ、青空を映し、ときおり頭上を雲がよぎるとふと影に包まれ、雲が消えると晴れ晴れと明るくなる――池の面《おもて》の表情の変化を眺めているうちに、釣りはどうでもよくなってしまった。櫓を立てて、ごろりと仰向《あおむ》けに寝転《ねころ》がって、頭の後ろに腕を組み、かすかに揺れる舟の動きに身を任せている。

青空が近い。

小舟のすぐ上まで降りてきているかのように見える。今、身を起こしてぐるりを見れば、不忍池も掘割も川扇も消えて、ただ空の色ばかりがあたりを包んでいるのではあるまいか。

国許では、小高い場所に登るとそう感じた。父・宗左衛門《そうざえもん》は山歩きが好きで、春秋には山菜《さんさい》採りも兼ねてよく出かけた。筆之介もしばしばついて行った。行きは空《から》っぽだった背負《せお》い籠《かご》が、帰りはやわらかな新芽《しんめ》の山菜でいっぱいになっている。秋には茸《きのこ》や通草《あけび》も採った。どんなものを採るときでも、すっかり漁《あさ》ってはいけない、必ず少し採り残すようにと、父は教えてくれた。

――これらは山の恵みだ。我らは、山の命の一端《いったん》を分けてもらうのだからな。

もともと無口な父は、二人で出かけても、あまりものを言わなかった。笙之介が要領を覚えると、ますます寡黙《かもく》になった。二人で心楽しく黙りこくって歩き、採ったものを見せ合い、首に巻いた手拭いで顔を拭く。たまに蔦漆《つたうるし》に触れそうになったり、毒茸を採りそうになったりすると、すぐ父に「こら」と声をかけられて、笙之介は頭を掻いた。

手を休め足を止めて、ふと見上げると頭上を青空が占めていて、なだらかな山の斜面の先には城下の町並みが広がっている。搗根《とうがね》の地の険しい山地は遥《はる》か北方にあり、その近づきがたい姿は、城下から仰ぐときも山歩きで眺めるときも、同じように凜《りん》としていた。

しかし父は言っていた。搗根の山々は、遠目にどれだけ険しく見えようと、我らを守ってくれる屏風《びょうぶ》のような優しい山々だと。広い世の中にはもっと険しい山々が数多《あまた》あり、そこでは山は人に恵みを垂れてくれるものではなく、隙《すき》あらば人を排除しようと狙う、手強《てごわ》い敵となるのだと。

——搗根の我らは、果報者《かほうもの》なのだ。

ただ、空だけはどこでもひとつ。どんな山もどんな地も、同じ空を戴《いただ》いている。

今、春の水の匂《にお》いに包まれて小舟に揺れる笙之介が仰ぐ同じ空の下に、母と兄もいる。二人はどうしているだろう。何をしているところだろうか。

笙之介は、こんな贅沢な恰好で、のんびり物思いをするために川扇を訪ねたのではない。川扇の起こし絵を作る相談に来たのだ。すると梨枝が、

――ちょうど春のお菓子をこしらえているところですから。出来あがるまで、釣りでもなさってはいかがですかと勧めてくれた。

――笙之介さんが戻られたら、お茶にいたしましょう。

そうして漕ぎ出してきたのだが、仰ぐ蒼穹《そうきゅう》に心を吸い取られ、いつしか笙之介は放心して、目をつぶった。

昨日《きのう》の大食い競べの酒の組では、武部《ぶべ》先生は二番手に終わった。参加者の大方《おおかた》が二、三升《しょう》だったところを、武部先生は三升枡《ます》で二杯を楽に呑んだのだけれど、一等になった小石川《こいしかわ》の天本《あまもと》という御家人は五升入りの丼鉢《どんぶりばち》で二杯呑み、そのあと茶を十杯飲んでたちまち酔いを醒ましたというのだから、太一のとき以上に相手が悪かったというほかかない。

天本という御家人は、歳は武部先生とおっつかっつながら、体格は先生の半分ほどの小兵《こひょう》だった。あの身体のどこにあれだけの水物《みずもの》が入るんだろう――と驚く一方のおきんは、しかしきっちり、

「笙さん、武部先生の一世一代の大勝負だったのに、どこ行ってたの？」

と、問い質《ただ》すことは忘れなかった。笙之介は素直にごめんと謝《あやま》り、知り合いを見かけたと思ったら人違いだったたと嘘をついた。

武部夫人の聡美は、しきりと面目《めんぼく》ないという夫を慰め、明るく笑っていた。心底《しんそこ》がっかりしたふうには見えなくて、それはまわりの人びとの心を軽くした。井垣夫妻も先生の健闘を大いに讃《たた》えた。

一同はにぎやかに花見を楽しみ、重箱の料理やおきんの卵焼きを味わって、そろそろおつもりというころになって富勘が現れた。女人は連れずに一人だった。

「先生、手加減《てかげん》なすったでしょう」

やっぱりぞろりと長い羽織の紐を締め直しながら、富勘がこそっと口の端《は》で武部先生に囁《ささや》きかけるのを、笙之介は聞いてしまった。

「あたしの目は節穴《ふしあな》じゃありません。ちゃんとわかりましたよ。なんぞ、あの御家人さんに頼まれましたか」

何が何でも賞金の五両が要《い》るのだ、とかね。

「五両は先生にも大金でしょうに。これだから人情家はいけません」

渋い顔で諫《いさ》める富勘も、目は笑っていた。武部先生も黙って笑っていた。

「まあ今日《きょう》び、手前の才覚で稼ごうと思えば稼げる先生のような方のほうが、下手《へた》な役付のお武家様よりも楽なんでございますかな」

おかしな世の中だよと、富勘は呟《つぶや》いていた。

池の畔のどこかで、鶯《うぐいす》がひと声啼《な》いた。筆之介は目を開いてむっくりと起き上がり、春の池の面を見回した。

川扇の前に、梨枝がいた。筆之介に向かって、袖を押さえて小さく手を振った。

――勘のいい人だなあ。

それとも今の鶯の啼き声は、梨枝さんの口真似だったのだろうか。あの人なら、それくらいのことができても不思議はない気がする。


「わたしの母からの直伝《じきでん》なんですよ」

春のお菓子というのは、桜の花を象《かたど》った可愛らしい練り切りだった。

「散る桜をお皿に載せて味わおう――という趣向でございます」

いただきますと、筆之介はひとつ頭を下げてから手をつけた。梨枝はお茶を淹《い》れてくれる。湯を湯受けにとって冷ましてから急須《きゅうす》に移し、茶葉に注いだだけで強い香りが立った。これがあの玉露《ぎょくろ》というものだろうか。筆之介が初めて味わう極上の茶である。日々の暮らしのなかではもちろん縁がないし、いつも東谷とここで昼食《ちゅうじき》をとるときに、食後に供《きょう》されるのは番茶だから。

菓子を口に含むとほんのり甘く、白餡《しろあん》が舌《した》の上で滑らかに溶けた。脇に添えてあるくこの実の赤い色が、さらにこの練り切りの桜をひきたてている。

「くこの実は、目の疲れによく効《き》くと申します」と、梨枝は微笑んだ。「笙之介さんにはぴったりかと思いました」

お忙しそうですものね、という。

「おかげさまで、江戸では学ぶことがたくさんあります」

東谷は梨枝に、笙之介は国許から江戸へ出てきて勉学していると話している。ただ遊学のための費用は自分で調達せねばならず、だから村田屋治兵衛の下《もと》で働いているのだと。

――あれには、それだけ言っておけばいい。詮索《せんさく》してくるようなおなごではない。

「でも、このごろは学ぶより先に暮らすことに追われてしまって、いけません」

梨枝はさらにおっとりと笑った。「笙之介さんのお仕事では、暮らすことも学ぶことのうちでございましょう」

「起こし絵を作るような仕事でも？」

笙之介はつい、ヒクツになった。いや、甘えてしまったのかもしれない。

東谷がいない今日は、梨枝の髷《まげ》は島田《しまだ》くずしである。粋筋《いきすじ》の人がよく結う形だ。そのせいか、小さな船宿とはいえひとつの店の女主人である梨枝が、いつもよりさらに落ち着いて、貫禄《かんろく》さえ漂《ただよ》わせているように見えた。

——梨枝さんは、この髷の方がよく似合う。

なんてことまで思う笙之介だ。

梨枝は目を輝かせた。「本当に作ってくださいますか、川扇の起こし絵」

「はい、梨枝さんさえよろしければ」

まあ嬉しいと、胸の前で手を合わせる。

「先《せん》にもお話ししましたが、子供のころに八百善の起こし絵を見て、なんて面白いんだろう、なんて美しいんだろうと、心に焼き付いてしまいました。それからずっと覚えていて、憧れていたんですよ」

この小さな店では——と、愛《め》でるように座敷のなかを見回して、

「八百善のような立派な起こし絵になるはずはありませんが、それでも夢がかなうんですもの、嬉しいわ」

「梨枝さんは」

白餡の滑らかな舌ざわりに、笙之介の口が滑った。

「料理屋のお生まれなのですか」

梨枝が軽く目をしばたたいた。厭《いや》な顔をされたわけではないが、笙之介はたちまち後悔した。

「いえ、不躾《ぶしつけ》に申し訳ありません。ただ、お母上がこんな上等な菓子を手《て》ずから作られるというのは、なまなかな料理の心得《こころえ》ではないだろうと思いました」

へどもどする笙之介に、梨枝はにっこり笑った。お歯黒《はぐろ》のない白い歯がこぼれる。

「そんなに慌《あわ》てないでくださいまし。不躾でも何でもございません」

「は、はあ」

「わたしの父は、昔、浅草《あさくさ》で仕出《しだ》しをいたしておりました。わたしは仕出屋の娘なんでございますよ」

膝の上で手を揃えて、梨枝は続けた。「お花見や花火船《はなびぶね》に料理を出す商いでしたが、幸い評判がよくて、だんだんと仕出しだけではなく、貸席に伺って、その場でお料理をこしらえて出すような商いにまで手を広げるようになりました」

贔屓客《ひいきき》は一様に舌が肥えていて、料理屋の名店に出入りしている人びとが多かったそうだ。

「八百善というお店のことも、そうしたお得意様から教えていただいたのです」

そういうことだったのか。

「お得意様には、仕出屋からは手を引くか、誰か人に任せて料理屋を開けと勧めていただきましたが、父は仕出しという商いから離れませんでした。ただ贅《ぜい》をこらせばいいというだけではなく、工夫が要るところが好きだったのでしょう」

父も母も凝り性でしたと、笑って言う。

「娘のわたしが申しますのも口はばったいのですが、とても仲睦まじい夫婦でしたので、母と一緒に料理を作りたいという気持ちも強かったのだろうと思います。料理屋ですと、おなごは板場《いたば》に入れませんから」

板場は、女人禁制である。

「城や陣屋《じんや》でも同じです。殿の御膳をこしらえるのは、男ばかりです」

梨枝はうなずいた。「おなごは手が温《あたた》かいので生ものに触ると味が落ちるとか、気まぐれなので、お天気や風向きが違うだけで味付けが変わるから駄目だとか申します」

それに何より、おなごは穢《けが》れておりますからねと、さらりと言った。

「殿方は不思議ですわね。おなごを美しいと愛でながら、穢れていると遠ざける」

話の雲行きが微妙になったので、笙之介は小皿の練り切りを食べることに専念した。梨枝は茶を淹れ替えてくれた。

「父と母は本当に仲のいい夫婦で」

懐かしむように、あたたかな語調だ。

「亡くなるときも一緒でした。わたし一人では店は切り回せませんので、結局、人手に渡すことになりました」

それがいつのことだとか、どういう経緯《ゆくたて》があったとか、当時の梨枝がどんな苦労をしたかとか、それについては語られなかった。

「でも今は、わたしがこの店のあるじでございます」

また、愛でるように撫でるように、小さな座敷の梁《はり》や天井《てんじょう》や鴨居《かもい》を眺めた。

「父も母も、きっと喜んでくれていると思います。ですから、折々《おりおり》に両親が得意にしていた料理をお出ししては、わたしも喜んでいるんでございますよ」

笙之介も微笑した。「いつも私がご馳走になる料理は、梨枝さんがこしらえてくださっているのですね」

「はい、心を込めて」

梨枝は軽く頭を下げ、それから思いついたように小さく言った。「でも東谷様も、だいぶ釜焚《かまた》きが上手《じょうず》になられました」

お茶と菓子が済んだところで、笙之介は持参した矢立《やたて》と片綴《かたと》じの半紙綴《つづ》りを広げた。起こし絵を作るには、まず川扇の間取《まど》りを正しく知る必要がある。

梨枝は手を打って、若い女中と、板場を手伝っているという四十歳くらいの男を座敷に呼び寄せた。これまでは出入りの際に挨拶を交《か》わすくらいで、きちんと名乗り合っていない二人だ。

「まきと申します」と、女中は丁寧に三つ指をついた。目のくりくりした、ちょっと色黒だけど可愛い顔だ。

「いつもご贔屓にあずかりまして、ありがとうございます」

笙之介は恐縮した。自腹を切ったことのない客だ。男の方は晋介《しんすけ》といい、最初は船頭をしていたのだが、

「実は包丁《ほうちょう》の筋がいいとわかったので、板場に入れました」

魚をおろさせたら、ここらでいちばんの腕前でございますよと梨枝は言い、晋介は照れている。

一同で川扇の間取りを確認し、笙之介はそれを描《か》きとった。起こし絵にするなら季節はいつがいいか、それぞれの座敷には何を飾るか、あれやこれやと話が弾《はず》ん

だ。おまきはてきぱきしていてよくしゃべるが、晋介はぺらぺらと座持ちのできる気質《たち》ではないらしく、でもそこが、女主人と若い女中とのあいだに据わって按配《あんばい》がいい。

　顔つきも体格も違うけれど、晋介の人となりに、笙之介は亡き父を思い出した。あなたもきっと犬が好きでしょう、と思う。

「やっぱり春でございますよ、おかみさん」

　おまきは〈春の川扇〉を主張する。

「池之端《いけのはた》の桜が満開で、不忍池の水がとろりと青くなる今ごろの季節が、川扇がいちばん美しいときでございます」

　梨枝もその意見に傾いているようだが、秋の紅葉《もみじ》も捨てがたいという。

「わたしは、池の水がきりりと澄んでくる頃もきれいだと思うのよ」

　川扇の起こし絵なら、水辺《みずべ》の景色《けしき》もぜひ描き添えたい。二人の意見は、どちらもわかる。

「それなら、いっそ春と秋のふた組を作りましょうか」

　まあ豪勢だわと梨枝が喜ぶ脇で、晋介が考え込んでいる。

「晋さんはどう思う？」

水を向けられて、まだ考え考え口を開いた。「古橋様、その起こし絵というものには、店のなかの飾り付けや花や器のほかに、お客様も描かれるんでしょうか」

「そのように作ることもできます」

梨枝が、八百善の起こし絵にも客がついているものがあったと教えてくれた。

「何か考えがあるのね、晋さん」

女たちが膝を乗り出す。

「手前は、この池の畔の冬枯《ふゆが》れの景色が好きでございます」と、晋介はぼそぼそ言う。「枯れ木の立ち並ぶ池之端に、水辺にはうっすらと霜《しも》が降《お》りて、歩けば霜柱が音をたてるような……」

わびさびだわねと、おまきはなかなか学《がく》のあることを言った。「でも、淋《さび》しいじゃないの」

「それでも、外の景色に色がない分、店のなかの色が映《は》えるんじゃございませんか」

筆之介もぽんと膝を打った。「そうか。だからお客も入れればいいわけですね」

客の装束《しょうぞく》も加えて、店の外と内とで、色合いの差を強く出せる。さらには戸外《こがい》の寒さと、川扇の内の暖かさ、灯《ひ》の明かりの色まで醸《かも》し出せるかもしれない。いや、筆之介にそこまでの画力があればの話ではあるけれど。

「そうねえ……」

梨枝も何だか乗り気になってきた。

「外が冬枯れなら、床の間の花や掛け軸や、お膳や器に、もっと凝り甲斐《がい》があるわね。手持ちのなかでいちばん上等なものを、起こし絵に使っていただきましょう」

和《なご》やかな場の雰囲気に、笙之介はちょっと調子に乗った。「昨日、瀬戸物屋の加野屋の花見に行ってきたのですが」

ああ神田伊勢町のと、おまきが言う。

「大食い競べがあったそうでございますね」

晋介も知っていた。やっぱり有名だ。

「桜も大食い競べも大した見物《みもの》でしたが、あの店の品揃えも見事なものでした。こちらでは加野屋の器をお使いですか？」

「いいえ、これまではご縁《えん》がなくて」

でも何度か見ています、という。

「大きな木枠を細かく仕切《しき》って、お猪口《ちょこ》をたくさん並べて飾ってあるのに感心しました」

「それは私も見ました。きれいでしたね」

「実は、こっそり真似てみたこともあるんですよ」

梨枝は小娘のようにちらりと舌を出してみせた。

「東谷様にすぐ見抜かれてしまって、つまらんからやめろと叱られました」

東谷は、ああいう趣向《しゅこう》が気に入らないのか。

「あのお猪口は色はとりどりでしたけど、木枠の仕切りに収めるために、形と大きさは揃っていましたでしょう？　それがつまらないとおっしゃるんです」

――猪口は酒の味を左右するものだ。酒の甘味《あまみ》、旨味《うまみ》、薫《かお》りによって、大きさも口の開き具合も違うものを使いたい。あれでは、決まったものしか選《よ》れんではないか。

へえ――と、笙之介は驚いた。おまきも驚いている。晋介はにこにこしている。

「古橋様は、猪口のほかにも目を惹《ひ》かれたものがおありだったんですね？」

如才《じょさい》なく問われて、笙之介はうなずいた。

「大きな絵皿です。青地に、今にも皿から飛び出してきそうな生気《せいき》に満ちた昇龍が描かれていました」

冬枯れの景色の川扇に、あの絵皿を置いたらどうだろう。笙之介の想像はふくらむ。まわりの色がすべて沈んでいるなかで、水辺に面した座敷の床の間に、生き生きと空を飛ぶ龍の皿。

「お高価《たか》いものでしたか」

「値札はついていませんでした」

なるほどなるほどというように、梨枝はおまきとうなずき合って、

「東谷様にお願いしてみようかしら」

そこだけ独り言《ひとりごと》のように、目を細めて呟いたのだった。


用事が済み、腰に刀を戻してさあ帰るというときになって、笙之介はまた調子に乗った。晋介とおまきは下がってしまい、その場にいたのが梨枝だけだったので、口が滑った。

「梨枝さん」

「はい？」

「ひとつ教えていただきたいのですが」

「何でございましょう」

「若い、娘さんの」

言い出したら、途端に恥ずかしくなった。梨枝の眼差しが優しいのが、かえって眩《まぶ》しい。

「機嫌《きげん》を――損じてしまったのですが」

「まあ、いけませんね」

梨枝は真顔《まがお》だ。からかう色はない。

途中でやめたらもっと恥ずかしいから、一気に言ってしまおう。「いえ、とてもあの練り切りのようなものは望めませんが、その、何か菓子を」

「機嫌を直してもらうために、お詫びの印に差し上げたいということでございますね？」

察しのいい人だ。かなわない。

「はい」と、こっくりとした。「どこか市中で適当な店をご存じでしょうか」

「笙之介さん、ご遠慮なさいますな」

わたしがこしらえましょうと、梨枝は胸に片手をあてた。

「持ち運びできて、少し日保《ひも》ちのするようなお菓子がようございますね」

「いえ、そんな図々《ずうずう》しいお願いは」

「もちろん、お代《だい》は頂戴《ちょうだい》いたします。わたしにお任せくださいましな」

顔から火が出るようなのに、ほっとした。

「かたじけない」

「すぐお要《い》り用ですか」

いつになるのだろう。和香にはいつ会えるのだろうか。

「それが、まだわからないんです」

おかしな話に聞こえるだろうに、梨枝には訝《いぶか》るふうもなかった。

「承知いたしました。いつお要り用になってもいいように心づもりしておきます。わたしもこういう工夫は楽しいんですよ。わくわくしますわ」

あの人にはかなわない、まったくかなわないなあ——道々それればっかり考えて、何となくふわふわと富勘長屋に帰りつくと、傾《かし》いだ木戸《きど》をくぐるなり、おきんが飛んできた。

「笙さん！」

袖をつかんで、お客さんが来てるよと、声をひそめる。

「何かねえ、青白い顔したお侍さん。心当たり、ある？」

笙之介のふわふわは、桜の花のようにさあっと散った。

第二話

三《み》八《や》野《の》愛《あい》郷《ごう》録《ろく》

一

上《あ》がり框《かまち》にちんまりと尻《しり》を載《の》せていたその人物は、確かに血色が悪かった。小柄《こがら》で痩《や》せている。歳《とし》は——ちょっと見当がつけにくい。ともかく四十から六十のあいだだろう。えらく大ざっぱだが、そういう顔というのはままあるものだ。

旅装束《たびしょうぞく》である。ただし笠《かさ》はない。着物はかなり傷《いた》んでいるし、足元は埃《ほこり》だらけだ。小さな振り分け荷物は陽《ひ》に焼け風雨にさらされて、すっかり色が褪《あ》せている。

ひと言でいうなら、貧相《ひんそう》だ。

「貴殿《きでん》が古橋《ふるはし》笙之介《しょうのすけ》殿でしょうか」

顔が合うと、さっと立ち上がってずいと迫《せま》ってきた。いきなり鼻面《はなづら》がくっつきそうな間合《まあ》いに迫られ、笙之介は後じさった。

「重ねて伺《うかが》います。貴殿が古橋笙之介殿か」

貧相な侍《さむらい》はよろける笙之介を追っかけてにじり寄る。

「はい、私が古橋笙之介ですが」

あわあわと答えたとき、おかしなこと——いや既《すで》に充分おかしいが——が起こった。その来客が、急にがくりと肩を落とし、見る見るうちに萎《しお》れ顔になったのだ。

「嗚呼《ああ》」と嘆息《たんそく》し、片手で額《ひたい》を押さえた。「また外《はず》れか」

そのときである。

ごとん！

開けっ放しにしてあった出入口の障子戸《しょうじど》が、間抜《まぬ》けな音をたてて、敷居《しきい》から外れて落ちた。笙之介は慣れているから平気だったが、来客は大いに驚《おどろ》いた。

「やや！」

飛び上がり、駆《か》け寄って直そうとするのを、笙之介は急いで遮《さえぎ》った。

「ど、どうぞそのままで」

富勘《とみかん》長屋の出入口の障子戸は、みんな似たり寄ったりだ。上手に開《あ》け閉《た》てするにはコツがある。住人はそれを心得《こころえ》ている。

よいしょ、と障子戸を敷居に戻す。来客は突っ立ってそれを見守っていたが、笙之介が向き直ると慌《あわ》てて一礼した。

「申し訳ござらん。お留守《るす》のあいだに入り込みまして」

というより、笙さんならそのうち戻るでしょうから中で待っててくださいと、おきんが通したのだろう。で、この人は、たとえおんぼろ長屋であろうと、主人が不在の家で待つのに、戸口を閉《た》て切っていては非礼にあたると、わざわざ開けたのだろう。その開け方がコツを知らなかったので、戸が外れてしまったのである。

——きちんとした方だ。

しかし、どこの誰だろう？　そしてどういうことなんだ、これは。

おきんから〈青白い顔をした侍〉と聞いて、笙之介はとっさにいくつかの顔を思い浮かべていた。およそ青白くはない兄・勝之介《かつのすけ》から、青白いというより顔色がくすんでいる佐伯《さえき》老師まで、いずれにしろ国許《くにもと》の人びとの顔である。笙之介の江戸の知己《ちき》で、おきんが顔を知らない侍など思い当たらなかった。

搗根藩《とうがね》ぐらいの小藩では、藩士は皆互いに顔見知りである。影の薄い部屋住みの身であった笙之介だって、顔と名前はどこでも知られていた。その気詰《きづ》まりが、小藩の暮らしというものだ。

だから、国許からの来客ならばすぐに誰だかわかる——少なくとも見覚えぐらいあろうはずなのに、とんと見当がつかない。しかも相手も、抜き打ちに笙之介の氏名を確認する。まったく混乱するばかりだ。

「古橋笙之介殿」

来客は気まずそうにまばたきをした。依然《いぜん》、両肩は落ちている。

「突然押しかけてきて名前を尋《たず》ねるなど、無礼《ぶれい》きわまりない仕儀《しぎ》でござる。まことに申し訳ない。このとおりです。お許しくだされ」

袴《はかま》の裾《すそ》をぱんぱんとはたき、襟元《えりもと》を直し姿勢を正すと深々と頭を下げて、正体《しょうたい》不明の貧相な武士はこう名乗った。

「それがしは長堀金吾郎《ながほりきんごろう》と申す者。奥州《おうしゅう》は三八野《みやの》藩にて御用掛《ごようがかり》を相務《あいつと》めております」

角張《かくば》って、もう一礼する。笙之介も丁寧《ていねい》に礼を返したが、三八野藩？　さらに心当たりがないのだった。

御用掛というのは一般に、藩主の身近に仕《つか》える役職である。立ち回り方によって重みの変わる役職でもあり、ただの雑用係になることもあれば、将軍にとっての側《そば》用人《ようにん》のように、その藩の政治《まつりごと》や人事にまで介入する権力を持つこともある。

——とはいえ。

三八野藩は笙之介の知る限り、搗根藩とおっつかっつの小藩である。しかもこの風体《ふうてい》とあっては、長堀金吾郎はさしたる重職ではなさそうだ。旅装束から推《お》しても奥州から江戸へ出てきたところなのだろうに、供《とも》の一人も連れている様子がない。

「と名乗られたところで、ますます困惑《こんわく》なさるばかりでしょうが」

艶《つや》のない月代《さかやき》を掻《か》きつつ、長堀金吾郎は詫《わ》びるように身をすくめて続けた。

「その困惑を解《と》くより先に、非礼を承知でもうひとつお訊《たず》ねいたす。貴殿、お歳は」

「は？」

「おいくつかな」と、子供に問うように言い直した。

「私の歳でしたら、二十二ですが」

「二十二歳」

呟《つぶや》いて繰り返す長堀金吾郎の目から、光が消えた。そのくせ、さらに問うのだった。

「貴殿のお父上も、もしや笙之介という御名前ではありませんか。あるいは伯父上《おじうえ》ということもあり得るが」

何がどうあり得るのかちんぷんかんぷんのまま、笙之介は「いいえ」と答えるしかない。

「私の父は宗左右衛門《そうざえもん》と申します。親族、親戚筋の誰にも、笙之介という名前は私一人しかおりません」

長堀金吾郎は悄然《しょうぜん》と立ちつくしている。ちんぷんかんぷんであっても、同情を誘《さそ》われるような風情《ふぜい》であった。いや笙之介の人が好《よ》いからかもしれないけれど。

「加えて念のために伺うが、貴殿の笙之介という御名前は、もともとは貴殿の剣術や学問の師匠《ししょう》の名であったものを賜《たまわ》ったというのでは……ござらんのでしょうな」

問いかける声が尻すぼみになってゆく。

「ございません」と答えて、笙之介にもようやく察しがついてきた。

これは人探《さが》しで、人違いなのだ。長堀金吾郎が尋ねあてようとしている〈古橋笙之介〉には、笙之介は年齢が合わない。たぶん若すぎるのだ。だから父や師匠の名前まで確かめたのだろう。

「左様《さよう》でござるか」

ため息と共にそう吐《は》き出すと、長堀金吾郎はいよいようなだれた。

「まことにご無礼を仕《つかまつ》った」

急に疲れ切ったように見える。笙之介も落ち着いてきて、この人の疲労困憊《こんぱい》の体《てい》を見てとれるようになった。さっき、思わず「また外れか」と呻《うめ》いたところをみると、この〈笙之介〉探しは昨日今日始まったことではなさそうだ――と思ったところで、
ゆらり。

長堀金吾郎の小柄な身体《からだ》が頼りなく揺れて、尻を落とすようにしてその場にへたり込んでしまった。顔ばかりかくちびるからも色が抜けて、白目を剝《む》いている。

笙之介がわっと叫《さけ》ぶと、障子を開け放っておきんが飛び込んできた。

「どうしたの、笙さん！」

なぜだか知らんが心張《しんば》り棒《ぼう》を抱《かか》えている。障子戸がまた間抜けな音をたてて外れ、今度はゆっくりとどぶ板の方に倒れていった。

「まことにまことに面目《めんぼく》ない」

長堀金吾郎は、詫びながら握り飯に食らいつく。口の端《はし》に飯粒《めしつぶ》がくっついている。馬手《めて》に握り飯、弓手《ゆんで》には白湯《さゆ》の入った茶碗《ちゃわん》をつかみ、ぱくつく合間《あいま》にがぶがぶと流し込む。笙之介と並んでぺたりと座り込んでいるおきんが、茶碗が空《から》になると鉄瓶《てつびん》から湯を注《つ》いでやる。

大きな握り飯は、川扇《かわせん》の梨枝《りえ》が笙之介の夕飯にと包んで持たせてくれたものだ。もらったときにはまだほの温《あたた》かかった。竹の皮に包んで三つ、食いでがありそうなみっしりと固い握り飯だったのに、今、金吾郎が食いついたのが最後のひとつとなった。

「……お武家さま」

おきんは出目金《でめきん》みたいな顔になっている。

「長堀金吾郎と申す」

飯粒を飛ばしつつ、貧相である上に飢《かつ》えていた人は、おきんにも律儀《りちぎ》に名乗った。

「長堀さま、いつからご飯食べてなかったんですか」

笙之介がコラという目顔《めがお》をするのも間に合わず、金吾郎は白飯《しろめし》をはむ口の動きを止めて、しょぼんとした。

「――二日前に、持参の米が尽きましてな」

あらまあと、おきんはさらに目を丸くした。

「じゃ、それからずっと」

「恥ずかしながら、水を飲んでしのいでおった」

目が回って腰が抜けるのも無理はない。

とはいえ、笙之介には訝《いぶか》しい。長堀金吾郎は主君の身辺近くに仕える御用掛なのである。藩主が在府《ざいふ》であるならもちろん、彼だけが所用で江戸に出てきたのであっても、滞在するのは三八野藩の江戸藩邸であるはず――というより、そうでなければばならない。

なのに、まるで木賃宿《きちんやど》に泊まるように、米を持参してきたという。

笙之介の疑問は、武士なら当たり前に抱《いだ》く種類のものだから、金吾郎も察したのだろう。さらに極《きま》りわるそうにうつむいて、口元から握り飯を遠ざけた。

「我が藩は内証《ないしょう》が苦しゅうござってな」

江戸藩邸でもやりくりに四苦八苦しているので、参勤交代《さんきんこうたい》に従う以外の公用で家臣が江戸に出る際は、米や味噌を持参するのがならいなのだという。

「なにしろ、江戸は諸色《しょしき》が高《たこ》うござる」

笙之介はゆっくりとうなずいた。おきんはぽかんとして、

「薪《たきぎ》も背負って来るんですか」と訊《き》いた。今度もまたコラコラという目顔が間に合わなくて、笙之介はひやりとしたのだが、長堀金吾郎は皺顔《しわがお》をほころばせて、おきんのびっくり眼《まなこ》を見返した。

「背負って来られるならば、そうしたいところでござった」

「お米だけでも重たいですもんね」

「おきんちゃん」

「だって奥州って遠いんでしょ、笙さん」

長堀さま力持ちなんですねと、おきんは素朴《そぼく》に感嘆《かんたん》している。

筌之介は、心底《しんてい》にずしんと重たいものを感じて、黙《だま》っている。

しょうことなしの米の飯、という言い回しがある。江戸では貧乏長屋の住人でも白い飯を食う——こつこつと日銭《ひぜに》を稼《かせ》いで米を買い、白飯を食うより、ほかに食いようがない、という意味である。富勘長屋では芋《いも》や雑穀《ざっこく》の方がみんなの主食であるけれど、この言い回しはそういう細かいことを指しているのではなくて、要するに江戸では銭でものを買わなくては日々の暮らしが立ちゆかぬということを表している。食の糧《かて》を採ったり狩ったり育てたりする技《わざ》を、市中の人びとはとうに失ってしまった。せいぜい子供たちが水辺《みずべ》で貝拾いをするぐらいで、それだって拾って食うのではなく、売って銭に替えるのだ。

町とは、万事が銭で動く場所の謂《いい》である。

諸藩の藩邸であろうと、その理《ことわり》からは逃《のが》れられない。

「今般のそれがしの出府《しゅっぷ》は、勝手願いを押し通しての仕儀でござる。なおさら藩邸に迷惑はかけられん」

充分にその意味を解することはできぬであろうおきんに、金吾郎は続けて言った。

「それに水道の水は珍《めずら》しゅうて、腹も膨《ふく》れ申した」

さすがに、おきんが笙之介の顔を見た。笙之介は黙ったまま薄く微笑《ほほえ》んだ。

金吾郎は食べかけの握り飯にがぶりと食いつくと、きれいに平らげた。指についた飯粒もひとつひとつ吸い取って、嬉《うれ》しそうにうなずいた。

「これは相模《さがみ》の米でござるな」

「わかるんですか?」

「あるいは房州《ぼうしゅう》かな」

関東の米の味がする、という。

「我が三八野藩では、冷害に強い作種を求めております。広く各地から苗《なえ》や籾《もみ》を取り寄せ、交配《こうはい》を重ねて新しい種を生み出そうと、藩を挙《あ》げて試《こころ》みを続けておるのでござる」

だから、米の味を嚙《か》み分けることができるというのだ。

「三八野の米は旨《うま》いですぞ。甘味《あまみ》がある。腰がある」

だがこの握り飯も旨い、と言った。

「すっかり馳走《ちそう》になり申した。やや、それがし一人で平らげてしまったか」

人心地《ひとごこち》がついて、やっと思い至ったのだろう。彼は急に小さくなった。

「これはもしや、古橋殿の今夕《こんせき》の」

「お気になさらず。もらいものです」

「村田屋《むらたや》さんから？」と、おきんが明るく問うてくれたので、助かった。

「うん」そういうことにしておこう。

「笙さん、貸本屋《かしほんや》さんで写本を作ってるんですよ」

おきんは自慢気《じまんげ》に鼻先をつんと持ち上げた。

「佐賀町《さがちょう》にある大きなお店《たな》なんです。ご主人の治兵衛《じへえ》さんが、こないだ、あたしたちをお花見に呼んでくださいました。笙さんの字が上手《じょうず》で、働きがいいからです。だからあたしたちもご馳走にあずかって」

おきんちゃんと、笙之介は遮った。「お湯がなくなったよ」

おきんは鉄瓶を手に、身軽に立ち上がった。「じゃ、おしかさんにもらってくる。お芋も蒸《ふ》けたころだろうから」

「いやいや、もう腹はいっぱいじゃ」

あわてる金吾郎にぺこりとして、おきんは元気よく出て行った。

「良き娘御《むすめご》でござるな」

「本人は、娘御って誰のことかと不思議がるでしょう」

笙之介が応じると、金吾郎は笑った。そして座り直し、あらたまって頭を下げた。

「かたじけない。まことに有り難い天の助けでござった」

少しは血色が良くなったようだ。笙之介はほっと安堵《あんど》した。あまりに飢《う》えてしまうと、胃の腑《ふ》がすぐには食べ物を受け付けなくなる。安静に寝かしつけて、湯や重湯《おもゆ》で少しずつ養い、回復を待つしか手がなくなる。

それ以上に、出先で倒れて動けなくなったら、長堀金吾郎は大いに困るだろう。この人は笙之介のような気楽な——本人は気楽なつもりはないが——身分ではないのだ。

「詮索《せんさく》するつもりは毛頭《もうとう》ないのですが」と、笙之介は切り出した。「同名異人というのも、何かの縁です。長堀殿がお探しの古橋笙之介について、もう少し教えていただけませんか。私がお役に立てるとは思えませんが」

ちらっとおきんが出ていった方に目をやり、

「あの娘がお話ししたとおり、私は写本作りで生計《たつき》を立てています。雇《やと》い主の村田屋の主人は、貸本屋という商売柄もあって顔が広い。差し支えのない限りで事情をお聞かせ願えれば、何かお手伝いできるかもしれません」

ご覧のとおり、私は浪々《ろうろう》の身の上ですと、間を置かずに続けた。「主家はなく、主人もいません。その点でも御懸念《ごけねん》は無用です」

この際、笙之介自身の立場など、正直に言い並べる手間は省《はぶ》いておこう。

長堀金吾郎の口元の皺が深くなった。渋面《じゅうめん》ではなく、微笑んだのでもなく、さっき握り飯を嚙みしめていたときのような顔だった。

「十人目でござる」

貴殿でちょうど十人目、と言った。

「そのように親身な応答をいただいたのは、初めてのことだ」

「私のほかに、〈ふるはししょうのすけ〉があと九人もいるのですか」

いくら江戸は広く、人が大勢いるとはいえ、笙之介には驚きだ。

「古橋は珍しい姓ではありませんし、〈しょうのすけ〉もありふれた名です。でも私の〈笙〉の字は、見かけたことがありません。とりわけ武家の男子の名には

――」

「確かに、これまでの九人の古橋殿は、皆〈しょう〉の字が違っておられました」

やっぱりそうか。

「字までぴたりと合っていたのは、貴殿が初めてだったのでござるよ。それだけに

期待が大きかったのですが……」

なにしろ貴殿はお若い、という。

「ひと目で人違いとわかり申した。それがしの探し求める古橋笙之介殿は、少なくとも五十路《いそじ》に達しているはずでござるのでな」

だから父親や師匠の名をもらったのではないかと、念押ししたわけである。

「先に、伺ってもよろしいか」

「どうぞ」

「貴殿のその笙之介という名をつけたのは、どなたです?」

「私の父です」

笙之介は真《ま》っ直《す》ぐに返答した。

「音曲《おんぎょく》を奏《かな》でる笛《ふえ》を意味する字をあてるなど、武士《もののふ》の子にはふさわしくなく軟弱だと、母はひどく嫌《きら》ったそうでした。それでも父は、押してつけてくれました」

――この子が、笙の音《ね》の如《ごと》く人の心を動かす者に育つように。

金吾郎の目元がやわらいだ。「して、そのお父上は」

「先年、身罷《みまか》りました」

「それは残念なことだ」

皺顔に、今の笙之介の身の上をつと慮《おもんぱか》るような色がよぎって、すぐ消えた。笙之介は気づかぬふりをたし、金吾郎もそれ以上は問わなかった。

「私が探し求める古橋笙之介殿の名は、あるいは本人が長じて後に名乗ったものなのかもしれんのでござる」

洒落《しゃれ》た御名《おんな》ですからな、と微笑む。

「当人も流浪《るろう》の人、まあ武芸者《ぶげいしゃ》と呼んでいいのでしょう。噂《うわさ》では、新陰流《しんかげりゅう》の達人という評判でござった」

今度は笙之介が手で額を押さえる番だった。「でしたら、なおさら私とは無縁の方だ」

「ほう、剣術はいけませんか」

「いけません。からっきしです」

「しかし学問は——写本作りを生計の道になさるほどじゃ」

「浅学《せんがく》の身です。私の師に言わせれば、生齧《なまかじ》りの青二才にすぎません。お探しの古橋殿は、学問にも長《た》けておられたのですか？」

「山鹿《やまが》流軍学を修め、漢籍《かんせき》にも通じているという触れ込みではござったが」

うち解けたふうに首をひねり、腕組みをして、金吾郎は苦笑した。

「さて、真実そうであったのかは、今となっては何とも申せません」

何となく疑わしいではないか。この〈古橋笙之介〉には、ちょっとうさん臭い匂《にお》いがまとわりついている。別に、笙之介が心外に思う筋合いではないのだけれど。

「何故《なにゆえ》にそれがしが——いや三八野藩がそのような人物を探しておるのか」

しばしばとまばたきをして、腕組みを解くと、金吾郎は真顔《まがお》になった。

「なかなか入り組んだ話になりますが、ご無礼のお詫びと旨い握り飯の御礼に、包み隠《かく》さず申し上げましょう」

笙之介も座り直して背中を伸ばした。

「長堀の家は代々、我が三八野藩主家・小田島《おだじま》家に仕えて御用掛を務めて参りました」

金吾郎は、彼の父・長堀金之丈《きんのじょう》の跡を継いで、十九の歳から足かけ三十年間、小田島家八代当主・小田島一正《かずまさ》に仕えてきた。そして一昨年四月、一正公が藩主の座をその嫡男・一隆《かずたか》に譲《ゆず》って隠居したとき、

「それがしも、一度は長男に家督《かとく》を譲り、お役を退《ひ》いたのでござるが」

今年一月、年明け早々に、九代当主・小田島一隆の直命を受けて、隠居所《いんきょじょ》の一正の御用掛として復職することになったのだ、という。

「大殿《おおとの》――一正公とそれがしは同い歳でしてな。それがしの母が公の乳母《うば》を務めたこともあり申す」

金吾郎が言いにくそうになってきたので、笙之介は助け船を出した。「つまり長堀殿は、先代の小田島公の乳兄弟《ちきょうだい》なのですね。もちろん主君と家臣ではあっても、幼馴染《おさなな じ》みの間柄《あいだがら》でもある」

藩主の座を離れ、権威はあっても権力は手放し、身辺がうら寂《さび》しくなった隠居の小田島一正は、そういう親しく気楽な家臣を身近に置きたくなって、倅《せがれ》に言いつけたか、ねだったかしたのだろう。それは別段、目くじらを立てるような怪《あや》しいこととも思われない。

しかし、金吾郎はまだ言いにくそうなのである。

「まあ、そういうことなのですが」

笙之介は声を落とした。「差し障《さわ》りのある事情ならば、強《し》いてお伺いしようとは思いませんが」

いやいやと、金吾郎はかぶりを振って、笙之介の目を見た。「一隆公はつつがなく藩主の座に就《つ》かれました。一昨年の一正公の隠居も、ご病気などを理由とする急な話ではなく、何年も前から決まっておった。公儀《こうぎ》に憚《はばか》るところは一切《いっさい》ござらん。

領民たちに対しても、何ら隠し立てすることはない」

そうでなかったら、最初に顔を合わせた折に、金吾郎が己《おのれ》の姓名と身分を名乗ることもなかったろう。もう少し隠し立てしたはずだ。それぐらいは、のんびり者の筆之介にだってわかる。

「――ござらん、のですが」

なのに、また口ごもる。

「ここ半年ほどのあいだに、一正公のご様子に、ある変化が起こりましてな」

隠居所に仕える家臣たちが、それを恐れて怯《おび》えている。気の弱い者は逃げ出してしまうというのである。だからこそ、老練な金吾郎が呼ばれたのであった。

――何か、厄介《やっかい》なことみたい？

親切心をちろりと後悔しても、筆之介、もう遅い。


「一正公――大殿は元来、明朗なお人柄でござった」

酒を愛し花を愛《め》で、共に花を愛でる女人《にょにん》にも目がなかったと、金吾郎は言った。

「隠居されても、そうしたご気性がすぐ変わるわけではござらん。五十路に至っても身体はすこぶる健康、血気が涸《か》れるには、まだ早《はよ》うござる。さりとてそれがしのように、畑仕事に精を出すというわけにはいかん」

金吾郎に限らず、三八野藩の家臣たちは、役職を退《しりぞ》いたら進んで半農の暮らしをするものなのだという。

「これは昨日今日始まったならいではござらん。小さな藩の、痩せた土地に額《ひたい》を寄せ合って暮らす者どもの知恵とでも申しましょうかな。しかし、大殿に鍬《くわ》をとっていただくわけにはいかん。暮らしぶりの方を変えていただくより術《すべ》がござらんのです」

隠居料の問題だ。三八野藩は内証が苦しいのである。

「一隆公は、大殿とはまったく逆の気質のお方です。藩主たる者、家臣や領民たちに率先して暮らしを慎《つつし》み、倹約に励み、勤勉たるべしとのお考えでござる」

慢性化した財政難を解消するべく、支出を切り詰め、歳入を増《ふ》やす努力を始めた。

「それからまだ二年余り、道は険《けわ》しいが、だからといって手をこまねいておれば藩の存亡に関《かか》わります」

金吾郎はここで、妙に力《りき》んだ。

「臣民《しんみん》心をひとつに、藩政改革に邁進《まいしん》しておる次第にござる」

なるほどと、笙之介も大真面目《おおまじめ》に受けた。

「しかし……大殿は、それがどうにもお気に召されん」

金吾郎は力んだ顔つきのまま、悲しそうに眉毛《まゆげ》を下げた。

「一隆公の改革が、万事に腹立たしく気に食わん。その改革の余波が、隠居所の方にまで寄せてくることはさらに腹立たしい。しかし、どうしようもござらん。藩政の実権は、既に一隆公の手のなかにあるのですからな」

事の理《り》も一隆公の方にござると、金吾郎は言い切った。

「我が三八野藩は久しい以前から窮《きゅう》しております。大殿はそれを直視してこられなかった。ご自身のそのような藩主としての有り様《あよう》を、跡継ぎである一隆公が密《ひそ》かに苦々《にがにが》しくお思いだったことも、重臣どもでさえ不安を覚えていたことにも気づかれなかった」

そこまで言ってしまってから、金吾郎はちょっとあわてた。いかん、直截《ちょくさい》に過ぎたか。

笙之介は、聞かされたことの意味がよくわからないような顔をしていた。私は気楽な素浪人《すろうにん》ですから。

「一隆公はおいくつですか」

「二十五歳になられました」

藩主の座に就いたときは二十三歳か。若いなあ。笙之介は素朴に感嘆した。我が身に当てはめて考えると、なおさら驚きだ。

来年、自分が二十三歳になったとき、果たして、人の上に立つに相応《そうおう》な人品骨柄《じんぴんこつがら》と力量を備えているだろうか。喩《たと》えがぐんとみみっちくなるが、仮にこの富勘長屋の差配《さはい》を任《まか》されたとして、できるだろうか。

——無理だ。

そういえば、富勘さんはいくつだっけ。あの人だって五十は過ぎているはずだ。酒好き花好き女好き、富勘に似た生臭《なまぐさ》いところのある小田島一正には、隠居が早すぎたのではなかろうか。

本当に揉《も》め事ひとつなく、〈公儀に憚るところは一切ござらん〉と、滑《なめ》らかに行われた藩主交代だったのだろうか。疑念が湧《わ》いてくるけれど、笙之介の方からは訊きにくい。

「私はこのような身の上ですから、町場《まちば》のことしか知りませんが」

あくまでも呑気《のんき》そうな口ぶりで言ってみた。

「そのあたりの八百屋《やおや》や魚屋でも、商《あきな》いを巡《めぐ》って父と息子の意見が対立すると、なかなか厄介なことになります。一国の主人となれば、その比ではないのでしょうねえ」

「八百屋や魚屋」

さすがにむっとしたように、金吾郎は繰り返した。そしてあらためて探るような目つきになって、笙之介を検分した。

「古橋殿、貴殿が主家や主人をお持ちでないというのは、その――」

「はい。物心《ものごころ》ついてから、ずっとです」

この際、嘘《うそ》を通しておこう。ずうっと長屋暮らしです、ハイ。

「はあ……」

「申し訳ありません。あるいは私は、甚《はなは》だしく非礼なことを申し上げているのかもしれませんね」

金吾郎はゆっくりとかぶりを振った。そして、ついというふうに微笑した。

「非礼ではござらん。そもそもそれがしが、見ず知らずの貴殿の前に、藪《やぶ》から棒にこのような話を持ち込んで参ったのがいかん」

まあそのような事情で――と、指で軽く額を押さえてから、真顔《まがお》に戻った。

「ご隠居以来、お怒りと不機嫌《ふきげん》が続いておったのですが、それで状況が変わることはないとわかってくると、大殿は何かと鬱ぎがちになられましてな。むっつりとしておられた。そのむっつりが、半年ほど前からいよいよ気鬱にまで亢進されたと申しますか」

「ご様子に変化が起こったというのが、それですね？」

「左様でござる」

まず、口をきかなくなったのだという。

「終日、ひと言も発することがない。隠居の身では、黙《だんま》りでも支障はござらん。それでも生身の人ならば、どんな些細《ささい》なことでも何かしら言葉を発して暮らすものでござろう？　やれ天気がいいの悪いの、飯が旨いの不味《まず》いの、花が咲いたの散ったのと」

金吾郎の生真面目な喩えが可笑《おか》しくて、笙之介もつい微笑んだ。「ええ、そうですね」

「そら、今の貴殿のように」

金吾郎は一生懸命だ。

「受け答えくらいはするものです。そも、朝晩の挨拶《あいさつ》というものがある」

「それも一切、なさらないのですか」

「はい。まるで置物になったように黙りこくっておられるのです。いやそれ以上に、隠居所の掛《かかり》の者の言《げん》では」

――そこに木の洞《うろ》があるかのよう。

「黙《もく》しておられるだけではなく、魂《たましい》を抜かれたように万事に反応がなく、ただ放心しておられるという」

「そういう形で、怒りの気持ちを示しておられたのではありませんか」

「それがしも当初はそう考えました」と、金吾郎は勢い込んだ。「大殿にはそういう、何と申しますか、やや子供じみたところがおありですからな。この金吾めはよく存じております。あの方は、気に入らないことがあると、よく拗《す》ねるのです」

親しい乳兄弟の言い方だ。

「ところが、黙りの行《ぎょう》が続くうちに、また別の面妖《めんよう》なふるまいが始まりました」

大殿は文《ふみ》を書かれる――という。

「祐筆《ゆうひつ》を寄せ付けず、手《て》ずから書かれます。日付と花押《かおう》を記《しる》し、体裁《ていさい》としては文にしか見えぬ文書なのでござるが」

これが、何が書いてあるのかさっぱりわからないのだという。

「内容が支離滅裂《しりめつれつ》なのでしょうか」

「いや、文意が読み取れんのでござる」

「字が崩《くず》れているとか？」

「いやいや、大殿は達筆です」

実に見事な手跡《しゅせき》なのだが、しかし一字も読み取ることができない。

「一面に漢字が並んでおるばかり。文章の体《てい》をなしておりません。一瞥《いちべつ》して読み取れるのは日付だけなのでござるが、その日付も大きくずれております」

すべて、十年も二十年も昔の日付なのだそうだ。

「文ならば、宛名《あてな》があるでしょう」

「それも読み取れません。書かれているのかもしれないが、わからんのです」

とにかく漢字ばかりが並んでいる。しかもその漢字が、

「どう見てもおかしい。我らが日常、漢字として使っている文字は、一字たりとも見あたらんのでござるよ」

笙之介はちょっと考えた。別段、難しいことではないと思えるけれど、だからこそ言っても外れかなと、間《ま》を置いたのだ。

「ならばそれは〈符丁《ふちょう》〉ではありませんか」

暗号である。

金吾郎はぽんと手を打つと、笙之介の顔にひとさし指を突きつけた。

「それよ！　貴殿はわかりがお早い」

笙之介は笑った。この長堀金吾郎という御仁《ごじん》は、衒《てら》いのない、いい人だ。

「符丁ならば、どこかに解く鍵《かぎ》があるはずです。一正公は、それを探して解いてみろと、家中の皆さんに謎をかけておられるのではありませんか」

「どのような謎を？」

金吾郎が素早く切り返し、笙之介はぐっと詰まった。一国の当主だった男が家臣にかける謎だ。しかも事情が事情だ。子供の遊びではあるまいし、解いてみてみんなで感じ入り、笑い合うというような代物《しろもの》であるわけがない。

「それは……その」

先が続かず、頭を掻いてしまった。すると金吾郎がつと肩を落とし、目元を和《やわ》らげた。

「大殿が一隆公を追い落とし、藩主の座に返り咲こうと企《たくら》んでおられるとか」

「あ、えっと、そういうことでは」

「その企みに同心する者どもに蹶起《けっき》を呼びかけておられるとか」

「いえその、長堀殿、私はそんなつもりで申し上げたのでは」

金吾郎はまたゆっくりと、何かを拭《ぬぐ》って消すように、かぶりを振った。

「大殿に限って、そのようなことはござらん。もしも大殿がそれほどの気骨《きこつ》と野心のある方ならば、そもそも軽々《けいけい》に一隆公に藩主の座を譲ったりなさらなかったはずじゃ」

打ち沈んだ口調《くちょう》だった。また眉毛が下がっている。

思い切って、笙之介は踏み込んでみることにした。「本当に、滑らかな藩主交代だったのですね？」

長堀金吾郎はためらわずに即答した。「嘘偽《いつわ》りはござらん」

「一隆公が藩主になれば、今のような改革に大鉈《おおなた》を振るうことになるのを、一正公はまったく予期されていなかったのですね？」

「一隆公は慎重に、その思惑《おもわく》を大殿に伏せておられましたからな」

「では一正公は何を考えて、早々に隠居されたのでしょう」

長堀金吾郎の目の奥に、何か淡《あわ》い光のようなものがまたたいた。怒りではなく、悲しみでもない。

「──難しいことをお考えではなかったのでしょう」

そう言って、またひとつうなずいた。

「大殿は、隠居の身となっても、これまでどおりの好き勝手が通ると思っておられた。一隆は若輩者《じゃくはいもの》、藩主になって、何をどうすることもなかろうと思っておられた。何かしなくてはならないことが、この三八野藩にあるとは思われなかった」

三八野藩は変わらないと思っていたのだ。

「大殿ご自身も、父君の病死により、二十歳の若さで藩主の座に就いたお方でござる。それでも当時は、何事もなかった。あったとしても、誰もそれに気づいておらなんだ」

何事もなく、何もしない小田島一正の治世は、三八野藩をじわじわと、さらに確実に窮乏させてきた。ようやく、気づく者が現れるほどに。

「大殿ばかりではござらん。我ら家中の者どももまた、永《なが》く惰眠《だみん》をむさぼっておりました。一隆公の叱咤《しった》により、大殿よりわずかに早く目が覚《さ》めたというだけじゃ」

恥じ入るように、金吾郎は膝《ひざ》に手を突っ張って、身を硬くした。

「我が三八野藩は吹けば飛ぶような小藩でござる。家筋でも地の利の上でも、公儀が格別に目を光らせねばならぬような理由はない。それ故にこれまで、お手伝い普《ぶ》請《しん》や諸々《もろもろ》の役務の拝命などを免《まぬか》れ、苦しい思いをせずに済んで参った。猫の額のような領地を守り、こつこつと耕《たがや》し、粗衣粗食《そいそしょく》でも事なかれと安穏《あんのん》に過ごして足りていた」

「それは――」

我が搗根藩も似たようなものですという言葉を、笙之介は呑《の》み込んだ。

外から大きな揺さぶりをかけられることがなかったから、未《いま》だにあのような時代がかった武の気風が幅をきかせている。何ひとつ進歩せず、変化もしない。ごたごたと言えば家中の権力争いぐらいのものだ。それがない分、三八野藩の方がまだいい。戦《いくさ》のない世にまだ刀を振り回すことばかりに重きを置く搗根藩よりも、進んで鍬を取る三八野藩の人びとの方がはるかにましである。

そう思ったから、笙之介は言った。「それは、家中が安らかであったということではございませんか」

「いかに家中が安らかでも、いよいよ藩の金蔵《きんぞう》が空《から》になり、家臣どもが食うに困り、領民が不作に飢えては話になりません。そういう〈安らか〉は、ただの暗愚《あんぐ》でござる」

どきりとした。

「長堀殿、お言葉が過ぎませんか」

金吾郎は顔を上げた。表情は思いのほか穏《おだ》やかに凪《な》いでいた。

「過ぎたとしても、何の障りがござろうか。貴殿の耳が聞き捨てにしてくだされば済むことじゃ」

二人は顔を見合わせた。

——私で十人目なんだ。

そのことを、笙之介はあらためて思った。金吾郎の〈古橋笙之介〉探しは、徒労《とろう》なのだろう。勝手願いを押し通して出府し、藩邸に迷惑をかけられぬと飯を抜き、ひたすらに歩き回って腹が減り、目が回って腰が抜けるほどの徒労に、この人は疲れている。だから十人目にたどり着いて、初めて彼に（あてもなければ力もないけれど）助力を申し出たこの笙之介に、すべてではなくとも、端《はし》くれでも、聞いてほしい胸の内があるのだろう。

——そして、その胸の内には。

金吾郎の目の奥で、再び淡い光がまたたいた。今度はわかった。怒りでも悲しみでもない。それは同情だった。哀《あわ》れみだった。

永く傍《かたわ》らに仕えた御用掛としてではなく、乳兄弟として、長堀金吾郎は小田島一正のそのような気楽、そのような暗愚、結果としてたどり着いた今の身の置き所に、同情しているのである。

「隠居所の掛の者どもが、大殿が何故にこのような文を書き散らしておられるのか判《はん》じかねて、うろたえ騒ぐうちに、子細《しさい》が一隆公のお耳にも達しましてな。金吾よ父を頼むと、それがしに御下命《ごかめい》されたのでござる。一隆公は、父子《おやこ》の情を失っておられるわけではござらん。大殿の面妖なふるまいに、いたく心を痛めておられるのです」

――金吾よ、父上は乱心されたのだろうか。

それは笙之介も問いたいことだった。

「件《くだん》の文をこの目で見るまでは、それがしもその疑いを抱いておりました。というのは、布石《ふせき》がござってな」

二人はどちらからともなくにじり寄り、金吾郎は声をひそめた。

「一正公の御正室は、一隆公をあげられ、年子で姫君を儲《もう》けられ、その産褥《さんじょく》で亡くなられました。以来、大殿は気ままに側室を侍《はべ》らせては取り替え、気が向けば野駆《のが》けの先でお目にとまった土臭い小娘にも手をつけられるという――まあ、そのような具合で」

だから三八野藩にはいわゆる〈お国様〉がいたためしがなく、皆ひとくくりに〈愛妾《あいしょう》〉の扱いだった。そうした女人たちが男子を儲けることもなかったので、誰か一人に権勢が偏《かたよ》るという事態も生じず、しかしその分、大殿が気軽に召した女人どもがぞろぞろとおったわけでござる」

「内訌《ないこう》の根がないことは幸いでござった。

一昨年、一隆公は新藩主の鶴のひと声で、そうした父の愛妾たちをばっさりと切り捨てた。ふさわしいところに縁づける者は縁づけ、土臭いところに帰れる者は帰した。

「これが大殿には、いたく堪《こた》えられました」

腹立ちのいちばんの原因も、それだった。

「怒っても詮無《せんな》いことで、誰ももう戻っては参らん。一隆公が目を光らせておりますからな。唯一《ゆいいつ》、大殿の身の回りのお世話掛として奥女中が一人残りまして、これは桂《かつら》という大年増《おおどしま》でござったが、なかなか身のほどを弁《わきま》えた賢《かしこ》い女で、よく大殿を支え、隠居所の柱にもなってくれていたのでござるが」

隠居から一年足らずで、病《やまい》でぽっくり逝《い》ってしまった。

「これが布石のその一」と、金吾郎は続けた。「次に、大殿は武人ではござらんが、馬を愛《め》でられることにかけては女人を愛でられるよりもさらに情が深くてな。十頭余りもの名馬を擁《よう》しておられました」

これも隠居と同時に一頭を残して取り上げられたのだが、

「昨年の九月の半ばごろに、ただ一頭残った鏑《かぶら》という葦毛《あしげ》で野駆けに出られた折、不覚にも兎穴《うさぎあな》に脚《あし》をとられて落馬されました」

大きな怪我《けが》はなかったが、軽い打ち身で、小田島一正は数日臥《ふ》せった。後ろ脚を折った鏑は、そのあいだに処分されていた。

「これが布石のその二」と言って、金吾郎はため息をついた。「心の支えとなっていた女人を失い、さらに愛馬を失い、重なる心痛が遂《つい》に大殿の心の均衡《きんこう》を破り、気鬱がただの気鬱に留《とど》まらず、大殿は己を失われてしまったのではないかと、それがしは恐れました」

笙之介も深くうなずいた。「時期的にも合っていますね……」

愛する者を失う悲劇が、波のように寄せてくる。最初の一波を何とか堪《こら》えたと思うところへ、次の一波で心が砕けた。あり得ることだと思われた。

「だがそれがし、隠居所に出仕して大殿の手跡を目にしたとき、その恐れが消え申した」

――大殿は正気《しょうき》じゃ。

「この面妖な文には相応の理由がある」

「手跡がしっかりと見事なものだったからでしょうか」

「左様、しかしそれだけではありません」

金吾郎は声を強めた。

「その奇《き》っ怪《かい》な漢字の連《つら》なりに、それがしは見覚えがあった、、、のでござる。それは確かに符丁でござった。大殿が若き日――新藩主として国入りしたばかりのころ、城下に住み着いた〈古橋笙之介〉と名乗る武芸者と親しまれ、交流を深めた一年ばかりのあいだに、周囲のうるさい目をかいくぐり、文を交《か》わす際に使っていた符丁でござった！」

それを作り、その使い方を若き小田島一正に教えたのが、古橋笙之介という男だったというのである。

「最初に申し上げたとおり、その古橋笙之介は素性も知れぬ流れ者でござった。城下の醬油《しょうゆ》問屋の空き蔵《ぐら》を借りて、道場を開くと喧伝《けんでん》しつつ、終日ごろごろと書を読んだり、形ばかりは竹刀《しない》を振ってみたり、かと思えば用心棒もどきの雇われ仕事で日銭を稼いでは酒に替えたり、とかく胡乱《うろん》な人物でござった。だからこそ古橋が大殿に近づき、取り入ろうとする気配《けはい》に、我らは険しい目を向けざるを得なかったのでござる」

それでも〈古橋笙之介〉が一年ばかりも三八野城下に滞在し、若き藩主と交流することができたのは、ひとつには彼らを引き合わせたのが当時の三八野藩剣術指南《しなん》役であったことと、二つ目には、周囲が何と諫《いさ》めようと、当の小田島一正が、その交流を断とうとしなかったからだった。

「この古橋は新陰流の達人と噂されておりました。実際、藩の道場をふらりと訪れ——つまりは道場破りでござるが、そこで剣術指南役の目にとまったのですから、木偶《でく》の坊ではなかったのでしょうな」

「長堀殿は、その男をご存じないのですか」

自分で〈古橋笙之介〉とは、どうにも言いにくい。

「何度か顔を見ております。先《せん》から噂は聞いておりました。大殿が教えてくれたのです」

——金吾、城下に面白い男がおるぞ。

笑って、金吾郎は目をしばしばさせた。

「しかし、彼《か》の者の剣の腕を見る機会はござらんかった。無論、親しく語らったことなど一度もござらん。我らは彼奴《きゃっ》を、大殿から遠ざけようとしていたのですから」

巧《うま》くいきませんでしたが、と言った。

「当時のそれがしは父の跡目《あとめ》を継いだばかりで、日々の役務に精一杯でござった。我が父ならば、大殿にあのような胡乱な輩《やから》が取り入ることなど、厳しく制して防ぐことができたのでしょうが」

「でも結局は、その男は三八野城下を去ったのでしょう？」

「我らが追い払ったのではなく、古橋の方から、ある日ふっと立ち去ったのでござる。大殿はずいぶんと残念がっておられた。何とかして召し抱えるおつもりだったのじゃ」

その〈古橋笙之介〉は、立ち去る前、周囲の人びとに、田舎《いなか》はもう飽《あ》いたと漏《も》らしていたそうだ。

「そんな男の作った符丁を、大殿は使っておられる」

若殿に、二十歳の頃に戻ったように。

「振り返れば、あの男は大殿にとって、若き日の唯一の朋輩《ほうばい》、心を開いて向き合える相手だったのでありましょう」

藩主というものの権力と責任と、孤独と寂寥《せきりょう》。若さと未熟さと、溢《あふ》れる元気を閉《と》じこめる鄙《ひな》びた城に、外から吹き込むひと筋の風。そんなことを、笙之介は漠然《ばくぜん》と思った。

「今になって、どんな想《おも》いで思い出されたのか。符丁を使って、何を伝えようとしておられるのか」

嚙《か》みしめるように呟き、長堀金吾郎は笙之介を見た。

「それを読み解くには、符丁の鍵が要《い》ります。大殿からそれを聞き出すことがかなわぬ以上、作った男を探し出し、聞き出す以外に手はござらん」

あるいは大殿は——と、ちょっと躊躇《ためら》ってから、踏ん切ったように続けた。

「あの符丁を使われることで、金吾よ、今のこのうら寂しい身の上に、友を与えろと命じておられるのかもしれません」

「いずれにしろ、その男を探し出さねばならないのは同じ、ということですね」

「それがしはそう思います」

「とっかかりとして、その古橋が江戸にいることは確かなのでしょうか」

金吾郎はつつっとひるんだ。

「それが何とも」

「はっきりしないんですか」

「三八野城下で折々に、いつかは江戸でひと花咲かせてみせると風呂敷《ふろしき》を広げていたということしか……」

今さらのように驚いてしまう。名前と、たったそれだけの手がかりで、江戸へ出てきて探し回っていたのか。

「そうすると、存命しているかどうかも」

「わかりません」

年齢は、当時からはっきりしなかったという。二十歳の若殿よりはいくつか年上に見えたが、三十路《みそじ》に届いているようには見えなかった。だから今でも、五十歳過ぎという曖昧《あいまい》な見当になるわけだ。

「雲をつかむような話ですね」

思わず笙之介が呆《あき》れると、金吾郎は逃げるようにうなだれた。

「それでも探し続けるのですか。十一人目、十二人目のあてはあるんですか」

あるともないとも、金吾郎は答えなかった。

長堀金吾郎は、かつての主君のために、何かしたいのだ。何もせずに、終日沈黙のなかで暮らし、金吾郎には読み解くことのできない文を書き散らしている主君のそばにはいられないのだ。

——やっぱり厄介なことだった。

金吾郎の話が厄介なのではなく、それを聞いて動く、己の心が厄介なのだ。

「人探しのお手伝いはできませんが」

笙之介が言うと、金吾郎が顔を上げた。

「長堀殿、その文をお持ちですか。写しでもかまいません」

「持参しておりますが」と、金吾郎は懐《ふところ》に手を入れかけた。笙之介はそれを制した。まだまだ。あわてない、あわてない。

「その符丁を読み解く試《こころ》みを、これまで、どなたか、なさったのですか」

懐に手を入れかけたまま、金吾郎が迫るように目を瞠《みは》るので、笙之介の言はつっかえた。

「察するに、どなたも試みておられないようですね？」

「そこまで大殿に親身に関わろうとする者は、今の我が藩にはおりません」

父子の情は失っていないという小田島一隆とて、藩政改革の真っ最中に、父上が書いている面妖な漢字の連なりを読み解けと、家臣たちに命じられるはずがない。

あなただけなんですねと、笙之介は心中で思った。それに応《こた》えるように、金吾郎は小さく呟いた。

「それがしの手には余る難事でござる」

笙之介は、うん、と自分で自分に声をかけるように声を出し、肩を揺すった。

「差し障りがなければ——というか、ここまでのお話を伺った以上、差し障りがあったとしても、もう私の口が固いことを信じていただくしかありませんが」

金吾郎はすがるように言った。「貴殿を信じます」

疲れているんですね、長堀殿。

「私もこんなことは初めてです。でも幸い、貸本屋などで働いていると、まわりに意外な知恵者がいますのでね。行き詰まっても助力を頼めるでしょう」

無論、子細は伏せたままでと言い添えた。

「ですからその符丁、私に解かせてみていただけませんか」

長堀金吾郎の目が、みるみる潤《うる》んだ。笙之介、もう後には引けない。

二

長堀金吾郎が持っていた件《くだん》の書状は三通あった。いずれも写しではなく、小田島一正が書いた正本《しょうほん》である。

「なにしろ、大殿は日々こうした文をお書きになりますのでな。隠居所の文箱《ふばこ》に溢れるほどじゃ」

　そのなかからこの三通を選んで持参してきたのは、

「内容は読み取れぬものの、字面《じづら》だけを見るならば、この三通がいちばんよく書かれているものなのでござる」

　字並びを見る限り、同じものが繰り返し書かれているようなのが、この三通だというのだ。

「あるいは、字の書き方にも符丁の鍵が隠されているやもしれません。だとすれば、写しを見ても解けぬでしょう」

　だから正本を持っていてくれと言われて、笙之介は丁重《ていちょう》に受け取った。

「確かにお預かりします」

「ではそれがし、まめにこちらをお訪ねいたします。やや、日参はいたしませんから……つまり急《せ》き立てるつもりはござらんということで」

　汗をかいてそう言い置き、来たときよりはよほど確かな足取りで、金吾郎は富勘長屋を去っていった。

　一人になると、笙之介は机の上を片付け、三通の書状を広げた。丁寧に折りたたまれているが、ひとつひとつは長い文面ではない。半紙一枚分に余るくらいだ。加えて、文字が大きい。

しばし、見惚《みと》れてしまった。

――いい字だなあ。

まさに達筆だ。ただ端正《たんせい》な手跡であるというだけでなく、字の端々《はしばし》にまで生気《せいき》が通《かよ》っている。止めは強く止め、撥《は》ねは勢いよく撥ねている。字を見る限り、これを書いた人が乱心しているとは思えない。

それに、これは面妖ではあるけれどでたらめな字ではない。ちゃんと規則性《きまりごと》がある。漢字の読める者がじっくり眺《なが》めさえすれば、たいていは気づくだろう。三八野藩では、大殿のためにそこまでする者がいないという金吾郎の言葉が、淋《さび》しく思い出された。

笙之介が知っている――つまり、この国で文字を習う人びとが普通に使っている漢字は、ここにはひとつも見あたらない。〈ごんべん〉に〈夕〉と書いて何と読む？　〈てへん〉に〈甘〉とは何だ？　〈なべぶた〉に〈毎〉という字などあるのか？

しかし、これらの漢字を〈へん〉と〈つくり〉に分解してみれば、けっしておかしなものではないとわかってくる。どれも正しい〈へん〉であり〈つくり〉である。

そうなのだ。ただ、その組み合わせがずらして置き換えられているので、一見するとでたらめな字に見えるだけなのである。それがたくさん並んでいるから、なおさら幻惑《げんわく》されてしまうのだ。

よし、まずはこれを贋字《がんじ》と名付けよう。

笙之介は墨《すみ》を摺《す》りながら考える。

さて、と。これが誰かに宛《あ》てた書状であるならば、文面のなかに、必ず出てくるはずの字は何か。

——〈候《そうろう》〉だろうな。

では、〈矦〉という〈つくり〉に〈にんべん〉ではない〈へん〉がついている贋字を探してみよう。笙之介は三通の書状を検分《けんぶん》した。

やがて、眉間《みけん》に皺を寄せて顔を上げることになった。

無い。〈矦〉という〈つくり〉は、ひとつも出てこない。

ということはつまり、この贋字は、単純に漢字の〈へん〉だけを置き換えて作られているのではないのだ。〈つくり〉の方も、ある規則で置き換えられ、〈へん〉と組み合わされているのである。

ならば次は、使用頻度《ひんど》の高い贋字を探してみよう。書状である以上、これもやっぱり〈候〉であると仮定するのが妥当《だとう》だ。

三通に共通して使用頻度の高い贋字が見つかれば、それを〈候〉だと仮定することができる。その贋字の〈へん〉と〈つくり〉が、それぞれ〈にんべん〉と〈矦〉から置き換えられているとわかれば、〈へん〉だけが置き換えられている場合よりはよほど面倒《めんどう》になるが、手がかりにはなるだろう。

と、勢い込みながらも慎重《しんちょう》に、個々の贋字を書き写して数えあげて――

笙之介は筆を置き、腕組みをした。

バラバラだ。三通の書状に共通して、いちばん多く出てくる贋字はない。一通目では〈訍〉が多く、二通目では〈偝〉が多く、三通目では〈怺〉が多い。

それでも、仮にこれらがそれぞれ〈候〉に置き換えられるのだとすると、どうなるか。

符丁・暗号というものにも、入り組んだものから単純なものまで幅がある。最も単純なものの場合ならば、たとえば「〈ごんべん〉の漢字をすべて〈にんべん〉の漢字に読み替える」という鍵をひとつだけ、口頭で申し合わせておけばいい。ただそれだと、その申し合わせを知らない者が見ても、ああ〈ごんべん〉を〈にんべん〉に替えればいいんだなと判《わか》りさえすれば解けてしまう。

それでは符丁の用が足りないからもっと複雑にしよう——〈ごんべん〉を〈にんべん〉に、〈にんべん〉を〈てへん〉に、〈てへん〉を〈りっしんべん〉に置き換える、ということになると、符丁を使う者同士でも、もう覚えきれなくなってしまう。〈へん〉だけでなく〈つくり〉の方も規則を決めて置き換えよう、という場合でも同様だ。

こうなると、何らかの覚え書き、置き換え一覧表をこしらえて、符丁をやりとりする双方が持っていなくてはならない。そのかわり一覧表さえあれば、いつでもこの符丁を使えるし、読み解くことができる。

〈候〉がひとつの贋字に置き換えられているのならば、それを出発点に置き換え規則を推測してゆくことができる、できそうだ、できるかもしれないと笙之介は思った。だから〈候〉に該当《がいとう》しそうな贋字を数えてみたら、複数あった。

それは何を意味するか。

贋字を作るための、〈へん〉と〈つくり〉の置き換え規則すなわち一覧表が、複数あるということではないのか。手間さえかければ、それはまったくできない技ではないのだから。

但《ただ》し、複数の置き換え規則を使う場合には、符丁の文章、暗号文のなかに、相手方にわかるように「この解読にはどれそれの一覧表を使え」という指示が隠《かく》されていなければならない。

長堀金吾郎は言っていた。これらの書状のなかで、

——一瞥して読み取れるのは日付だけなのでござるが、その日付も大きくずれております。

そこが怪《あや》しい。日付、元号《げんごう》、干支《えと》。それが、それの記された書状の解読には「この置き換え一覧表を使え」という指示になっているのではないか。たとえば庚子《かのえね》ならこれ、丙午《ひのえうま》ならこれという具合に。

腕組みをしたままひとつ唸《うな》って、笙之介は筆に墨をふくませた。よし、三通それぞれで、いちばんよく使われている〈へん〉だけを書き出して数えてみよう。抽《ちゅう》出《しゅっ》してみれば、何らかの規則性を見出《みいだ》せるかもしれない。

そしてまたまた——唸ることになった。〈へん〉の使用頻度はバラけているし、三通に共通する要素は見つからない。意地になって、次は〈つくり〉で同じことをやってみたら、今度はもっとバラけていた。

これはちょっと、厄介にすぎる。

せめてもう少し材料が欲しい。小田島一正が書き続けているという書状が全部丸

ごとここにあったなら、つまり解読のための素材がもっとたくさんあったなら、それらのなかから一定の規則性を（それが複数でも）見出すことができるかもしれない。だが、ここには三通しかないのだ。

ないものをねだっても仕方がない。頭を振って腕組みをほどき、今度は頬杖《ほおづえ》をついて、笙之介はさらに考える。

この三通の文面は、頻繁《ひんぱん》に繰り返し書かれているという。だから金吾郎もこれを懐《ふところ》に入れて、正体不明の古橋笙之介を探し回っていたのだ。繰り返し、この三種類が書かれているということにも意味があるのだろうか。

笙之介はどきりとした。

置き換え規則が複数あるとしたら、小田島一正だって、一覧表だか覚え書きだかを手元に置いて、それを見ながら書くだろう。複数の規則を、すべて諳《そら》で覚えているわけはあるまい。で、そういうことならば、大殿がこの面妖な手紙を書いているときに、隠居所でそばに仕えている誰かが、これまでに一度や二度はそれを目にしそうなものだ。気がつきそうなものだ。

だとすれば、大殿はやっぱり諳で書いているのでは？

彼が丸ごと覚えているのは、置き換え規則の方ではなくて、この文面そのものの方なのでは？

若いころにやりとりした文面を思い出して、そっくりそのまま写しているだけなのでは？　だからこそ、この三通の字並びが頻繁に出てくるのではなかろうか。印象が強いとか、思い出深い書状だとかいう理由があって。

だとすると最悪の場合、小田島一正本人も、この贋字の羅列《られつ》を作り、読み解く鍵を忘れてしまっていたりして。

謎の（そして今や傍迷惑《はためいわく》な）古橋笙之介を探し出してみたら、そいつもまた忘れていたりして。そういえば昔、そんな符丁を作りましたなあ。置き換え一覧表？　そんなもんはもう手元にござらん。内容も失念《しつねん》してしまった、あっはっは！

考えても詮無《せんな》いことを考え続けていたら、胃の腑《ふ》がぐうっと鳴った。せっかく梨枝が持たせてくれた今日の夕飯は、長堀金吾郎の腹のなかである。

陽《ひ》が落ちてからは明かりを灯《とも》して、笙之介は三通の書状を写し取った。一度では足りず、何度も何度も写しを書いた。

写し続けるうちに、いよいよ見事な手跡だと感じ入った。笙之介の手では、ここまで文字に力がこもらない。

――人品骨柄《じんぴんこつがら》の差かな。

筆先の技量の差ではない。その字を書く人の人生経験の差が、文字に顕《あらわ》れるのだ。いくらぼんくら者の当主だったとはいえ、小田島一正はひとつの藩を統《す》べて、今も大殿と仰《あお》がれる人だ。生まれも育ちも違う。その指先には、市塵《しじん》にまみれ、風に吹かれればその市塵ごと飛ばされるような若造《わかぞう》の笙之介には持ち得ない力が宿《やど》っているのかもしれない。

笙之介だって、筆耕《ひっこう》の腕前には自信がある。少なくとも剣術よりは遥《はる》かに達者だと自負している。しかし、小田島一正の書き記した贋字の列を書き写して、達筆を真似《まね》ることはできても、そっくり同じものにすることはできない。何かが違う。微妙に異なる。

ぶつぶつ呟き、うだうだ考えながら、その夜は眠った。翌朝は、むっくり起きるなりまたぶつぶつ呟いて厠《かわや》へ行き井戸端《いどばた》で顔を洗い、うだうだ考えながら戻って机に向かった。

どうやったら小田島一正の手跡に似せられるかと考えながら書状を写し、写しながら、どこかに符丁を解く鍵が隠されていないかと考え続けた。手跡を似せることと符丁を解くことのあいだには何の関《かか》わりもないのだけれど、書き写していると頭が冴《さ》えて、心が静まるような気がした。小田島一正になりきれれば、小田島一正の頭の中身がわかるような気がした。

　全文を写しきると、贋字のひとつひとつをまた丁寧に写した。写しながら、今度は字の形ではなく部首の音が共通するものを分類していった。どの音が何度出てくるか数えることも忘れなかった。

　笙之介は夢中になっていた。

「ごめんくださいよ」

　富勘が、相変わらずぞろりと長い羽織《はおり》の紐《ひも》をぶらぶらさせて現れたときも、笙之介は一心に筆を動かしていた。

「ごめんくださいよ、古橋さん」

　笙之介は目も上げなかった。

「古橋さん！」

　耳元で大声がしたので、思わず筆を取り落として我に返った。

「と、富勘さん」

　見れば、富勘が額がぶつかるほど身を乗り出して迫っている。戸口のところにはおきんも太一《たいち》もおしかも、お秀《ひで》も揃《そろ》ってこっちを窺《うかが》っていた。

「筆さん、大丈夫？」

お秀が呼びかけてきた。

「今朝《けさ》、誰が挨拶《あいさつ》しても知らん顔で独《ひと》り言《ごと》をいってたのよ。自分で覚えてる？　それっきり、ずっと閉じこもってるし」

「あたしは、筆さんはきっと大事な仕事をしてるんだって言ったのよ」

皆を制して代弁するように、おきんが口を尖《とが》らせた。

「昨日のお侍《さむらい》さん、筆さんに何か用事を頼みに来たんでしょう。それで忙しいのよね？」

だいたい姉ちゃんたちは騒ぎすぎなんだと、太一は不機嫌だ。

「筆さん筆さんって、寄ると触《さわ》ると」

「あんたは黙ってなさい」

「筆さん、今日は洗い物もしとらんよねえ」と、おしかものんびり声で心配してくれる。

お秀は苦笑《にがわら》いの顔だ。「朝、煮炊《にた》きしなかったでしょ。昼食《おひる》は食べたの？」

「え、もう昼ですか」

「何言ってんだか」と、富勘が呆れた。「とっくに八《や》ツ（午後二時）を過ぎてますよ」

そんなに？　どうりでまたぞろ腹ぺこだ。

「すみません。ちょっと根《こん》を詰《つ》めてしまったようです」

「だってさ。ほら、散った散った」

富勘はぞんざいに手を振って、女たちと太一を追い払った。

「いくら古橋さんだって、机の前に座ったまんま干乾《ひぼ》しになるほど浮き世離れしちゃおられんよ」

「差配さんがいちばんひどいこと言ってる」

お秀が笑いながらおしかの背中を押すようにして消え、笙之介の手元を覗《のぞ》き込もうと爪先立《つまさきだ》ちになっていたおきんは、太一に袖《そで》を引っ張られて消えた。

「ご艶福《えんぷく》なことだ」

からかうというより恨《うら》みがましいような言い方をして、富勘は上《あ》がり框《かまち》に尻を載せた。

「あたしじゃ、大熱出して枕《まくら》があがらないようになったって、女どもは誰もあんな顔をしちゃくれませんからね」

意外に男前の差配人は、意外とこんな嫌味《いやみ》も言うのである。

「富勘さんには、ちゃんと心配してくれる人がいるからですよ」

「あんたさんを心配してくれるはずの村田屋さんが、また面倒な仕事でも持ち込んできたんですか？」

富勘は文机《ふづくえ》の上と、笙之介が書き散らした半紙の山を眺めて、顔をしかめた。意外と嫌味なことも言う差配人は、でも面倒見のいい心配性でもあるのである。

「村田屋さんの仕事ではないんです」

言って、笙之介も思わず顔をしかめた。こんな時刻まで、本業でもないことに夢中になって、紙も墨もずいぶん使った。村田屋からの写本の仕事で、納期が迫っているものがあるというのに。

「二人で歯痛《はいた》でも起こしたような顔ばっかりしてたって始まりゃしません」と、富勘は言った。「ぜんたい、何事です？　昨日は見慣れないおさぶがおいでだそうですが」

お国の方ですかと、声をひそめた。眼差《まなざ》しは真剣である。

おやと、笙之介は思う。東谷《とうこく》と親しい富勘も、やっぱり笙之介の身の上について、少しは聞き知っているのだろうか。

「国許《くにもと》とは関わりありません。ちょっとした内職なんです」

答えて、ふと気が動き、笙之介は書状の写しをひとそろえ取り出した。

「これなんですが、どう思いますか」

富勘は差配人だ。長屋の殿様——ではないが家老《かろう》ぐらいにはあたる立場だ。長堀金吾郎も、みだりに他人に見せたと怒るまい。

富勘は切れ上がった目尻《めじり》をぴくりとさせた。

「何ですか、こりゃ」

「何だと思いますか」

しげしげと写しを検分して、富勘は笙之介の顔を見た。

「昔ありましたな、こういうのが」

「え？」

まさか思い当たる節が？

「あれは本所《ほんじょ》の相生町《あいおいちょう》だったかな、米屋がね、跡取りが生まれたとかなんとか、まあ祝い事があったときですよ。こういう判《はん》じ物をこしらえて、引《ひ》き札《ふだ》にして配ったんです」

判じ物でしょこれは、と念を押す。

「見事に解いたら、米一俵。豪勢《ごうせい》なもんでしたよ」

「難《むずか》しい符丁でしたか？」

「いえいえ、漢字が読めるなら、誰でも解けるような易《やさ》しいものでした。ただ読みを繋《つな》げていけばいいだけでね。そうするとお目出度《めでた》い言葉が出てくるんです。〈しちふくじん〉とか〈たからぶね〉とかね」

だから賞品の米一俵は、大勢で分けることになったそうだ。

「なかなか旨い米だったらしいが」

富勘は書状を笙之介に返して寄越《よこ》した。

「わけのわからん漢字の文ですが、あたしには果たし状みたいに見えますな」

「果たし状？」

「えらい勢いのある手跡じゃありませんか」

やっぱり、この字面から意図と想いを感じ取るのは、笙之介だけではないのだ。

「それにしたって入れ込んだもんですな。まあ、湯漬《ゆづ》けくらいお食べなさい」

湯漬けの手間も惜《お》しくて冷や飯を頰張《ほおば》り、ひと息ついていると、勝文堂《しょうぶんどう》の六助《ろくすけ》がやって来た。こんちはというなり机まわりの有様《ありさま》を見て、にやりと笑う。

「俺は鼻が利《き》くだろ。いい時に来たねえ。紙も墨も切れそうな頃合《ころあい》じゃないの？」

笙之介は照れ笑いしながら事情を話し、六助にも書状を見せた。こうなったら次は武部《ぶべ》先生に相談を持ち込んでみようか。

「笙さん、湯を沸《わ》かしなよ」

「まさか六どん、これは湯気をあてると別の文字が浮かび上がってくる仕掛《しか》けだとでも言うのかい？」

「そんなんじゃないよ。ついでに言うならあぶり出しでもなさそうだね」

　六助はけろけろ笑った。

「笙さん、冷や飯が喉《のど》につっかえたような顔をしてるもの。俺も喉が渇《かわ》いたし」

　笙之介が仰《おお》せのとおりにしているあいだに、六助は書状をためつすがめつ、時には逆《さか》さまにしたり裏返したりして眺めた。

「うん、こりゃ符丁だね」

「それは最初《はな》からわかってるんだ」

　二人で白湯《さゆ》をすすると、少し落ち着いた。笙之介がこれまでの自分の考えを話すと、六助は鷹揚《おうよう》にうなずいた。

「よく考えたもんだね。でも鍵が幾通りもあるとしたら、笙さん、素手《すで》で解くのは無理だよ。ほかに手がかりはないの？」

「長堀さんから何か聞き出せるかもしれない。書状ももっと数をもらえれば――」

「今ンとこは、これしかないってことだね」

持ち前の細い目をへの字にして、六助は笑ったのか歎《なげ》いたのか。

「文のなかに、いちばんよく出てくる漢字は〈候〉だっていう前提に間違いはないかな」

「ほかに考えられるかい？」

「〈之《これ》〉とかさ」言って、六助はへの字の目でまばたきをした。「〈致《いたす》〉とかは」

「書状の内容によるだろうね」

二人で黙ってしまった。

「お殿様が、いちいち考えてこれを書いてるんじゃなくて、諳で覚えてるものをそっくり写してるだけなんじゃないかって考えに、俺は賛成するな。それに、さあ」

六助はひょろりと長い指で鼻筋《はなすじ》を擦《こす》った。

「水を差すようで済まないけど、そもそも、お殿様が若いときだって、そんな入り組んだ置き換え一覧表を使って文を書いたりしてたかなあ」

だってこれ遊びなんだろ、という。

「間者《かんじゃ》や隠し目付《めつけ》の密書じゃないだろ。露見《ばれ》たら誰かの命がないとか、謀反《むほん》の企《くわだ》てが転覆《てんぷく》するとか、そういう類《たぐい》のものじゃない。若殿様が、ご家来衆に邪魔《じゃま》されずにお気に入りの風来坊《ふうらいぼう》とやりとりするためだけの文だ」

笙之介は鼻白《はなじろ》んだ。「だったら何だっていうんだい？」

「だからさ、その程度のものだったら、もっと簡単に書いてるはずじゃないかねえ」

この贋字の作成方法も読み解き方も、諳で教えて諳で覚えられるくらいのものではないかと、六助は言うのだった。

「その大殿様って、漢籍《かんせき》好きの人なの？」

「さあ……長堀さんは特にそう言ってなかったよ」

「だったらなおさらさ。笙さんはなまじ学があるから、考えすぎてるんじゃないい？」

確かに水を差すようだが、正鵠《せいこく》を射ているような気がしないでもない忠告と、紙と墨の補充を（村田屋のツケで）済ませて、六助は帰っていった。

笙之介は悄然《しょうぜん》として机にもたれた。

——稼がなきゃ。

と思いつつ未練たらしく符丁いじりに没頭《ぼっとう》し、そのまま居眠りしてしまった。

古来、傑出《けっしゅつ》した人物の手跡には霊威《れいい》が宿ると言われる。寺社の扁額《へんがく》の文字など、その下で迂闊《うかつ》に悪口を言おうものなら祟《たた》られて、病《や》んだり命を落としたりするそうだ。

小田島一正はまだ存命だし、そこまでの傑物《けつぶつ》ではなさそうだから、幸い笙之介がうなされることはなかった。ただ、頭のまわりでさまざまな〈へん〉や〈つくり〉がひらひらと乱舞《らんぶ》する夢を見た。

三

武部先生には、笙之介の符丁《ふちょう》いじりに付き合っている暇《ひま》はなかった。

翌朝である。先生の知恵を借りるには、手習所の習子《ならいご》たちが来る前の方がいいだろうと起き抜けに出かけていった笙之介だが、先生も奥方の聡美《さとみ》も、起きるどころか昨夜から寝ていなかった。子供らが病《やまい》なのである。

「うちの子ばかりじゃない。数日前から、習子たちのなかで流行《はや》り始めてな」

指先や口のまわり、口のなかにもぽつぽつと赤い発疹《ほっしん》が出て、熱も少し出るという。命に関わるほど重篤《じゅうとく》な症状ではないが、発疹は痛痒《いたがゆ》いそうで、ことに年少の子には辛《つら》そうである。介抱《かいほう》する親も辛かろう。

「それじゃ、お秀さんのとこのおかよちゃんも？」

「ああ、あの子も発疹が出て寝ている。聞いておらんかったかね」

笙之介の胸がずきりとした。符丁に夢中になっている自分に、お秀は心配して声をかけてくれたのに、笙之介の方は、お秀のそばにおかよがいないことにさえ気づかなかった。

「今のところ大人には感染《うつ》らんようだが、笙さん、念のためよく手を洗ってくれ」

「わかりました。もしも何か私にお手伝いできることがあれば、遠慮なく申しつけてください」

「かたじけない」

という次第で用件を問われもせず、こちらから言い出すきっかけもなかった。

——と、なると。

笙之介は村田屋へ足を向けた。治兵衛に相談してみよう。村田屋の蔵書の山を漁《あさ》れば、符丁について書かれた書物が出てくるかもしれない。かもしれないから、行くだけ行ってみよう。

「おや、いらっしゃい。お早いですな」

笑顔の炭団眉毛《たどんまゆげ》は、笙之介が納期より早く写本を納めに来たのではないとわかっても、気を悪くした様子はなかった。符丁について熱を入れて語る笙之介をおっとりと眺めて、こう言った。

「何が何でも符丁を解く手がかりの一端《いったん》でもつかまんことには、他のことが手につかないわけでございますな」

「すみません」

「笙さんにも、そんな猪突猛進《ちょとつもうしん》のところがおありなんですね」

なかなか隅《すみ》に置けない、と言う。

「よござんす。隣の座敷をお使いくださいい。爺《じい》やに助太刀《すけだち》をさせましょう」

治兵衛が爺やと呼ぶのは、村田屋の老番頭である。

「爺やは、うちのどこにどんな書物がしまってあるか、すべて覚えている歩く目録でございますからね。加えて、一度目を通した書物の中身はあらかた覚えておりますす。きっとお力になれるでしょう」

当の爺やが小さな文机《ふづくえ》と硯箱《すずりばこ》を運んできてくれて、笙之介は四畳半の座敷に落ち着いた。そこで本人の名乗りを聞き、初めてこの老番頭が帚三《ほうぞう》という珍しい名であることを知った。

「親父《おやじ》が箒《ほうき》作りの職人でございましたので、倅《せがれ》どもに帚一、帚二、帚三と名付けたのでございます」

「そうですか。よろしくお願いいたします」

「と申し上げましても、古橋様」

腰が曲がって干涸《ひか》らびたような帚三は、声もやっぱり干涸らびかけたようなかすれ声で、ぼそぼそと言う。

「符丁というものは、そもそもそれを使う者どものあいだで、口伝《くでん》で教え教わるものでございます。何かを書いて残すものではございません。わっしがざっと思い至る限りでは、符丁の作り方や解き方を記した、しっかりした書物はございません」

はあ、と笙之介は肩を落とした。

「読本《よみほん》にいくつか、忍《しの》び会う男女が文《ふみ》をやりとりするために、二人だけに通じる符丁をこしらえる――というお話はございます。そういうお話でございますから、逢《おう》瀬《せ》の場所と時を知らせ合うだけの他愛《たわい》もない符丁でございますが、あるいは手がかりになるかもしれません。まずお目にかけましょう」

といって去って戻ってくるときには、ひと抱えの書物を持っていた。

「すべて目を通しては時の無駄でしょう。わっしが印をつけます」

信じ難《がた》いが、帚三は本当にそれらの読本の中身を覚えているらしく、目にもとまらぬ早さで丁《ちょう》をめくると、糊《のり》で付箋《ふせん》をつけてゆく。笙之介はそれを追いかけていった。

　確かに、それらは他愛ない符丁だった。「むくどりの　ねぐらにかかる　三日月《みかづき》のかげ」と書いて、「六《む》ツに船宿《ふなやど》〈三日月〉で逢《あ》おう」とか、そんな類《たぐい》だ。遊びである。

「古橋様は阿蘭陀《オランダ》語に通じておられますか」

「まさか！　まさにチンプンカンプンです」

「どなたでも、初めは異国の言葉は珍文漢文でございます。長崎の通詞《つうじ》が著《あらわ》した『阿蘭陀語諸事解読事始《しょじかいどくことはじめ》』という書物に、異国の言葉をどのように我が国の言葉にあてはめたかという苦心について書かれております。符丁の解読に一脈《いちみゃく》通じるところがございませんか」

「あ、そうですね」

　帚三はその書籍と、阿蘭陀語の字引《じびき》も一緒に持ってきてくれた。

　万事、そんな具合だった。しかも帚三は、笙之介の考えを受け止めては打ち返し、別の角度からの考えに導いてくれる。

　二人でしきりと議論した。この贋字《がんじ》には意味がなく、部首の音だけ拾って読むべきではないのか。いや、やっぱり贋字の符丁と正文との置き換え規則を読み解くべきではないのか。日付や干支には意味があるのか。三通の文の前後関係はどうなのか。その順番にも鍵があるのではないか——

「音だけ拾っても意味をなしません」

「文字を飛ばして読む規則があるのかもしれません。その規則を、文のなかのどこかで知らせているのではございませんか」

「全体に、〈てへん〉など左右に部首を分けることのできる漢字の贋字が多く、〈くさかんむり〉などの上下に分けられるものは少ないのですが……」

「それはただ、左右に分かれる漢字の方が贋字をこしらえ易いということではございませんか」

「私が浅学《せんがく》にして知らないだけで、このなかにひとつぐらい、贋字に見えて実は正しい漢字が混じっているということはないでしょうか。つまり、本邦《ほんぽう》では使われることのなかった真の〈漢字〉です」

帚三はすっと立って、腰が曲がっているとは思えないほど素早い動きで店の奥へ行き、埃《ほこり》をかぶったような分厚《ぶあつ》い書物を数冊抱えてきた。

「これは『字鑑《じかん》』と申します。仏教の経典《きようてん》を読み解くために作られた字引でございます」

村田屋はそんなものまで秘蔵しているのだ。

「そしてこちらは梵字《ぼんじ》の字引でございます。贋字のなかには梵字に似たものもあるように思いますので……」

この番頭さんは、梵字まで解すのか。

埃にくしゃみをしながら繙《ひもと》いて、ああでもないこうでもないと議論を重ねた。

「しかし古橋様」

「は――ハクション！」

「この文の手跡の主《ぬし》は、これほどの教養を持つお方でございますか」

「それが、わからないんです」

文句のひとつも言わない帚三は、笙之介よりも根気強かった。昼には女中が握り飯と茶を運んできてくれて、短い休憩《きゅうけい》をとったものの、頭のなかはさまざまな字でいっぱいのままだ。

とうとう陽が傾《かたむ》くころになって、笙之介は音《ね》をあげた。

「今さら何ですが……」

「何でございましょう」

帚三の干涸らびたような皺顔《しわがお》には、疲労の影もない。

「こんなに考えても解けないということは、やっぱりこの符丁、ものすごく単純な仕組でできているとしか思えません」

当事者同士の申し合わせに寄りかかる、規則性に乏《とぼ》しい〈符丁もどき〉とでもいうか。要するにこれまた遊びである。文がやりとりされていた事情を勘案《かんあん》すれば、これだって一種の逢瀬を誘う恋文《こいぶみ》みたいなものであって、「むくどりの」とおっつかっつの程度のものであっても不思議はないのだ。

——六《ろく》どんの読みが正しかったわけか。

帚三は依然、にこりともしなかった。

「わっしもそのように思います」

「申し訳ありません。とんだ無駄骨《むだぼね》を折らせてしまって」

「無駄ではございません。ありそうにないことでも、確かめてみるまでは脇に除《よ》けてはいけません」

「帚三さん」

「はい」

「いいお名前ですね」

老番頭は首をかしげた。笙之介は笑った。

「本当にあなたは箒のような方です。わからないことの山から埃を掃《は》き出して、わからないことの尾根筋《おねすじ》だけがはっきり見えるようにしてくださいました」

帚三も、にいっと笑った。見事に歯が抜け落ちている。

「有り難いお言葉でございます」

帰り際《ぎわ》、丁重に礼を述べる笙之介を遮って、治兵衛が風呂敷包みを寄越した。参考になりそうな書物だろうか、この上、まだ何かあるのだろうかと胸を躍《おど》らせて受け取ると、

「仕事です」

「え」

「今日、うちの爺やを笙さんにお貸しした分、働いて返していただきます」

風呂敷包みは重かった。

「人助けは結構ですが、仕事もきちんとお願いしますよ」

食べてゆくというのは大変なことですと、治兵衛はしゃらっと言ってのけた。

仕事の神か、はたまた人助けの神か定かでないが、どうやら笙之介はそれに見込まれたらしい。今度は贋字に梵字まで混じって乱舞する夢を見て一夜が明けると、

武部先生が富勘《とみかん》長屋を訪ねてきた。

「昨日《きのう》の今日で申し訳ないが、お言葉に甘えさせてもらいたい」

件《くだん》の病がこれ以上広がるのを防ぐために、しばらく手習所を休むことにしたのだという。

「既に病にかかってしまった習子たちを、うちに集めて面倒《めんどう》みることにしたんだよ」

病の子を抱えていては、その日の仕事に差し支《つか》える親たちもいる。先生の子供たちも寝込んでいるから、看病の手間は一緒だ。いっそまとめて世話をして、症状の軽い子供には手伝いをさせ、互いに助け合うことを教えようと考えた。

「それも修身《しゅうしん》のうちだからな」

「なるほど、良い手当ですね」

「それで笙さんには、残っている元気な子供らの面倒をみてほしいのだ」

場所なら確保した、という。

「相生橋《あいおいばし》の先の〈とね以《い》〉という鰻屋《うなぎや》を知っているか？　骨っぽくて不味《まず》い蒲焼《かばや》きを出す店だ。あそこはいつも閑古鳥《かんこどり》だからな。二階のひと間を貸してくれるというんだ」

富勘が仲立ちしたそうだ。

「笙さん、そこで子供らの手習いをみてやってくれんか？　なあに、難しいことじゃない。ひらがなの読み書きと、算盤《そろばん》のお復習《さら》いをしてくれればいいんだ。文具はみんな持たせてやるから、笙さんは身体《からだ》ひとつで来てくれ。せいぜい四、五日のことだ。教本なんぞ広げなくてかまわん」

口調こそ頼んでいるが、既にして断《ことわ》りようがないほど話ができている。病を逃れた習子たちが、もう〈とね以〉の二階に集まっているというのだから。

「私がみっちり躾《しつ》けているから、うちの習子たちは行儀がいい。監督《かんとく》だけして、笙さんは自分の仕事をしていたっていいんだ。済まないがよろしく頼む。恩に着るぞ」

こうして、笙之介はにわか師匠《ししょう》を務めることになってしまった。

〈とね以〉に集まった習子は八人で、下は四歳から上は十一歳まで、男の子が六人で女の子が二人だ。女の子はどちらもしっかりした姉さん気質《かたぎ》で、実際に一人は弟が一緒だった。

それぞれの名前を聞き、住まいを聞き、笙之介は自分のことも話せる範囲で話して聞かせた。武部先生の言葉に嘘《うそ》や衒《てら》いはなく、子供らは本当に行儀がよかった。

ただ、相対《あいたい》しているうちに、この子らがおとなしいのは、病にかかった兄弟姉妹や友達のことを案じているからだということもわかってきた。

「今日はみんなに、何をどのくらいまで学んでいるか、まず教えてもらうことにしよう」

村田屋の仕事で手習所の教本を写し、長屋でおかよにいろはを教える真似事《まねごと》ぐらいはしたことがあったけれど、いきなり八人の習子の師匠が務まるわけはない。先生ですと威張《いば》ってみても最初《はな》から貫禄《かんろく》が足りないのだから、むしろ子供らと仲良くなろう。そして少しでも彼らの不安を和《やわ》らげることができればいい。そう思った。

一日目は、武部先生がこれまで何をどのように教えてきたか、確認することで終わった。素人《しろうと》師匠の筆之介が、せいぜい十一歳までの子供たちの口からそれを聞き出せたということは、武部先生が優《すぐ》れた師である証《あかし》である。

八ツに子供たちを帰し、ひと息ついたら我に返って、泡《あわ》を食って長屋に帰った。

仕事の掛け持ちは大変だ。

井戸端にお秀を見つけた。息を切らしておかよの具合を訊《たず》ねると、

「もう起きて遊んでるわよ。発疹も山は越したみたい」

「何も気づかなくてすみませんでした」

お秀はきょとんとした。「何で笙さんが謝《あやま》るの?」

「おかよちゃんは家にいるんですね」

「ええ。笙さんが武部先生の代わりの先生になるよって言ったら、あたしも教えてもらうってだだこねてるけど、まだ禁足《きんそく》よ。太一に感染《うつ》ると悪いもんね。ねえ、きいいんそくって言い方で合ってる?」

「はい、丸を差し上げます」

それから鉢巻《はちま》きを締《し》めて、納期が迫る村田屋の仕事を片付けた。終えると翌日の手習いの下準備をして、終《しま》い湯になるよと太一に呼ばれて一緒に湯屋へ駆け込んだ。

「笙さん、先生の助《すけ》っ人《と》してるんだって?」

太一は日銭を稼ぐ都合で、武部先生の手習所にはとびっとびに通っている。事情を知る先生も、それを咎《とが》め立てすることはない。おかげで今般の流行病《はやりやまい》は免れた組に入っているのだが、

「おれ、笙さんに教わるのはよしとく」

「うん、私じゃ頼りないよね」

「そうじゃねえよ」

太一はざぶりと湯をかぶった。

「読み書きなんか教わると、ホントは笙さん、おれなんかより偉《えら》いお侍さんなんだってこと、思い出しちゃうからさ」

何とも返事のしようがなく、笙之介も湯で顔を洗った。

「笙さん、昨日はやけに熱を入れて何かやってたけど、そっちの方はもういいのかい？」

言われて、その日初めて、笙之介は符丁解きのことを思い出した。まるっきり頭から消し飛んでいたのだ。それどころじゃなかったと言っては、長堀金吾郎に申し訳ない。あちらを立てればこちらが立たずだ。

「よくないんだけど、身体も頭もひとつしかないからなあ……」

「そういうの、〈貧乏ヒマなし〉って言うんだろ？」

「そうだねえ」

太一は吹き出した。「あっさりうなずいてないでさ、〈稼ぐに追っつく貧乏なし〉ぐらい、言いなよ。先生なんだからさ」

まったくだ。笙之介も自分を笑った。

さて二日目は、まず太一に村田屋への使いを頼んで納期の写本を届けてもらい、自分は昨日よりはよほど落ち着いて支度《したく》をして〈とね以〉に赴《おもむ》いた。昨日は挨拶もそこそこだった〈とね以〉を営む夫婦は、よくよく見ると座敷の壁《かべ》と同じくらい煤《すす》けた顔で、畳《たたみ》と同じくらいけばだった手をしており、

「二階も、ほかの座敷にはお客を入れてもいいって約束なんだけどね」

「はい、どうぞ」

「大声で教本を読んだりしないでくださいよ。お客が興《きょう》ざめになっちまうから」

鰻みたいにぬるりと感じの悪い目つきをしているのだった。これで蒲焼きが旨いならまだしも、骨っぽくて不味いなら閑古鳥も納得がいこうというものだ。

案の定《じょう》、二階はおろか一階の寄合席《よりあいせき》にも客は来ず、笙之介と八人の習子たちは、ゆっくりと九九のお復習《さら》いをすることができた。

昼の休憩を挟《はさ》んで、午後からは八人の子供たちそれぞれに、親の生業《なりわい》を語ってもらった。商人なら何を商っているか。職人なら何を作っているか。話を聞いてゆくと、みんな日銭稼ぎの貧しい家の子供たちだとわかってきたが、顔が明るいので気にならない。子供らも、あらたまってこういうことをしゃべるのは初めてらしく、照れくさがったり戸惑《とまど》ったりしつつも、ときどき互いに補いあったり、突っ込んだり突っ込み返されたりしながら楽しく語ってくれた。

そのうち、笙之介にも問いが飛んできた。「先生の仕事って、どんななの？」

「貸本屋さんの写本を作るなんて、毎日むずかしいご本と睨《にら》めっこなんでしょ」

意外とそうでもないことを、笙之介はこれまで作ってきた写本の実例をあげながら語った。子供にやらせようと思うことは、まず自分でやってみせるべし。順番が逆だったと、ひそかに反省しながら。

興に乗って語り、面白そうに聞いてもらっているうちに、笙之介の胸にむらむらとこみ上げてくるものがあった。

別段、そんな企《たくら》みがあったわけではない。ただ、長屋を出るとき何となく懐《ふところ》に入れてきただけだ。ひとつしかない頭と身体を、今はこっちに使っているけれど、いつ何をひょっこりと思いつくかわからないから。

件の符丁の文である。この子らの目には、どんなふうに見えるだろう？

誘惑に負けて、笙之介は懐から文の写しのひとつを取り出した。

「みんな、これを見てくれるかな」

八人の頭が寄ってきた。八対《つい》の目がしばたたく。

「教本に載っている字と違うだろ？　今まで教わったことがない漢字だよね」

子供らはわいわい沸《わ》いた。漢字はまだ教わってねえよ。こんな難しい字はとても読めない。先生はこんなのスラスラ読んでるの？

「実は、先生もこれが読めなくて困ってるんだ」

「な〜んだ、そんなのおいらたちじゃもっと無理だよ」

「先生も武部先生に教わったら？」

飛び交《か》う声のなかで、いちばん年長の姉さん、奇《く》しくもお文《ふみ》という名の女の子が言った。

「でもこれ、きれいいね」

笙之介は思わず、お文の顔を見た。お文は贋字の列から目を離さない。

「とってもきれいな字だね、先生」

「うん、上手《じょうず》な字だ」

横合いから男の子が口を出した。「何だかこれ、模様《もよう》みたいだもんな」

漢字がたくさん並んでいると、意味が読み取れない子供の目には、模様に見えるのだ。

お文はその意見には取り合わない。愛《いと》おしむように憧《あこが》れるように、贋字の列を見つめている。

「武部先生がいつも言ってるよ。字は、心を込めて書きなさいって。心を込めて書

けば、下手《へた》でもきれいに見えるからって。これを書いた人、きっと、深くふかぁく心を込めて書いたんだね」

それが手がかりになるとは思えない。だが、今のお文の言葉を聞いたら、長堀金吾郎は喜ぶのではないか。きっと喜ぶだろう。だから笙之介はこう言った。

「そうだと思うよ。ありがとう」

子供らを帰した後、一人で座敷に残り、あらためて懐から符丁の文を取り出した。急いで長屋に帰り、村田屋の仕事に目処《めど》を付けねば、またこれと取り組む暇《ひま》を捻出《ねんしゅつ》することができない。そうとわかっていても、お文の清らかな声音《こわね》がまだ残っているような気がするあいだに、静かにこの文と向き合ってみたかった。

——心を込めて書いたんだね。

廊下に面した唐紙《からかみ》が、ほんの少し動いた。人の気配がした。笙之介は顔を上げた。

鰻屋から借り物の机には、子供らが使った硯《すずり》や筆が出ている。手習所では、それを洗って片付けるのも勉学のうちなのだが、ここでは勝手に水回りを使えないからだ。

唐紙を開けた人物は、柿色《かきいろ》の頭巾《ずきん》の隙間《すきま》から、目元だけを覗かせている。その瞳《ひとみ》をつと動かして机の上を見やると、穏やかな口調でこう言った。

「お手伝いしましょうか」

そして、驚いて息を止める笙之介と目を合わせ、ゆっくりと一礼した。

和香《わか》だった。

着物の袖が長いので、膝の上に揃えている手の甲も指先も見えない。髪も肌《はだ》もすべて覆《おお》われているので、ただ人の輪郭《りんかく》を持った布が座っているだけのようだ。

それでも、頭巾の隙間から覗く一対の瞳だけで、和香は充分に和香だった。笙之介にはそう思えた。

その瞳を見るだけで、和香がたいへんな勇気をふるってそこに座っていることも、よくわかった。

「あ、ありがとうございます」

笙之介の喉から、裏返ったような調子っぱずれな声が飛び出した。その場で舌を嚙み切って——いや腹を切ってしまいたくなるような失態だ。どうしてこう、もっと腹の据《す》わった涼《すず》しい声音を出せないものか。

「失礼いたします」

一礼すると、和香はけばだった畳を踏んで座敷に入ってきた。白足袋《しろたび》を履《は》いている。この季節、町場で暮らす者には珍しいことだ。和香を苦しめている赤痣《あかあざ》とやらは、足の甲にまで及んでいるのだろうか。机の前に座したまま、胸ばかり轟《とどろ》かせて、笙之介は阿呆《あほう》のように考えた。もっとちゃんと考えねばならぬことが、ほかにいくらでもありそうだが。

「子供たちの硯に墨が残っていますね。墨壺《すみつぼ》はどこでございますか」

「あ、これです」

笙之介は墨壺を手にあわてて腰を浮かせた。

「墨は私が集めます。和香さんは筆を揃えてくださいますか。私が下へ持っていって洗います。袖が汚《よご》れますよ」

笙之介の言葉に、和香の瞳が一瞬きっとなった。無言のまま袂《たもと》に手を入れて、赤い襷《たすき》を取り出した。そして、手早くそれで両袖をくくった。

露《あら》わになった和香の両腕は、右と左で肌の色がまったく異なっていた。

水ぶくれができるような火傷《やけど》をした後、傷が治《なお》っても、肌の赤味がとれないことがある。和香の左腕を覆う痣は、ちょうどそんな感じだった。肘《ひじ》から手の甲にかけて、これがもし本当に火傷の痕《あと》であるなら大火傷だ――というほどに、広い範囲で肌の色が赤く変わっている。またその赤味に濃淡があった。薄いところは肌色がやや翳《かげ》っているくらいだが、濃いところではくっきりと色が凝《こご》っていた。

一方、右腕の肌はきめが細やかで色白だ。その対比は、確かに酷《むご》い眺めだった。

「こうすれば汚れません」

襷をきゅっと絞《しぼ》ると、和香は早口に言って、硯と筆を集め始めた。

笙之介は困った。

初めて直視した和香の秘密に動揺したのではない。ただ単に困っていた。だってどんな顔をすればいいのだろう。

──和香さんは、ちょっと意地悪だ。

そんなふうにも思った。

──何が何でも私に痣を見せて、私に嫌《いや》な顔をさせようとしている。

そうは問屋がおろすものかと思った。

「助太刀《すけだち》は有り難いのですが」

笙之介は、本日子供たちにお復習《さら》いをさせた帳面を片付ける。

「私がここでにわか師匠をしていることを、よくご存じでしたね」

「村田屋さんから聞きました」

硯の残り墨を壺に移しながら、和香はてきぱきと答えた。

「村田屋さんは、武部様という手習所の先生に聞いたそうです。勝文堂の六助さんも知っていました」

みんな早耳だなあ。

「村田屋さんには、わたしが古橋様に先日来のご無礼のお詫びをするなら、ここへお訪ねするのがいちばんいいと勧《すす》められたんです」

「先日来の無礼って……何ですか」

和香は目をそらし、返事をしなかった。

「洗って参ります」

硯を重ね持ち、立ち上がって座敷を出てゆく。笙之介は何となく頭を掻き、それから筆を束《たば》ねて後に続いた。

今日も今日とて閑古鳥の巣で、暇そうに居眠りばかりしていた〈とね以〉の夫婦が、井戸端に出て行く和香の後ろ姿を、興味津々《しんしん》の体《てい》で見送っている。笙之介が階段を降りてゆくと、瞠《みは》った二対の眼《まなこ》をそのまんまこっちへ向けて、口々に訊いた。

「若先生、あの人はお身内の人かね？」

というのが夫・貫太郎《かんたろう》の問いかけで、

「若先生、あんたそんな初心《うぶ》な顔してて、よくやるねえ」

というのが妻・お道《みち》の問いかけである。

前段はともかく、後段の問いは何だ？　そう思ったのは笙之介ばかりではなく、貫太郎も同感らしい。

「おまえ、何を言ってるんだよ」

「あら、だって」

あのおこそ頭巾――とお道は言う。

「顔を隠しちゃってさ。はばかりさま、あたしらだってこの商売は永いんだから、鰻屋の奥座敷の逢《あ》い引きに、野暮《やぼ》なことを言いやしませんよ。けど若先生、あんた子供らを教えてる座敷に他人様《ひとさま》の女房を引っ張り込むなんざ、十年は早いんじゃないのかね」

開いた口が塞《ふさ》がらなくなるのは、呆れたときばかりではない。驚き過ぎてもそうなる。

「おまえ、そりゃねえよ」と、貫太郎が先に言ってくれた。「何ぼ何でも、この若先生にはまだ、鰻屋でしっぽりは無理難題に過ぎるってもんだ。ありゃ姉さんでしょう？　おっと、姉上様か」

顔から火が出そうというか、笙之介は耳まで熱い。

「ど、どちらもハズレです！」

せいぜい憤然《ふんぜん》と言い放って履き物をつっかけ、土間から井戸端に出ようとして、やっと然《しか》るべき釈明の言葉を思いついた。

「あの人は、私の仕事仲間です。手伝いに来てくれたんです！」

井戸端で和香は水を汲《く》み、硯を丁寧に洗っていた。笙之介は膝ががくがくした。

二人で黙って洗い物をした。さっきのやりとりが聞こえたのか聞こえないのか、和香の瞳の色からは察しがつかない。

「わたしは雑巾《ぞうきん》を持って参りますから」

洗い終えた硯と筆を手桶《ておけ》に入れて渡されて、笙之介はしおしおと二階に戻る。

〈とね以〉夫婦は、まだ同じ恰好《かっこう》で同じ目つきで注視していた。

座敷に戻ってきた和香は、きつく絞《しぼ》った雑巾で机の上を丁寧に拭《ふ》き始めた。笙之介は机を二つ窓際《まどぎわ》に移し、手拭《てぬぐ》いで水気をとった筆と硯を並べてゆく。筆は穂先を揃えておかないと、子供たちの使いが荒いので、すぐぼさぼさになってしまう。

「心外です」

机を拭きながら、本当に心外そうな口ぶりで、和香が言った。

「わたし、古橋様の姉さんのように見えるのですね。三つも年下なのに」

聞こえていたのか。

「和香さんの所作《しょさ》が落ち着いているからでしょう」と、筐之介は角張《かくば》って答えた。

「お顔が見えないから、なおさらです」

言わずもがなの台詞《せりふ》だったかもしれないが、言ってしまった。

雑巾を動かす和香の手が止まった。身体半分、筐之介に背を向けている。

と、また力を込めてごしごしと机を擦《こす》り始める。「墨がこぼれています。ここは間に合わせに借りているだけの座敷なのですよね。きれいにしておかないと、あとの商いに差し支えるでしょうに」

「元気な子供たちですから、墨も飛ばすし喧嘩《けんか》もします」

言って、筐之介は唐突《とうとつ》に思い出し笑いをしてしまった。わざとではない。思い出し笑いというのはたいていそうである。

和香が横目で、盗《ぬす》むようにこちらを見た。

「この店が閑古鳥の巣であることは、習子たちもよく知っているんです。干物《ひもの》のような蒲焼きを出すそうですからね」

だから――と続けて、筐之介は今度ははっきりと和香に笑いかけた。

「実は今日も、ここの障子《しょうじ》や唐紙《からかみ》に、みんなして落書《らくが》きをしてやろうじゃないかという話になったのです」

家業について話し合っているうちに、話題がそちらに流れたのだった。

「奇抜な落書きがあれば、座敷がぐっと陽気で賑《にぎ》やかになって、鰻は不味くとも見物のお客が来るかもしれない。たとえひやかしでもお客が来れば、主人もおかみもやる気が出てきて、もう少しましな蒲焼きを焼くようになるかもしれません」

和香は横目をやめて、筆之介の方に向き直った。ゆっくりとひとつ、まばたきをした。

「名案だと思いませんか?」と、筆之介はその瞳に問いかけた。「今日はあの子たちから、それぞれの親の生業《なりわい》について、いろいろ聞かせてもらいました。『商売往来』を読むのも結構ですが、身近な生計《たつき》の道について話し合うのも立派な勉学になります。私もあの子たちから教わることが多かった。子供とはいえ、侮《あなど》れません」

話し出したらつるつると言葉が出てくる。

「蒲焼きが不味いから客が来ないのか、客が来ないから店主の気合いが入らず蒲焼きが不味くなるのか。鶏《にわとり》が先か卵が先か、これは商いばかりではなく、万事に通じる深遠な問いです。貧乏だから怠《なま》けてしまうのか、怠け者だから貧乏なのか。喧嘩をするから仲が悪くなるのか、仲が悪いから喧嘩をするのか」

「きっと、その両方なのでしょう」

和香の応答に、笙之介のつるつる滑《すべ》る舌が止まった。

「両方がつながって輪になっているのです。だから何か違うことをして、その輪を断てば良いのでしょう」

和香は言って、〈とね以〉の煤けた障子や唐紙に目を投げた。

「落書きもいいかもしれませんが、わたしはまず古橋様に、ここの品書きを書き直していただきたいと思います。わたしはあの字が気に入りません」

階下《した》の客席の壁に貼ってある品書きだ。〈かばやき〉〈しらやき〉〈きもやき〉と。

「たった三つしかありませんよ」

「三つでも、あの字はいけません。食べ物を表すのにふさわしくありません。まるで、死んだ鰻を並べたようですもの。あれを見て、美味《おい》しそうだと思う人がいるものですか。ここのご夫婦には、商売ッ気というものがなさ過ぎます」

叱《しか》りつけているかのような、厳しい声音である。それは笙之介の耳に小気味《こきみ》よく響いた。

――何だ、元気じゃないか。

けっこう勝ち気なんじゃないか。

「私はこのあいだ、治兵衛さんから読み物の書き直しを言いつかって苦労したんです。いや、今もまだ治兵衛さんが満足するような工夫《くふう》をつけられずにいるんですが」

件《くだん》の押込御免郎《おしこみごめんろう》作の読み物である。内容が内容だから、和香には詳《くわ》しいことは言えない。でも、筆之介はふと悟《さと》ったように感じた。

「あれも同じだな。治兵衛さんは私に、貸本屋の商いの一端《いったん》を担《にな》う者として、もっと商売ッ気を出せと言いたかったんだ」

独《ひと》り言《ごと》のように、やけに感じ入って呟く筆之介に、和香が目元をほころばせた。

その瞳の微笑《ほほえ》みは、筆之介の胸を明るく照らした。途端にむらむらとしてきた。

今日はしばしばむらむらする筆之介ではあるが、けっして怪《け》しからん〈むらむら〉ではない。習子たちの時と同じだ。親しく居合わせて、場を共有することの楽しみから生まれる嬉しい胸騒ぎである。

「和香さん、ひとつ私に知恵を貸していただけませんか？」

いそいそと、懐からあの符丁の文を取り出して広げて見せた。

「まあ」と、和香の瞳も広がった。

それから、二人で侃々諤々《かんかんがくがく》と議論した。笙之介は時を忘れていたし、和香も夢中になっていた。

まず笙之介はこれまでの考えの道筋を説明した。和香は呑み込みが早く、一昨日《おととい》、笙之介が村田屋の帚三と意見を交わしたことについては既に知っていた。やはり治兵衛から聞いたらしい。

「あの爺やさんに心当たりがないという以上、この贋字《がんじ》は本当に作り物なのでしょう。何か規則性《きまりごと》がある。その規則は、バカバカしいほど入り組んでいるか、拍子《ひょうし》抜けするほど易しいか、どちらかではないでしょうか」

「勝文堂の六どんは、易しいはずだという意見です。そうでなければ面倒くさくて使えないと」

和香が思いついては口にする意見は、既に笙之介が何らかの形で検討しては退《しりぞ》けた意見ばかりだった。それでますます、和香は熱くなるようだった。

「ああ、悔《くや》しい」と指を握りしめて言った。「ひとつくらい、まだ古橋様が思いついていない案を出せそうなものなのに」

「私は都合三日も先行していますからね」

しまいには和香は、「ちょっと黙っててくださいな」と笙之介を制して、一人で手元の反古《ほご》に字を書いたり消したり数えたりし始めた。笙之介はじっくり見物した。

――和香さん、面白い。

座敷の唐紙の陰に、人影がつと寄った。

「ごめんくださいまし」

見れば、〈川扇《かわせん》〉の梨枝《りえ》である。角張った風呂敷包みを膝の脇に、畳に指をついてにっこりと一礼した。

「梨枝さん！」

笙之介の声に、和香も目を上げた。机に片肘をついて考え込んだまんまの姿勢だ。

「お邪魔いたします。差し入れをお届けに参りました」

笙之介は呆気《あっけ》にとられるばかりだ。

「どうして貴女《あなた》が？」

梨枝は風呂敷包みを持ち上げて、さらに大きな笑顔になった。

「笙之介さん、子供たちを帰してから、どれくらい時が経《た》っているとお思いですか?」

笙之介はまだ肘をついたままの和香と目を見合わせた。そしたら、急に空腹になってきた。何かに夢中になると、いつもこうだ。

「そのお顔じゃ、たっぷり一刻《いっとき》（二時間）も前に村田屋さんが様子を見にいらしたことにも、まるで気づいていなかったんですね」

治兵衛は不意打ちで和香をここに送り込んだ張本人である。心配して覗きに来て、ついでに梨枝に報《しら》せてくれたのだろう。

「急でしたから、あり合わせばかりで大したものはございません。それでもお腹《なか》の足しにはなりましょう。ひと息入れて召し上がれ」

お茶をいただいて参りましょうと、梨枝ははずむ足取りで出てゆく。笙之介はあわてて追いかけた。

「あの、梨枝さん」

「お気になさいますな。お代は村田屋さんからいただいています」

「でも」

足を止めてくるりと振り向くと、梨枝は笙之介の耳に口を寄せて囁《ささや》いた。

「ご所望《しょもう》の品はまたこの次、ゆっくりとね。だって、損じた機嫌《きげん》を直してもらうためのお菓子なら、もう要《い》りそうにありませんもの。すっかり仲直りしたのでしょう?」

悪戯《いたずら》っぽい声音を残して、梨枝は降りていってしまった。入れ替わるように、階段の下から〈とね以〉の夫婦が顔を覗かせた。

「あたしらまで折詰《おりづめ》をいただいちまって」

「ご馳走様《ちそうさま》ですねえ」

てんでに口をもぐもぐさせている。笙之介はぎくしゃくと回れ右をして座敷に戻った。

和香はきちんと座り直していた。ちょっと両肩が落ちている。

「あの方は?」

訊《たず》ねる声も、心なしか沈んでいる。

「私の——かつての上役が贔屓《ひいき》にしている船宿の女将《おかみ》さんです。村田屋治兵衛さんとも知り合いなんですよ」

柿色の頭巾をこくりとうなずかせて、和香は呟いた。「そうですか。わたし、失礼なお目にかかり方をしてしまいました」

「そんなことは」

「いつ誰と、どんなふうにお会いしても、わたしは失礼なんです。こんな態《なり》ですから」

今までとは違う、良くない意味で意地になっている口調であった。笙之介は焦《あせ》った。

――梨枝さんが美人なのがいけないのかな。

だろうな。それも無理はないのだろう。いや、こっちがそんなふうに考えることが、和香さんを僻目《ひがめ》にさせるのかな。

と思って目を遣《や》ると、和香はますます意固地《いこじ》な目つきになっていた。いかんいかん、これはいかん。

大きな木の盆に土瓶《どびん》と湯飲み茶碗を載せて、梨枝が戻ってきた。そのにこやかな美貌《びぼう》の前で、和香はやおら座り直すと、

「お心遣いありがとうございます。いただきます」

さっきの梨枝のようにたおやかに指をついて一礼すると、顔の頭巾を脱ぎ捨て、それをたたんで膝に置いた。切り髪がさらさらと揺れた。

笙之介は息を止めた。

まさに半月《はんげつ》さながらだ。顔の右半分は白く、左半分は、ところどころ濃く凝って

まだらになった赤痣に覆われている。鼻には痣がかかっていないが、その分、残酷な帳尻《ちょうじり》を合わせるように、首まわりは赤痣の部分の方が少し多いようだった。

和香の瞳は澄んでいる。白目など、うっすら青味がかって見えるほどだ。顔の左側では、それがかえって痣の酷《ひど》さを強調することになっていた。

口を一文字《いちもんじ》に結び、視線は伏せても瞼《まぶた》は伏せず、勇敢な（そして意固地な）子供のように身を硬くして顔をさらす和香を、笙之介はまともに見ることができなかった。自分が目をそらすことが和香を傷つけるのか、まじまじと正視する方がもっと非道《ひど》い仕打ちなのか、わからないという以前に考えられない。

——だけど、あのとき。

和香が川っぷちの桜の木の下に立っていたときは、

——確かに、桜の精に見えたんだ。

もとをたどれば、笙之介がそんなふうに思い、そんなふうに口走ったことがいけなかったのだ。最初から笙之介がいけなかったのだ。和香をこんなふうに人前へ引っ張り出す仕儀《しぎ》に至るまで、ひと欠片《かけら》のおもんぱかりもなかった古橋笙之介が悪いのだ。

真っ白になった脳裏《のうり》に、梨枝のやわらかな声が聞こえてきた。

「お食事のときには、頭巾をお取りになるのですね。おうちではどのようになさっているのか、先にお伺いすべきでございました。失礼いたしました」

梨枝はまったく動じていない。しなやかに会釈《えしゃく》すると、和香の方に軽く身を傾けて、言葉を続けた。

「池之端《いけのはた》の川扇でございます。お父様お母様は、お変わりなくていらっしゃいますか。先代のご隠居様には、季節の折々にわたくしどもをご贔屓にしていただいておりました。お懐かしゅうございます」

梨枝は和香の家を知っているらしい。笙之介は目を瞠ったまま二人を見比べた。

和香の瞳も驚いている。そこに微笑みかけてから、梨枝は笙之介に言った。

「和香さんは、富久町《とみひさちょう》の仕立屋《したてや》〈和田屋《わだや》〉のお嬢さんでございますよ」

富久町といったら、富勘長屋の目と鼻の先である。和香が早朝一人で、あの桜の下にふらりと現れても不思議はない。それに、お秀が洗い張りの仕事を受けているお店が、確か和田屋ではなかったろうか。

「うちをご存じですか」と、和香がかすかに震《ふる》える声で訊いた。

「はい。川扇が、また皆様でお越しくださるのをお待ち申し上げておりますと、どうぞよろしくお伝えくださいませ」

このへんは村田屋つながりなんだろうと、やっと笙之介も察することができた。なるほど治兵衛は顔が広いのだ。あるいは、富勘つながりだってあるかもしれない。

和香は膝の上の頭巾をしわくちゃに握りしめると、脇に投げ捨てた。

「ああ、情けない」

意固地に強い声ではなく、意固地によじれた声音になっている。

「いくら世間から隠れていたって、知っている人には知られているんですものね。無駄なんだわ」

梨枝はやっぱり動じない。

「今日はお目にかかれて嬉しゅうございます。すっかり娘さんらしくなられましたのね」

「わたしのこと、いつごろからご存じなんですか」

「赤ちゃんのころからですわ」

「あら、そうでしたか。存じませんで、すみません」

意固地を通り越して喧嘩腰になってきた。

「わたしのこの姿を気に病んで、両親はわたしを連れて外へ出ないものですから」

「でも和香さんは、こうして一人でお出かけになっておられますわ」

梨枝の微笑みと声音は、どこまでもしたたかにやわらかい。

「今日は笙之介さんのお手伝いにね。あら、いけませんわ。照れてしまっておられます」

笙之介は照れているのではなく、困《こう》じているのだ。

和香は言い捨てた。「古橋様が目のやり場がないのは、わたしの顔がこんなんだからでしょう。相済みません」

自分で自分に唾《つば》をかけるような言い方だ。

――良くない。まったく良くない。

本日三度目の、前の二度とは異なり、しかしこれまた怪しからん筋ではないむらむらに、笙之介は胴震《どうぶる》いした。

思いついたことをすぐ口にするのは、武士らしくなく男らしくもなく、軽率だろうか。いいさ、かまうものか。言いたいことは言ってしまおう。胸にしまっておいたって、息苦しくなるばっかりだ。

笙之介はきりりと面《おもて》を上げ、言った。「和香さんは治兵衛さんにもそんなふうに口を尖《とが》らせて、〈わたしには、痣《あざ》がありますから〉なんて言ったんですか。こんなんだから、古橋笙之介という男も、二度と会いたいなどと思うまい、と」

真っ向から斬りつけたようなものである。和香は啞然《あぜん》としたが、一文字の口が、だんだんとへの字になってきた。そしてきりきりと尖った。

「古橋様こそ、今のそのお顔、口を尖らせてるじゃありませんか」

「私は貴女のその言いっぷりが気に入らないんです」笙之介はひるまずに言い返した。「そうです！　まさにさっき貴女が、ここの品書きの字が気に入らないと言ったように、気に入らないんです」

「どれだけ古橋様の気に入らなかろうと、わたしの知ったことじゃありません！」

「知ったことじゃないなら、何故《なぜ》そんなに目を吊《つ》り上げて怒るんです？」

「誰が目を吊り上げてますか！」

ここで、梨枝がぷっと笑った。口元を手で押さえるだけでは足らずに、身を折るようにして笑う。

「ああ、もう」

目尻に涙までにじませている。

「お二人とも、子供みたい。そっくり同じお顔で口をとんがらかせちゃって」

こぉんなに——と、梨枝もくちびるを突き出して真似をしてみせる。

「わ、わたしそんな顔なんか」

「梨枝さん、やめてくださいよ」

それでも梨枝は笑い、懐紙《かいし》で目元を拭った。

「さ、召し上がってくださいな。お二人ともご機嫌を直して、ね？」

直すも直さないも、機嫌そのものがどこかへはじけ飛んでしまったような、ぽっかりとした空白が、笙之介と和香の間に生じていた。

笙之介の腹が、ぐるると鳴った。

和香が、心のどこかで糸が切れたみたいに吹きだした。

そして今度は三人で笑った。

楽しく笑い、梨枝の給仕で差し入れを食べた。貫太郎とお道がそうっと覗きに来たけれど、誰も気づかなかった。

そこらじゅうに散らばっている反古と、そこに書き留められた贋字に、梨枝が興味を示したので、笙之介と和香は説明した。最初のうちは互いの言葉を補い合うように話していたのに、和香はやがて言葉少なになり、煤けた座敷を見回している。

「和香さん、どうしました」

声をかけると、また口を尖らせた。今度は怒っているのではなさそうだ。とびきりの悪戯《いたずら》を思いつき、それをどう仕掛けようかとわくわく考えている子供みたいに、目を輝かせている。

「古橋様、落書きをしましょう」

「は？」

「この三種類の符丁の文章を、ここの障子や唐紙に、大きく書いてしまいましょうよ。子供たちにも手伝ってもらって、そうして評判をたてるんです。きっと、人が大勢来て見物します。そのうちに、わたしたちには思いつかない解き方を、誰かが見つけるかもしれないでしょ？」

何と、大胆な。

四

〈とね以〉の貫太郎とお道は、思いがけず乗り気であった。

「うちの人の蒲焼きは、固くてしょっぱくてしょうがないからね。何かそういう面白い仕掛けでお客が来てくれるなら、こんな有り難いことはありませんよ」

お道はズケズケと言うのである。

「まったく、女房の言うとおりなんで」

貫太郎も悪びれないのである。

こうなると、笙之介も引っ込みがつかない。おそるおそるお伺いをたててみた武《ぶ》部《べ》先生も、

「障子や唐紙に落書きさせる？　いかんいかん、子供らが調子に乗って、落書き癖がついてしまったらどうするのだ」

なんて野暮なことは言わなかった。

「そりゃ面白い。うちにいる子供らの病《やまい》が全快しておれば、私も加勢したいくらいだ」

こっちもこっちで乗り気なのだった。

それでも、何だかんだで笙之介は二日の時を稼いだ。そのあいだに長堀金吾郎が訪ねて来てくれれば、彼に黙って悪戯をする仕儀にだけはならずに済む——と、拝むような気持ちでいたら、天に通じたのだろう。まさにその二日目の夕《ゆうべ》、またぞろ疲れたような足取りで、金吾郎は富勘《とみかん》長屋に現れた。

笙之介は、隣のおしかに分けてもらった漬け物で、急いで湯漬けの支度をした。

「急《せ》かすようでまことに申し訳ござらんが、その後の進み具合を——」

金吾郎はしきりと恐縮している。

「とりあえず食べましょう。腹が減っては戦《いくさ》ができません」

おきんが魚のあら煮を差し入れに来てくれて、少しはふるまい膳らしくなった。

笙之介の口の重石《おもし》も、少しは減った。

ここまでの経緯《いきさつ》を話すと、金吾郎は箸《はし》を取り落とさんばかりになった。

——怒って当然だ。

首を縮めた笙之介の前で、彼は箸を揃えて置くと、その手でぱんと、痩せた膝を打った。

「さすがに、江戸の水に馴染《なじ》んだ御仁《ごじん》の考えることは違う」

どういう意味だ。

「それがしは田舎侍《いなかざむらい》故《ゆえ》に、ただ一途《いちず》に足を使って古橋笙之介なる者を探すことばかりを考えておりました。しかし貴殿は違う。当の古橋笙之介をこちらに誘《おび》き出すわけですな！」

また、乗り気の人物が増えてしまった。

「当人が来るとは限りません。それでも、よ、よろしいのでしょうか」

「反対する理由がござらん。いや、しかし、読み解いた符丁の内容を公《おおやけ》にされてはちと困りますが――」

「それはもちろん、重々注意して伏せるようにいたします」

「ならば、何も案じることはない。明日にでも取りかかりますか」

「はあ、長堀殿さえご異存がなければ」

「それがしも立ち会ってよろしいか。お邪魔にならんでしょうか。手習所の子らは、この皺顔《しわがお》の二本差しを怖《こわ》がるのではないかな」

「その心配ならご無用です。武部先生は、長堀殿よりよほどいかついご面相《めんそう》の持ち主ですから、習子たちはみんな慣れています」

「それも江戸ならではでござるなあ……」と、妙なところで金吾郎は嘆息《たんそく》した。

笙之介も江戸へ出てきて、町場の暮らしでは武士も町人もない、身分の差など、普段の暮らしのなかでは誰も気にしないということに馴染むまで、同じように当惑したものだ。金吾郎の素朴な感嘆に、こそばゆいような気持ちになった。

習子たちは大喜びである。

「若先生、ホントにいいの？」

「ここに書いていいんだな？」

手に手に筆を持って勇《いさ》み立つ。

「お手本はこれだ」

件《くだん》の符丁文の写しを配り、笙之介はしっかりと言い聞かせた。

「いいかい、このお手本どおりに書かなくてはいけないよ。余計な字を付け足したり、いい加減に書いたり、字の順番をかえたり、絵を描いたりしてはいけない。書いていい場所は、座敷の唐紙と障子の紙の上だけだ。ほかの場所を汚《よご》さないように、よく気をつけるんだよ」

「は〜い！」

硯や墨壺に殺到する子供たちの筆の先から、言ってるそばから墨が飛ぶ。建具の足元には古い手拭いや反古紙《ほごがみ》を敷いてあるけれど、落書きが済んだらみんなで雑巾がけをしなくてはなるまい。

立会人の長堀金吾郎は、何をどう考えたのか袴の股立《ももだ》ちを取り、白襷《しろだすき》をかけている。座敷の隅《すみ》に端座《たんざ》して子供たちの顔を見回していたが、落書き作業がいっせいに始まると、その皺顔がみるみるうちにほころんできた。

「元気な子らじゃ」

よい子じゃ、よい子じゃと繰り返している。

「あんな小さな子でも、字が書けますのか。この贋字《がんじ》は難しかろうに」

「まだ漢字の読み書きができないから、かえって贋字の妙なところに引っかからず、するする書けるのでしょう」

子供らにとっては、風変わりな絵と同じなのかもしれない。

「若先生、大きく書いてもいいか？」

「うん、細かいところまでよく見えるように、拳《こぶし》ぐらいの大きさに書いてくれ」

「赤ん坊の頭ぐらいに書いてもいい？」

「生まれたての赤ん坊の頭ならね」

あまり大きすぎると、ひと目でパッと全体を見渡すことができにくくなる。これはひと続きの文章であるはずだから、少なくとも切れ目切れ目まではいっぺんに読ませたい。

貫太郎とお道は廊下で見物している。みんな上手《うま》いもんだねえと笑う貫太郎は、

「実は若先生、俺も女房も無筆なんだ」

「じゃ、階下《した》の品書きは誰の字です？」

「昔は親父の書いた品書きを貼ってたんだけども、さすがに日焼けして駄目になっちまってさ。字の恰好だけ真似て、俺が書き直したんだ」

歓声をあげて落書きに興《きょう》じる子供たちの傍らで、夫婦はぽつぽつと語った。

「ここは親父の店でしてね。親父がやってたころは、このへんじゃいちばん旨い蒲焼きを食わすって、けっこう評判の店だったんだ」

「だけどこの人は腕が悪くって」と、お道は苦笑いした。「ほかのお菜《かず》や酒の肴《さかな》はそこそこつくれるんですけどね。鰻だけは駄目なんですよ」

だから八年前、貫太郎の父親が卒中で亡くなってしまってからは、蒲焼きの味は悪くなる一方、客足も遠のく一方だったというのだ。

「それなら、商売替えをしようと思ったことはないんですか。居酒屋か一膳飯屋《いちぜんめしや》をやれば、無理に鰻を焼かなくたっていいでしょう」

笙之介の問いに、貫太郎は困ったようにまたうなじを掻き、お道が答えた。

「あたしは何度もそう言ったんですけどね。親不孝になるから嫌《いや》だって、この人、きかなくって」

難しいところである。旨いと評判だった親父さんの鰻屋を、やめてしまうのが親不孝か。旨くもない蒲焼きを焼き続け、客を失い親父さんの看板を傷つけるのが親不孝か。どっちの方がひどいだろう。

「――立ち入ったことを訊くようですが、それでよく店賃《たなちん》が滞《とどこお》らずにこられましたね」

　すると貫太郎は小さな目をちかちか瞬《まばた》きして、小ずるそうな笑い方をした。

「ほかの客がいない座敷がいいっていう、大事な用事のあるお客さんたちのあいだで、うちはわりと名が知られるようになりまして」

　そういう客は、貸席《かしせき》がわりにここの座敷を使い、意外と払ってくれるというのだ。

　その金には、口止め料が含まれている場合もあるのかもしれない。笙之介はもやもやと考えた。

「なるほどね……」

「でも若先生、そんなの、商売としちゃ外道《げどう》でしょう」と、お道はけっこう硬い目つきになって言った。「だから、この人に代わってあたしが蒲焼きを焼こうかって、他所《よそ》で修業しようとしたこともあるんですけどね。鰻屋は、どこも女を板場に入れちゃくれないんですよ」

　鰻屋だけではあるまい。ある程度の格式を持つ料理屋は、みんなそうだ。

　――以前、梨枝さんとも似たような話をしたことがある。

「差し出がましいようだが」

声がして、三人は振り返った。長堀金吾郎が、端座したまま生真面目《きまじめ》な顔をしている。

「人には生来、得手《えて》不得手というものがござる」

はあ——と、〈とね以〉夫婦は口を開けたままうなずいた。

「そなた、父御には充分、手ほどきを受けたのだろう?」

「手ほどきって」

「鰻の捌《さば》き方を教わったかということですよ」と、笙之介は助太刀《すけだち》した。

「ええ、まあ、教わりました。だから割《さ》いたり串を打ったりすることはできますんで」

「それでも、蒲焼きを焼けば父の味には至らぬというのなら、これは天命じゃ。潔《いさぎよ》く諦《あきら》めるがよろしい」

「でも、親不孝……」

「そこが肝心《かんじん》じゃ。よく考えてごらん」

金吾郎はひと膝乗り出した。

「そなたの父が真に望むことはどちらであろう。そなたが跡継ぎとして、ただ茫洋《ぼうよう》と鰻屋の看板を風雨にさらし、商人《あきんど》としての本道にもとる生き方をすることだろうか。それとも、父の跡目は継げずとも、商人としてまっとうな道を歩み、店を守ることの方であろうか」

　つまるところ――と、金吾郎はこほんと喉を調《ととの》えた。

「看板が大事か、商いが大事か。見栄《みえ》が大事か、志が大事かということじゃ」

　いつの間にか〈とね以〉夫婦は座り直している。

「お武家様……」

「長堀金吾郎と申す」と、金吾郎は一礼した。

「長堀様。あなた様のおっしゃるとおりかもしれません。本当のことを言うと、俺」

　習子たちは、とっくに別の座敷に移っている。にぎやかな声が少し離れたので、貫太郎の呟きも、よく聞こえた。

「鰻が好きじゃねえんだ。食って旨いと思ったことなんかいっぺんもねえし、割くのも嫌だ。ぬるぬるしてて気色悪いし」

　お道の目が飛び出しそうになった。「やだよ、今ごろになって、何さ」

「おまえに言うと、きっとそんな顔をするに決まってるからさ。言えなかったんだ」

お道は目を剝《む》いたまま黙ってしまった。

「子供のころからそうだったんだけど、親父にはもっと言えなかった。いい鰻屋だったし、腕に誇りを持ってたからね」

「若先生、もっと墨をちょうだい！」

駆け込んできた子供に墨壺を渡して、笙之介も座り直した。

「そなたの父親が存命であるならば、今のそなたの言葉を聞き、さぞかし怒り悲しんだことであろう」

金吾郎の表情は峻厳《しゅんげん》だ。

「やっぱりそうですよね……」

「しかし、そなたの父は既にみまかった。故人はすべて祖霊《それい》となる。この家と店を守る小さき神じゃ。同時に、故人は仏にもなる。そなたにとって、慈悲深き御仏《みほとけ》じゃ」

ここにはそなたの敬《うやま》うべき神仏が揃うておると、金吾郎は続けた。

「そなたが己の心胆《しんたん》に照らし、商人として正しき道を歩むならば、何故《なにゆえ》神仏がそれをお怒りになろう。必ず守護してくださるはずじゃ。商売を替えても、商人の志に曇《くも》りがなければ、父はむしろ喜ぶであろう」

それこそが親孝行ではないかなと、金吾郎は言うのだった。

「いや、失礼つかまつった」

我に返ったようになり、大いに照れた。

「子供らは階下《した》に行ったようです。それがしが見て参りましょう」

つと立ち上がり、御免《ごめん》、と階段を下りていった。

貫太郎とお道はそれぞれに考え込んでいる。笙之介はにっこりした。

「いいお話を伺いましたね」

「あのお武家様、どこのどなたですか」

お道に問われて、きっと金吾郎が答えるであろうことを、笙之介は答えた。

「人の好い田舎侍ですよ」

三人で微笑み合い、顔を見合わせていたら、どやどやと階段をのぼってくる人がいる。村田屋治兵衛と勝文堂の六助だった。

「はかどっていますねえ」

「笙さん、墨は足りてるかい？」

気がつけば、二階の座敷の障子と唐紙は、すっかり贋字で埋め尽くされていた。

「子供たち、表戸の障子にも書いていいかって訊くから、いいと言っておきましたよ。いちばん目立つところですからね」

六助は座敷を見回し、愉快そうに手を叩《たた》いた。「こりゃ壮観だね！　もしもこれが品書きだったら、いったいどんな料理が出てくるんだろう」

笙之介は横目で〈とね以〉夫婦を見た。まだぼんやりとしているが、その顔は明るい。

「白焼きや蒲焼きじゃないことは確かなようですよ」と、言ってみた。

昼になると、梨枝が川扇の料理人の晋介《しんすけ》と女中のおまきを従えてやって来た。女二人は、角張った風呂敷包みを抱えている。晋介は大きな籠《かご》を背負っていた。

「さあさあ、お昼食《ちゆうじき》ですよ」

今日もまた、川扇の重箱と折詰だ。子供らの分まであるという。

「おにぎりと煮物ですから、洒落《しやれ》たものではございませんが」

晋介は貫太郎とお道に丁重《ていちよう》に挨拶し、こう切り出した。「ご主人、お差し支えなければ、板場を拝借してもよろしいでしょうか。焼き物と汁物《しるもの》をこしらえたいと存じます」

彼の籠には、青物や干物がいっぱい詰め込まれていた。鶏肉や茹《ゆ》で卵もあった。

「そりゃ、かまいません。うちなんか、板場なんていうほど上等のもんじゃねえが」

へっぴり腰になって返した貫太郎だ。が、晋介がきびきびと襷で袖《そで》をくるうちに、その目の奥に光が浮いてきた。

「あのお、あんたさんは料理人なんだよね」

「へい、川扇の板場を預かっております」

「あたしも一緒に、手伝っていいかね。ちっと料理を教えてもらいたいんだ。先《せん》の折詰、旨かったですよ」

「ありがとうございます。手前ごときでよろしければ、いくらでも」

主人夫婦と女たちが階下に降りたので、笙之介と治兵衛は子供たちを二階に呼び戻した。支度ができるまで、昼飯から引き離しておかねばならない。

「さあ、みんなで書いた文字を確かめよう。間違いがあったら、切り貼りして直すぞ」

「よしよし、俺も手伝うよ。間違い探しには、目が慣れてない者《もん》の方がいいんだ」

剽軽《ひょうきん》な六助は子供あしらいも上手い。たちまち子供たちと馴染んでしまった。

治兵衛が目配《めくば》せを寄越《よこ》したので、笙之介は耳を寄せた。

「和香さんは来ませんよ」

いきなり筆之介が和田屋を訪ねたり、文《ふみ》を遣《や》るのもどうかと思ったので、治兵衛に頼んで、今日のことを報《しら》せてもらった。

「いっぺんには無理です。ここに混じるのは、あの人にはまだ辛《つら》いでしょう」

筆之介は目を伏せ、うなずいた。

「子供のことですからね。みんな、素直にあの人の頭巾を気にするでしょう。悪気はなくても、何か言うかもしれない」

「わかっていました。でも」

「言い出しっぺなのに、でしょう」

治兵衛は太い眉毛を持ち上げて笑った。

「こんな私《あたし》でも、若くて色気があるころには、炭団《たどん》眉毛と言われると気になったものです。和香さんの辛さは、そんなもんとは比べものにならない」

大人《おとな》であり、大人《たいじん》でもある梨枝の前で頭巾をとって見せたときの向こうっ気だけでは、まだすべてを乗り越えることはできないか。

「そうがっかりしたもんでもありません。出来上がったら見に来ると、楽しみにしていました。ほかのお客がいないときに、筆さんが呼んであげてください」

だが笙之介は、和香にも一緒に落書きをしてほしかったのだ。

「治兵衛さん、私の思いやりが足りなかったのでしょうか」

もっと気遣うべきだったんだ。

「和香さんは、〈子供たちにも手伝ってもらって〉落書きをしようと言いました。だから私は、てっきり一緒にできるとばかり思い込んでいたんです」

つい、ため息が出た。

「先に私と和香さんだけで、障子の一枚でもいいから落書きするべきだったのかな」

治兵衛はしげしげと笙之介の顔を見た。

「笙さん、鰻屋の二階に二人でこもるには、ちょっと早過ぎます」

笙之介が真っ赤になって言い訳しているうちに、階下で梨枝や晋介たちの声がした。御前《ごぜん》様、まあ東谷《とうこく》様とか言っている。

「え？」

笙之介が階段を駆け降りると、着流し姿の東谷が、おまきに編笠《あみがさ》を預けていた。

ついでに、袂《たもと》から小さな紙袋をいくつかつかみ出し、それも手渡している。

「飴屋《あめや》の口上《こうじょう》が面白くてな。聴き入っているうちに遅れをとったが、飯には間に合ったようだな」

隅の醤油樽《しょうゆだる》に腰掛けていた長堀金吾郎が、とっさに立ち上がって居住まいを正した。相手がそこらの素浪人《すろうにん》ではないと察したのだろう。

「おお、そのまま、そのまま」と、東谷は大きな手を振って笑いかけた。「それがしは、ただの鰻屋の客だ。いい匂いに惹《ひ》かれて迷い込んでしまった」

梨枝から聞いたのに違いないが、この人、暇なのかと笙之介は呆れた。

飯は一同、階下に集《つど》って食べた。にわかなご馳走に、習子たちは目を回しそうだ。

「余ったら、もらって帰っていい?」

「それより、余さずにたんと召し上がれ」

「でも、お父ちゃんとお母ちゃんにも食べさせたいなあ」

健気《けなげ》なお文《ふみ》の言葉に、さすがの梨枝もちょっと詰まった。すると板場のなかの貫太郎が素早く応じた。「なに、ちょっと待ってな。おじさんがこういう料理をすっかり覚えて、この店で食べさせてやる。安くしとくから、みんなでおいで」

「ホントに?」

「おうともさ。任せとけ」

もともと料理嫌いの気質《たち》ではないのだ。今まで眠っていただけなのだ。これは長堀さんのお手柄だ――と、笙之介が見やると、当の金吾郎は目を潤《うる》ませていた。

まだ料理が残っているうちに、東谷に請《こ》われて笙之介は二階を案内した。

「書きも書いたり、だの」

ひとわたり検分し終えると、坂﨑重秀《さかざきしげひで》は鷹揚《おうよう》に笑った。

「しかし笙之介、おまえは勉学が足らん」

「は？」

「人が人に書き送るのは、文とは限らんということを思いつかなんだか」

「でも……これは文です」

笙之介はざっと手を振って、座敷中の贋字を指し示した。

「文は文だが、ただの文ではない」

東谷は、目の前の唐紙に書かれた一行の符丁文を見つめた。

「儂《わし》の目には、これは歌に見えるぞ」

うた。

「人が、人に歌を贈る――」

「そのとおり。字並びから推《お》して、本朝の古歌ではなさそうだ。漢詩ではないかの」

確かに、笙之介の頭にはいっぺんも浮かんだことがない解釈だった。

「一人前に恋仲の娘ができたというのに、てんで朴念仁《ぼくねんじん》のおまえのためにも、これを読み解ける者が早く現れてくれるとよいが」

笙之介は聞いていなかった。新しい知見を得て、唐紙の符丁の文字列に夢中だった。


〈とね以〉が鰻屋の看板を下ろし、居酒屋を始めたのは、それから十日後のことである。習子たちが武部先生の手習所に戻り、貫太郎がとりあえずひととおりの料理を習い終えるまで、それだけかかったのだ。

表戸の腰高障子にまで落書きをしたのは、大当たりだった。通りがかりの人びとは、最初はただ訝《いぶか》しげな顔をするだけだったが、そのなかの何人かが暖簾《のれん》をくぐり、これまで不味《まず》い鰻屋だった店が、安くて小洒落《こじゃれ》て旨い肴や定食を出すようになったと知ると、評判が立つのも広がるのも早かった。

笙之介は毎夕、〈とね以〉に通った。長堀金吾郎も一緒だ。板場と向き合う醤油樽の腰掛けにも、二階の座敷にも客がいて、しかも訪れるたびにその数が増えてゆくのを、共に驚き、喜んだ。

「商いは上々だけども、読み解きの方はまだだねえ……」

済まなそうな貫太郎とお道に、また明日と手を上げて帰る。筮之介と金吾郎はだんだんと親しみを深め、金吾郎が語る三八野《みやの》藩の郷《さと》の話は、筮之介の耳を楽しませてくれた。そのなかには、村田屋がかりの読本を「ただ写すだけでなく、面白くする」ための彩り《いろど》に役立つものもあった。残念ながら、仇討《あだう》ち話はなかったけれど。

――〈とね以〉がこんなに繁盛すると、なかなか和香さんを呼べないなあ。

何のために落書きをしたのかわからなくなってきた。こうして、半月ほど経ったころである。

いろいろと他事にまぎれて遅れ遅れになっていた川扇の起こし絵に、ようやく取りかかることができた。何でもひとつのことに入れ込むと前後を忘れてしまう筮之介は、突然、お道が息を切らして駆け込んできたのに驚いた。

「どうしたんです？」

「どうしたもこうしたもないよ、若先生！」

来たんだよと、お道は言った。

「あの贋字、読める人が来たんだよ！」

五

女であった。

目のまわりの皺《しわ》や肌《はだ》の張り具合から推して、歳は笙之介の母の里江《さとえ》と同じくらいだろう。ただ、一見してどのような身分の女であるかはわからない。武家の妻女《さいじょ》ではまったくなさそうだし、里江のような子持ちすなわち母親であるかどうかも判別がつかない。商人《あきんど》の妻のようには見えないが、金に縁がないようにも見えない。

要するに堅気《かたぎ》ではないのだろう。

笙之介には見慣れぬ形の髪型だ。髷《まげ》の大きくふくらんだところに薄紫《うすむらさき》色《いろ》の絞《しぼ》りの布をぐるりと巻き、金蒔絵《きんまきえ》の櫛《くし》をさしている。千筋《せんすじ》の柄《がら》の着物に子持ち縞《じま》の帯を締《し》めて、縞だらけだが妙に小粋《こいき》だ。半襟《はんえり》の濃《こ》い紫が女の顔色を引き立てている。

今日も〈とね以《い》〉には多くの客がいたが、時分時《じぶんどき》を過ぎて二階の座敷には空《あ》きがある。女はその一角にいて、貫太郎が出した茶菓《さか》を前に、しんなりと横座りしていた。

「ここの落書きの評判を聞きつけまして」

声は艶《つや》やかで、潤いを帯《お》びていた。

「料理も美味《おい》しい店だっていうから、わざわざ牛込《うしごめ》くんだりから来てみたんですけれど、あたしがこれを読めるって申し上げた途端に、ご主人とおかみさんが大騒ぎ。おかげで干乾《ひぼ》しですよ。落書きの文字をすっかり読んでみせるまでは、料理もお酒もお預けですって」

からっ茶が出てきたっきり――と、横目で貫太郎を睨《にら》んでみせる。少し受け口で、しゃべるときの口の動き方が独特だ。

「相済みません」

貫太郎は大汗《おおあせ》をかいている。

「すぐにお出ししますけども、まずは読み解きをお願いしたいんで」

女は笙之介に目を移すと、嫣然《えんぜん》と微笑んだ。

「お若い先生、あなたがこの落書きの勧進元《かんじんもと》なんですって？」

「古橋笙之介と申します」

笙之介は頭を下げた。と、女の目尻がぴくりと動いた。驚いたように瞳が揺れた。

――やっぱり。

この名前に反応するなら、当たりだ。

「手習所の師匠をなすってるんですって？　お若いのにご立派ね」

「日雇《ひやと》いで手伝いをしただけです。私はただの素浪人ですから、古橋で結構です。失礼ですが貴女《あなた》は――」

「志津江《しづえ》と申します。あたしもただの小唄《こうた》の師匠ですから、師匠とお呼びくださいな」

驚きの色をすぐに隠して、混ぜっ返すような言い方を楽しんでいる。貫太郎は首に巻いた手拭いで顔を拭《ふ》き拭き退散した。

座敷には二人だけになって、笙之介は切り出した。

「では師匠、お預けをくわせて申し訳ない。しかし、我々もけっして粋狂《すいきょう》でこんな落書きをしたのではありません。ある事情があって、切《せつ》にこれを読み解ける人を探しているのです。貴女が読めるとおっしゃるのならば、ぜひとも、ここに何と書かれているのか教えていただけないでしょうか」

志津江は乱れてもいない襟元を直すような仕草《しぐさ》をして、傍《かたわ》らの唐紙《からかみ》を見上げた。

「本当のことを申しますと、あたしも読み解けるわけじゃございませんの。昔はできたんですけどね。今じゃ、あらかた忘れてしまいました」

笙之介の胸がときめいた。この女《ひと》は、かつてはこの符丁《ふちょう》の仕組みを知っていたというのだ。間違いなく、当たりだ。

「師匠、もしや貴女は古橋笙之介という名前の人物をご存じなのではありませんか」

「それはあなたのお名前でしょうに」

婀娜《あだ》な年増女《としまおんな》の含み笑いを、笙之介は真顔《まがお》で受け止めた。

「私と同姓同名の人物です。歳は、私の親よりも上だろうと思われます」

「お若い先生、あなたはその古橋様をご存じないんですの？」

もともと狐目《きつねめ》の志津江の目が、さらに細くなった。三日月を伏せたような形だ。

「存じ上げません。ただ、その古橋殿がこの符丁のような偽文字《にせもじ》――我々は勝手に贋字《がんじ》と名付けていますが、それを考案されたという話だけは聞き知っています」

そう、と志津江はうなずいた。

「その人なら、もう七年も前に亡くなりましたよ」

お骨《こつ》もとうに土に還《かえ》ってますよ、と言った。

「それよりもっとずっと前に、あたしは捨てられちまったんですけどね」

長堀金吾郎が、いや、奥州《おうしゅう》三八野《みやの》藩の大殿・小田島一正《かずまさ》が探し求めていた古橋笙之介は、とっくに鬼籍《きせき》に入っていたか。

「病《やまい》で亡くなられたのでしょうか」

「酒毒《しゅどく》にあたりましてね。でたらめな暮らしをしていた人ですから、畳の上で死ねて、もっけの幸いだったでしょう。あたしと離れているあいだに野垂《のた》れ死《じ》に——どこぞで誰かに斬《き》られたって不思議はなかったんだ。自分も人を斬ったことがあるんだから」

よく知り抜いている、躊躇《ためら》いのない言い様だった。

「だいたい、調子ばっかりいい男《ひと》でしたしね。狡《ずる》くって図々《ずうずう》しくって。勝手に人をお払い箱にしたくせに、どの面《つら》さげてか、また舞い戻ってきてさ。結局あたしが養って、死に水までとってやったんですよ」

ずっと曖昧模糊《あいまいもこ》としていた〈古橋笙之介〉の正体《しょうたい》が、この言葉でにわかに形を成してきた。狡くて調子がよくて、

——でもこの女《ひと》は、今でも惚《ほ》れているんだろう。

「新陰流の達人だったと聞いています」

志津江の細い目に、今度は驚きだけでなく、訝《いぶか》るような色が浮かんだ。

「お若い先生、ずいぶんとあの人のことをご存じね」

「それもこちらの事情の内です」

短く言って、笙之介は口を結《むす》んだ。

志津江と睨めっこのようになった。

先に目を逸《そ》らしたのは、嫣然としているだけでなく、老獪《ろうかい》でもありそうな女の方だ。笙之介の真顔から逃げたのではなく、ひらりとかわしたのである。

「このくだり」

と、志津江は唐紙の右端《みぎはし》の一行を指した。

「よく覚えていますよ」

軽く目を閉じて、諳《そら》んじた。

「我　君と相知《あいし》り　長《とこしえ》に絶え衰《おとろ》えること無《な》からん命《し》めんと欲《ほっ》す」

笙之介は、あたりを覆《おお》っていた霧が吹き払われたように感じた。

漢詩だ。東谷《とうこく》の勘は正しかった。

「それは、ええと」

懐《ふところ》から矢立《やたて》と紙綴《かみつづ》りを取り出し、今耳にした一節を繰り返して呟きながら書き留《と》めた。

「字で書くとこうなりますか」

我欲與君相知　長命無絶衰

「あら、きれいな手筋《てすじ》。お若い先生、きっといい先生なんでしょうね」

　字列に目を落とし、志津江ははぐらかした。

「これは漢詩のなかでも、〈楽府《がふ》〉というものです。その昔、漢《かん》の武帝《ぶてい》が音楽を掌《つかさど》る役所を設けて、宮廷で用いる祭儀の楽曲を作ったり、各地に伝わる民間歌謡を集めさせたことがありました。それらは楽歌《がか》と称されましたが、後世、この役所で採取され整理された歌謡体の詩そのものを指して、楽府と呼ぶようになったのだそうです」

　笙之介は生真面目に説《と》いたけれど、相対する志津江は、まるで口説《くど》き文句を聞いているかのような顔をしている。

「わ、私もさして詳しいわけではありませんが」と、笙之介はつっかえた。「一般に楽府というものは、戦乱の世の悲しみを歌ったり、男女の情愛を歌ったり、我々の暮らしに親《ちか》しいものが多いそうです。これも、ゆ、友情を誓う歌のようですね」

　しんなりと片肘《かたひじ》をついて、志津江は言った。

「でも、あたしがもらったんですよ」

「え？」

「あたしがもらった文に書いてあったんです。あの人に宛てたものじゃありません。それにあの人は——あたしのろくでなしの筌さんは、これは恋の歌だと言ってました」

「つ、続きはありますか？」

「ここの、ひとまとまりがそうみたい」

志津江は唐紙のその部分の落書きをざっと手で囲うようにしてみせた。

「でも、あたしが覚えているとおりかしら。抜けてるような気がしないでもないんですよ。字の数が足りないようだわ」

老齢の小田島一正が、もしも記憶のみに頼ってこの字列を書いているのならば、抜けがあってもおかしくはない。

「こっちのくだりは見覚えがあります」

志津江が示し、諳んじたのは、端の二行だ。

「夏に雪《ゆき》降《ふ》り　天地合《がっ》しなば　乃《すなわ》ち敢えて君と断たん」

また急いで書き留めて、筌之介は自分の書いたものをじっくりと検分した。

夏降雪天地合　乃敢與君絶
「〈降る〉は〈雨《ふ》る〉と書くのかもしれませんが……」

「どっちにしても、夏に雪が降るっていうことでしょう？　そんなふうに天地がひっくり返るようなことが起こらなければ、あなたとは別れませんという意味なんでしょう」

「――よくご存じなんですね」

「あのろくでなしに教わったんです」

そして志津江は肘を外して顔を上げ、座り直した。

「お若い先生、あなた、三八野藩のお方なのかしら。それにしちゃお国訛《くになま》りがないようだけど。それに、あたしたちの昔の知り合いにしちゃ、あなたお若いわ」

どう答えようかと笙之介が躊躇《ためら》ううちに、志津江は急に蓮《はす》っ葉《ぱ》な目つきになり、これみよがしにため息をついた。

「あたしは誓って、若殿様とは大昔に切れたっきりですよ。最初《はな》っからそんな気はなかったもの。いくらしつこく言い寄られたって、奥に上がるつもりもありませんでした」

あんな籠《かご》の鳥の暮らし、と吐《は》き捨てた。

「それも田舎の山のなかでさ。くわばらくわばらだわよ」

また、わざとのように蓮っ葉に言い捨てた。

「貴女がおっしゃる若殿は、今ではもう隠居されて、大殿と呼ばれているお方です」

志津江の狐目に真剣味が宿った。ぴたりと、笙之介と目を合わせた。

「三八野藩のお殿様のことよね」

「はい。念には及ばないと思いますが」

「隠居したんなら、何で今さら、二十年以上も昔の話を蒸し返すんです？　跡目争《あとめ》いが起こって、隠し子でも探してるっての？」

「隠し子がいるんですか」

「いるわけないでしょ、莫迦《ばか》らしい」

事の全容は見えないものの、何となく見当はついてきた。笙之介の胸も落ち着いてきた。

この女《ひと》は、かの〈古橋笙之介〉の思い女《びと》であったのだ。そして彼が三八野藩主小田島一正と親しむうちに、この女も若殿に近づき、想いをかけられるようになったのだ。

「そんな生臭《なまぐさ》い話ではありませんから、ご安心なさい」

このひと言には、笙之介が意図した以上の効《き》き目《め》があったらしい。逆に言えば志津江は、唐突に過去から蘇《よみがえ》ってきて、深川《ふかがわ》の一角の居酒屋の唐紙を飾っているこの符丁文に、それだけ驚き、怯《おび》えていたのだろう。婀娜《あだ》な微笑みとしどけない仕草は、確かにこの女の持ち前のものではあろうが、不安を鎧《よろ》うための煙幕《えんまく》でもあるのだ。

「教えてください。古橋笙之介とは、どんな人だったのですか」

笙之介は真摯《しんし》に問うた。その気持ちは通じたらしい。

「――だから、ろくでなしでしたよ」

言葉は同じだが、志津江の声音《こわね》に、聞く者の胸を打つ懐《なつ》かしさと、深い情愛がこもった。

「あの人は江戸者です。貧乏旗本の三男坊で、けっこうな風流人でした」

冷や飯食いの遊び人よと、微笑んだ。

「江戸にいたって、養子先でも見つからないことには、食い詰めるばっかりで居場所がないでしょう。だから絵師になるって、修業のために諸国を旅するってね」

「武芸者ではなく?」

「剣の腕なんか、いくら磨《みが》いたって一文《もん》にもなりゃしないもの。それにあの人、本当に絵筆は達者でしたよ。学問も嫌いじゃなかったから、漢詩なんかも詠《よ》めたんです」

「貴女はその修業の旅についていったんですね」

「表向きは弟子の女絵師で、師匠の身の回りの世話をする婢《はしため》ってことでね。もちろん、あの人の後家《ごけ》には内緒ですよ。あたしも遊び女《め》でしたからね」

この場合の遊び女は、ひと文字で〈娼〉と書くのかもしれない。二人はどこでどんなふうに知り合ったのだろうかと、笙之介は密《ひそ》かに考えた。

「二人でほうぼう旅して回りましたよ」

志津江の眼差《まなざ》しが遠くなった。

「面白いことがたくさんありました。意外と怖《こわ》い目に遭《あ》わずに済んだのは、あたしたち二人とも若くて無鉄砲だったし、やっぱりあの人には剣の腕があったからね。それは感謝しないと罰《ばち》があたりますわねえ」

言葉付きもしおらしくなってきた。

「長いこと旅歩きをしたように思ってたけど、今になって振り返ったら、たかだか六年ばかりのあいだのことでした。ひとつの土地には一年もいなかったから、けっこう慌《あわ》ただしかったかもしれません」

「そういう暮らしを、お二人で楽しんでおられたんですね」

志津江は、こくりとひとつうなずいた。

「なぜ、別れ別れになったんですか」

すぐには返事が来なかった。志津江は一人で、笙之介には見えない遠くを見ている。

やがて、目元だけは最初のはぐらかすような嫣然《えんぜん》さを取り戻し、斜《しゃ》にこっちを睨んで寄越《よこ》して、

「お若い先生、あなたも女を泣かせるのはお得意でしょう」

いきなり、矛先《ほこさき》を向けてきた。

「わ、私は」

「世間じゃ女は気まぐれだって申しますけど、あれは濡《ぬ》れ衣《ぎぬ》ですよ。気まぐれは男の本性です。ちょっとしたことで、ころころ心が動いちまってさ」

ほかに女ができたんですよ——と言った。

「嫌《いや》だわ、こんな大年増だって、お若い方には言いにくいことがあるんです。それだけで察してくださいな」

「旅先で……そのようなことに?」

「さすがに、あたしを一人で放り出すようなことはしませんでしたけどね。人を付けて、江戸まで送り届けてくれました」

件《くだん》の古橋笙之介には、旅の途中で、ここなら根をおろしてもいいという場所

と、そんな気持ちをかきたてる女に出会ったのだ。きっとそういうことなのだろう。

だから、それまで彼にくっついてきた志津江とは手を切った。

「仕官《しかん》されたのですか」

「あら、あのろくでなしに、お城勤めなんかできるもんですか。後《うし》ろ盾《だて》になってくれる金主《かねづる》を見つけて、本気で絵の修業をするとか言い出したんです。おまけにその金主には、若くてきれいで初心《うぶ》な一人娘がいましてね。どっちかっていうと、あの人の目当てはそっちの方だったんじゃないかしら」

なるほど。

「だからあたし、今でも奥州には恨《うら》みがありますの。頭痛持ちだから、本当は北枕で寝るといいんですけどね。癪《しゃく》だから、いつも足の裏を向けて寝ています」

子供みたいなことを言う。

「やっぱり北の国なのですね」

はっきりどこと言いたくなさそうな（それも悔しいからだ）志津江の口つきに、、

笙之介はやんわりと切り返した。

「そう。何ですか、蘭画《らんが》とかいう絵が盛んなところでした。三八野藩じゃございま

せん」

言って、ちろりと舌を出して苦笑した。

「あたしも、よく覚えてますわねえ。よっぽど悔しかったんでしょう」

つんと鼻先を上げてみせる。今でも悔しいと、その瞳が言っている。

「三八野藩で暮らしたのは、せいぜい十月《とつき》くらいのことだったと思いますよ。若殿様に妙に懐《なつ》かれちまって、あたしはもちろん、あの人も煩《わずら》わしがっていたんです」

いかに見込まれて口説かれようと、仕官なんかするもんか――というところか。

「若殿様はご退屈で、あたしたちみたいな流れ者が面白かったんでしょう。でも、こっちも幇間《たいこもち》と芸者の組み合わせじゃありませんからね。まっぴらご免《めん》こうむりました。お城のお偉《えら》いさんたちには嫌われていたし」

刺客《しかく》を差し向けられたこともあるんだと、きつい目をして声を低めた。

「まったく、いい迷惑でしたよ。そんなに邪魔なら、とっととお暇《いとま》いたしますということだったんです」

三八野藩の重臣たちから見れば、この男女は若殿をたぶらかす狐狸《こり》のようなものだった。退治するべしという動きが起こっても仕方ない。田舎の小藩に生まれ育った笙之介には、充分に理解できる仕儀だった。

「この符丁は」と、今度は笙之介が唐紙を仰いだ。「当時、古橋殿が三八野城下で思いついたものですか」

「いいえ、まだ江戸にいたころに、あの人が作って遊んでいたんです。お上のお咎《とが》めをくうような落首《らくしゅ》でも、これで書けば、符丁の鍵を知らない人には読めないでしょう?」

「確かに」

「それを、よせばいいのに若殿様にご教示に及んで……。大事な若様が俺たちに親しむだけでも許しがたいのに、そのうえ、こんなわけのわからん文のやりとりをしていたら、お目付役《めつけやく》どもがあわてるだろうって」

「そのあわてる様を見て笑っていたら、刺客まで送られたわけですね」

「あたしたちも、ちっと悪戯《いたずら》が過ぎました」

そろそろお酒が欲しいんだけど——と、志津江はまた片肘をついた。袖《そで》から白い腕《かいな》が覗く。

「だってあたし、これからお縄《なわ》にされて、三八野藩に引っ張っていかれるんじゃないの? 先様《さきさま》は、今でもあたしたちをお怒りなんでしょうからね」

半分は冗談《じょうだん》、半分は本気で訊いていると、笙之介は感じた。

「私は三八野藩の手の者ではありません。この符丁を読み解ける人――できれば古橋殿ご本人を探し出したいとは思っていましたが、見つけて誅《ちゅう》しようなどというつもりもありません」

「じゃあ、なぜ探してたんです？　こんな大袈裟《おおげさ》なことまでしてさ」

笙之介は穏やかに答えた。「三八野藩の大殿が、今でもあなた方を懐かしんでおられるからです」

志津江は片肘をついたままである。

「貴女が、亡くなった古橋殿を懐かしんでおられるように」

志津江からどんな言葉や表情や仕草が返ってくるか、笙之介は予想していたわけではない。少しだけ期待はあった。何か、殊勝《しゅしょう》なものが見えたらいいと。

志津江はこう言った。「田舎者は執念《しゅうねん》深いわねえ」

いささかも殊勝ではなかったけれど、いかにもこの女らしい言い草で、正直であることだけは間違いなかった。

「立ち入ったことを、よく話してくださいました。かたじけない」

笙之介はまた、きちんと頭を下げた。

「目的は果たしましたので、唐紙も障子も張り替えます。もう、このことで貴女を煩わせることはないとお約束します」

「本当にいいの？」

「はい」

志津江は起き直り、真顔になった。「お若い先生、あなたがどういうお立場の人なのか知らないけど――」

「私の約束は、三八野藩の約束だと信じていただいて結構です」

「あの人が連れ添っていた人に、もしや迷惑がかかるようなことはありませんよね？　子供もいるんですよ。子供っていったって、もう立派に育ち上がってる頃でしょうけど」

「心配ご無用です」

かの古橋笙之介がほかの女と、地に足を付けた暮らしを選び、うち捨てられて、どんなにか悔しかったであろうこの女は、今でも昨日の出来事のように悔しがりつつ、そんな心配りもするのだ。

「誰にも、どんな形でも咎はかかりません」

きっぱり言って、笙之介は志津江に微笑みかけた。

「今でも心が残っておられるんですね」

貴女は、そう意気がってみせるほど悪い女ではないと言いかけて、考え直した。

きっとやり込められるだろうから、黙っておこう。

「それにしても、一度は別れた古橋殿と、よく再会されたものです」

「あら、だって」

志津江の瞳に生気《せいき》が戻った。

「そりゃ、きっとそうなるって、あたしにはわかっていましたから。あの人があたし以外の女と添って、収まるわけありませんもの。きっと戻ってくるってわかっていました。だから、あの人があたしを見つけやすいように、いろいろ手配りしておいたんです」

存外、長く待ちましたけど――と、またちょっと悔しがる。

「だけど今ごろになって、肝心のあの人もあの世に行っちまってるっていうのに、三八野藩の若殿様にまで探されるとは思いもよりませんでした」

笙之介は言った。「もう若殿ではありません。すべて昔のことです」

そうねと、志津江もうなずいた。

「お若い先生なんか、生まれる前のお話ですよ。あたしはもう、いいお婆さんです」

お暇時《いとまどき》ねと、滑《すべ》るように腰をあげた。

「いつまで待ってても、突き出しも出てきやしない。気の利《き》かない店だね。評判倒れもいいところだよ」

口では毒づきながら、目は笑っている。通りしなに手を伸ばし、笙之介の肩をするりと撫《な》でた。

「お若い先生、あたしみたいな女につかまっちゃいけません。けど、あたしみたいな女をつかまえたら、一生の果報だわよ」

横目で笑って、つと足を止め、歌うように抑揚《よくよう》をつけて言い足した。

「この一行も読めますよ」

廊下に面した障子の格子《こうし》の、ひと枡《ます》ごとに書かれた贋字だ。この手跡は、きっとお文のものだ。几帳面《きちょうめん》に書いてある。

「応《まさ》に恨みは有るべからざるに　何事ぞ　長《とこしえ》に別事に向《お》いて円《まど》かなる」

別れの歌だ。

——月が人に恨み心などあるはずもなかろうに、どうしていつも人が別離に悲しんでいる時に限って満月なのだ。

「あたしたちが三八野の城下を立ち退《の》くとき、若殿様が最後にくださった文でした」

志津江が去った後には、ほのかな薫香《くんこう》だけが残った。

「もう、よろしいですよ」

笙之介が声をかけると、仕切りの衝立《ついたて》の陰から長堀金吾郎が顔を出した。

驚いたことに、和香も一緒だ。今日は浅黄色《あさぎいろ》の頭巾をかぶっている。

「お気づきでしたか」

「はい。でもあの志津江という女《ひと》は気づいていませんでした」

富勘長屋を出がけに、笙之介は折良く仕事から帰ってきた太一をつかまえて、使いを頼んだ。符丁を読める人物が現れたことを、村田屋治兵衛に知らせてくれと。あとは治兵衛がよしなに計《はか》らってくれる。和田屋の和香はともかく、三八野藩邸に知らせるには、太一ではまさに子供の使いで、用が足りない。

「長堀殿――」

呼びかけて、笙之介はあとが続かない。長堀金吾郎は、さっきの志津江とそっくりの、ほかの者には見えない遠くを見る眼差しになっていた。

「大殿は」

嗄《しゃが》れたかすかな声で、そう言った。

「永い永い片恋《かたこい》をしておられたのですなあ」

頭巾から覗いた和香の目が、笙之介の目をとらえた。ゆっくりとまばたきして、それから小さく、うなずいた。

六

長堀金吾郎は、畏《おそ》れ入る貫太郎とお道を笑って退《しりぞ》け、進んで〈とね以〉の障子と唐紙の張り替えを手伝ってくれた。障子紙はともかく、唐紙の扱いは素人《しろうと》には難しかろうに、建具職人《たてぐ》も驚くほど器用で呑み込みが早く、てきぱきと作業を進めるので、

「さすがは筋金入《すじがねい》りの御用掛《ごようがかり》ですな」

こちらも手伝いに来ていた武部先生が、やや見当違いな感嘆の声を放ったものだ。

その明くる日、金吾郎は旅支度《たびじたく》を調《ととの》えて富勘長屋にやって来た。

「お発《た》ちになるんですね」

「お世話になり申した」

狭い四畳半で向き合い、金吾郎は笙之介に深々と頭を下げる。

「どうぞお手をお上げください。私はたいしてお力になれませんでした」

笙之介が制しても、金吾郎はまだしばらく手をついたままだった。やがて面《おもて》を上げると、肉の薄い目元をほころばせて、言った。

「〈とね以〉は、今日も賑わっているようでござった」

「落書きがなくても、もう大丈夫です」と、笙之介もうなずいた。生まれ変わった〈とね以〉には、貫太郎とお道の作る飯《めし》を贔屓《ひいき》にする客たちがついてくれた。

「晋介と申しましたか、あの料理人は。立派な師匠でござったな」

「しかし、貫太郎に活《かつ》を入れたのは、長堀殿ですよ。あのお言葉があったからこそ、〈とね以〉は立ち直れたんです」

――そなたの父が真に望むことはどちらであろう。

と、金吾郎は貫太郎に問いかけた。あのやりとりは笙之介の心にも残っている。

「国許《くにもと》に戻れば、もう、それがしが江戸に出て参ることはないでしょう。大殿が少しでもお心安らかに日々を過ごされるよう、相努《あいつと》める所存でござる」

胸のつかえも降りましたからな――と、金吾郎は微笑んだ。

「それがしは、ああしてぼんやりと塞《ふさ》いでおられる大殿のお心の内に、お若い頃の想いがあのように渦巻《うずま》いているとは、ついぞ思いあたりませなんだ。それというのもな、古橋殿」

それがしなどは、昔のことはどんどん忘れると、金吾郎は言うのだった。

「これまでの人生、ただただ夢中で漕《こ》ぎ渡って参った。その多くは思い出すに足らぬこと、あるいは思い出したくないことばかりじゃ。ですから、忘れてしまうのでござろう」

奥州の小藩に仕える武士にとっては、日々の暮らしがそれだけ厳しく、余裕のないものだったということだろう。それは同時に、主君の御用掛を務める金吾郎が、その立場に甘えず、寄りかからず、常に自分よりも弱い立場の者たちと共に生きてきたということをも表しているのではないか。

この人はそういう人なのだ。笙之介は、本人の言うとおりおそらく二度と会うことはないだろう長堀金吾郎の痩せた顔を、しみじみと見つめた。

金吾郎は、手元に置いた小さな風呂敷包みを取り上げると、笙之介に差し出した。

「このようなものを差し上げることで、果たして御礼になるものかどうか、大いに躊躇《ちゅうちょ》いたしたのではござるが」

「とんでもない。礼など受け取れません」

「まあまあそう言わず、ご覧くだされ」

請われて、笙之介は風呂敷の結び目を解《ほど》いた。現れたのは、二冊の書物だ。

「どうぞお手にとって見てくだされ」

ひとつは古い写本のようで、綴《と》じ目が緩《ゆる》んでいるし紙が傷《いた》んでいる。表紙に貼《は》ってある、この書の題名を記した題簽《だいせん》は、半《なか》ば剝《は》がれかけている。もうひとつは割と新しく、手触《てざわ》りからしてしっかりしていた。

古い方の書物は『天明《てんめい》三八野《みやの》愛郷録《あいごうろく》　抄《しょう》』、新しい方は『万家至宝《ばんけしほう》　都鄙安逸《とひあんいつ》伝《でん》』。

笙之介は目をしばたたいた。「これは」

「ご存じでしょうか」

「この『都鄙安逸伝』の方は、どこかで見かけた覚えがあります。いえ、中身ではなく題名だけですが……村田屋さんだろうな」

貸本屋の膨大《ぼうだい》な書庫のどこかで見かけたか、あるいはこの書名を記した何か別の書物を読んだことがあるのだろう。

急いでめくってみると、『都鄙安逸伝』には天保《てんぽう》四年（一八三三）の序文があった。三年前だ。手触りが新しいはずである。

「三八野愛郷録は、その名のとおり、我が三八野藩が天明の大飢饉《だいききん》の折に作った救荒録《きゆうこうろく》のひとつでござる」

「天明の大飢饉――」

天明三年（一七八三）から六年にかけて、奥州では未曾有《みぞう》の飢饉が発生した。これを天明の大飢饉という。春先から始まった天候不順により、広い範囲で不作が続いたことが原因だと言われている。とりわけ被害が深刻だったのは津軽《つがる》藩南部《なんぶ》地方で、飢えた人びとが山の木の根まで食い尽くし、ついには人肉まで喰《く》らったという記録が残っている。そういう記録のひとつである『餓鬼草紙《がきぞうし》』なら、笙之介も目にしたことがあった。

天明三年は、上野《こうずけ》・信濃《しなの》の国境にある浅間山《あさまやま》が大噴火した年でもあり、だからこのころ作られた書物は、ちょっとした読み物でさえその辺の事情が取り入れられていて、暗く不吉な内容のものが目につく。無論、現存しているのは当時のものではなく、書き写されて残っている写本だが、そのころこの国を覆《おお》っていた不安と恐怖の色合いは、写本でも生々《なまなま》しく伝わってきた。

ただ、あくまで〈生々しい〉だけだ。本物の飢餓の恐怖を、笙之介は知らない。

「幸い、三八野藩は奥州のなかでは被害が軽く済みましたが、それでも多くの領民が飢えに苦しみました。この当時、逃散《ちょうさん》によって消えた村落は二桁《けた》を数えたそうでござるが、実情としては、逃げ散ったのではなく村人が死に絶えてしまったところも多かったのではないかと思われます」

笙之介は金吾郎の顔を見たが、すぐにまた書物へと目を引き戻された。

「――藁餅《わらもち》というものの製造法が書いてあります」

「かの大飢饉の折には、城下でも米や雑穀《ざっこく》が尽き、この藁餅を食したそうでござる」

金吾郎自身は、よく覚えていないという。

「なにしろ五十年以上も昔の出来事で、それがしも幼かった。ただある時期、三度の膳から米が消えたことがあるのは覚えております。雑穀ばかりになりましてな。それともうひとつ、これはさながら悪夢のようでござったが、城下の救民小屋から、毎日のように亡骸《なきがら》が運び出されてゆくのも」

と言って、金吾郎はつと詰まった。

「救民小屋に集まった人びとは、飢えで死んだのではなく、飢えて弱っているところを風邪や痢病《りびょう》にやられてバタバタと死んでいったのです」

つい先ほどの金吾郎の言葉が、あらためて実感を伴い、笙之介の耳に蘇《よみがえ》った。昔のことは思い出したくない、と。

今も言葉が喉につかえるのか、金吾郎はうんと咳払《せきばら》いをした。

「『天明三八野愛郷録』は、この当時の様子と、飢饉対策の手だてをつぶさに記録したものでござるが、この〈抄〉とついておるのはその抜粋《ばっすい》でしてな。こちらは領民たちに配《くば》ったものでござる。端的《たんてき》に申せば、日ごろは食してないもの、食べ物と思っていないものを、どのように工夫《くふう》して食せばよいか、こと細かく書き記してござる。領内の山野《さんや》で採《と》れる木の実や茸《きのこ》、山菜の類《たぐい》の見分け方から採取の仕方、毒のあるものは毒の抜き方――」

笙之介が書物を手に固まっているからだろう。金吾郎は言葉を切った。それから、心持ち遠慮がちに訊いた。「古橋殿のお国許には、救荒録はござらんか」

「あるのかもしれません。でも私は目にしたことがありません」

少なくとも〈月祥館《げっしょうかん》〉の書物庫にはなかった。なかったと思う。

「我が家にも――あったかどうか」

「それは重畳《ちょうじょう》です。本来、救荒録など要《い》らぬに越したことはない」

「いいえ、ただ私が呑気《のんき》に構えていて、知らなかっただけかもしれません」

思わず、笙之介はくちびるを噛みしめた。

「この一、二年も、かつての大飢饉ほどではないにせよ、北では不作が続いているそうですね。私の国許も事情は同じです。藩の米蔵からは、米が出てゆく一方だと」

だから、跡目争いが棚上《たなあ》げになっている。皮肉な話だが不作のおかげだ——と、東谷《とうこく》も話していた。振り返ってみれば、呑気を通り越して不謹慎《ふきんしん》なやりとりでさえあったと思えてくる。

「農事は天候に左右されるものでござる。そして天候は、まさに〈天〉が司《つかさど》るもの。我ら地上の者にはいかんともし難い。せめて備えを固めるのみでござる。それが、小さく儚《はかな》くとも人の知恵というものでござろうよ」

それでも、〈天〉の気まぐれですぐ命を落とす者たちもいれば、ただ立場が違うだけでそれを軽く免《まぬか》れる者もいる。いや、〈天〉の気まぐれに気づかずに済んでしまう者さえもいる。

「そちらの『都鄙安逸伝』は」

沈み込んでしまった笙之介を励ますように、金吾郎は声を強めた。

「繰り返される不作と飢饉に備えて、本草《ほんぞう》学者や農学者たちが、広く人びとに知識を与えようと記した書物のひとつでござる。知恵の集積ですな。不作で米や麦が足りぬとき、どのようにして他に糧《かて》を求めるべきか、無学の者にもわかりやすく書いてありましょう？　絵もついておる」

確かに、図解が豊富に載せられていた。

「さまざまな混ぜ飯の作り方が、なかなか面白いものでござってな」

言って、金吾郎はしわりと照れ笑いをした。

「古橋殿には、風変わりな料理本のひとつとして、これも一興《いっきょう》かと思いました。いや、お恥ずかしい」

この半月間、長堀金吾郎と語らううちに、村田屋での自分の仕事について話したことがある。押込御免郎《おしこみごめんろう》の仇討《あだう》ち話のことも、貸本で人気の料理本のことも語った。特に『料理通《りょうりつう》』については、それがいかに贅《ぜい》をこらした書物であるか、江戸の町場の暮らしを珍しがる金吾郎を喜ばせたくて――あるいは少し自慢も入って、いろいろしゃべった笙之介であった。料理本というものはひとつの文芸であると、わかったようなことを言った覚えもある。

恥ずかしいのはこちらの方だ。

「有り難く頂戴《ちょうだい》します」

笙之介は二冊の書物を押し頂いた。金吾郎もまた平伏《へいふく》した。

「この半月ばかりの出来事は、残り少ないそれがしの生涯に、忘れ得ぬ思い出となり申した。こればかりは忘れずに、何度でも思い起こしたい」

金吾郎は笑顔だった。笙之介も笑顔になろうとしたが、急に胸に詰まるものがあって、あまり上手《うま》くいかなかった。短いあいだだったけれど、この人と知り合えてよかった。

「長堀さん、どうぞお元気で」

「古橋殿もな。貴殿がこの江戸で歩む学問の道が、平らかに広くこの世に通じるものであることを、この老体、奥州の鄙《ひな》の片隅《かたすみ》にて祈念しておりますぞ」

こうして、長堀金吾郎は三八野藩へ帰っていった。


笙之介は熱心に書を読んだ。村田屋にも通い、歩く目録のような帚三爺《ほうぞう》やと話して、過去に自分がどこで『都鄙安逸伝』を見かけたことがあるのか突き止めた。村田屋の書庫にある『救荒書目提要《ていよう》』という書のなかで見たのだった。これは六十三点にものぼる救荒書について記した手引書（図書目録）である。

先に目を通した折、この書物が心に引っかからなかったことに、笙之介はまた恥じ入った。人びとの窮状を救うために記された救荒書が、六十三冊も存在している。その事実に、まるで頓着《とんちゃく》しなかった己を恥じた。

「ねえ、笙さん」

しまいには、見かねたのか治兵衛が声をかけてきた。

「あと何日、そんな深刻な顔をしているつもりです？　いい加減になさい」

この国は広いんですよ、という。

「人も大勢いるんです。笙さん一人がいくら気張《きば》ったって、世の中から飢饉を失《な》くすことはできません。人にはそれぞれ、生まれ持った役割というものがあるんです。笙さんの仕事は、お天道《てんとう》様の気まぐれで穫れたり穫れなかったりするお米について悩むことじゃないでしょう」

それとも断食《だんじき》でもしますか――とまで言われて、笙之介はかちんときた。

「ええ、してみます」

「およしなさいよ」と、治兵衛は苦笑した。「長堀さんという方だって、まさか笙さんがこんなふうに悩んでしまうとは思ってなかったでしょう。ただ、風変わりな料理本をくれるつもりだったんでしょうよ」

「わかりません。長堀さんには、軽率な私の言動を諫《いさ》める意図があったのかもしれない」

「それこそ考えすぎですよ」

やり合っているところへ、勝文堂の六助が村田屋へやって来た。この筆墨《ふですみ》商人は妙に勘がよくて、ちょっとした助《すけ》っ人《と》や仲裁人《ちゅうさいにん》が要るとき、風のように現れる。

「あれ？　珍しいや、喧嘩《けんか》ですか」

だったら見物していこうと、帳場の脇に背中の荷を降ろし、どっこいしょと座った。

「火事と喧嘩は江戸の華《はな》っていうんだよ。笙さん、知ってるかい」

「――もういいよ」

六どんの糸瓜顔《へちまがお》で笑われると、力が抜けてしまう。で、いつもならこのへんで吹き出してしまうのだが、今日は違った。力が抜けて、怒りが臍《へそ》のあたりでわだかまった。にわかへそ曲がりになって、ムクれたのである。

「子供みたいによくふくれるほっぺただね。あ、餅《もち》みたいだって言った方がいいかな」

「勝六《しょうろく》さん、今の笙さんに食べ物の話は禁物《きんもつ》ですよ。いいから帳面を出しておくれよ。今月はいくらになったかね」

二人が商いのやりとりをしている傍《はた》で、笙之介は頑《かたく》なに書物の棚を睨《にら》み、あれこれ取り出してはめくっていた。そのうちに、治兵衛が奥へ行ってしまって六助と二人になった。

するると、六助がするりと寄ってきた。身体《からだ》を半分こっちに傾けて、笙之介の耳元でひそひそ声を出す。

「あのさ、富久町の仕立屋の和田屋さん」

いきなりで、笙之介の耳がぴんと立った。

「な、何だよ」

「知ってるよね？　富勘長屋のお秀さんが内職してるお店だもん」

六助の糸のように細い目からは、にやにやもヒヤヒヤも窺《うかが》うことができない。

「和田屋さんがどうかしたのか？」

「俺のお得意さんなんだ。村田屋のお得意さんでもあるけど。縫子《ぬいこ》さんも女中さんたちも、みんな貸本が好きだから」

だから何だと応じて、笙之介は顔を背《そむ》けた。耳は正直に立ったまんまである。

六助は囁《ささや》き声で続けた。「それで俺、つい昨日《きのう》だよ、和田屋さんに顔を出したら、女中頭《じょちゅうがしら》のおたつさんが、ちょっとこいちょっとこいって手招《てまね》きするわけ。俺なんか顔馴染《かおなじ》みだからね、どうもってもんでさ、寄ってったら、面白いことを訊かれたよ」

と言って、六助は言葉を切った。笙之介は頑固に顔を背けていたが、ついに負けてしまって横目で六助を見た。

六助も横目でこっちを見ていた。そして、にやりと笑った。

「おたつさんが俺に何を訊いたか、気になるだろ」

笙之介は口をへの字に曲げた。

「こんなこと訊いたんだ。勝六さん、あんた顔が広いから知ってるだろ？　富勘長屋に若いお侍さんがいて、村田屋の下請け仕事をしてるそうだけど、あの人、どんな人だい？　素性《すじょう》を知ってるかい？　って」

笙之介は気張って口をへの字に曲げ続けた。

「何でおたつさんがそんなこと知りたがるかっていうと、もう先《せん》、和田屋のお嬢さんの和香さんが、ホントに珍しく外にお出かけをしてさ。そのときは、行きはこの店のぼんちゃんが迎えに行ったんだけど、帰りはその富勘長屋の若いお侍さんが送ってきたっていうんだよね」

ぼんちゃんというのは、村田屋の手代《てだい》の一人である。勝六が言う和香の外出とは、〈とね以〉に謎《なぞ》の女志津江が現れた日のことだ。確かにあの日、贋字《がんじ》の謎が解け、金吾郎と和香とゆっくり語らった後、もう陽《ひ》が傾いていたので、笙之介は和香を和田屋まで送っていった。庭の裏木戸のところまで、和香もそこでいいというので、和田屋の誰にも挨拶せずに別れた。和香が無事に帰れればいいので、それで用は足りたのだ。

「おたつさんは忠義の女中頭で、お嬢さんのお守役《もりやく》でもあるんだ」と、六助は言う。「だからお嬢さんのことは、いつも気をつけて見てる。お嬢さんが見られてない、知られていないと思うことでも、おたつさんはちゃんと知っててさ、だからその若い侍のことも、当然放っておけないわけだよ」

「おかしいよ」

つい、笙之介は挑発《ちょうはつ》に乗ってしまった。

「おたつさんって女中さんが、いくら目と耳がよくっても、遠目で顔を見ただけの私が富勘長屋に住んでることや、治兵衛さんの下《もと》で働いてることまでわかるわけがない」

六助は、口が耳まで裂《さ》けそうなくらい盛大ににっかりと笑った。六どん、目は細いが口は大きい。

「そりゃそうさ。だからおたつさんは、お嬢さんを問い質《ただ》して、聞き出したんだってば」

笙之介の胸が、水をぶっかけられたみたいに冷えた。

「和香さん、守役の女中さんに叱られたのか？」

六助のにっかり笑いはとまらない。「どうかなあ」

「ごまかすなよ。叱られたのなら、私のせいなんだ。ちゃんと謝らなくちゃ」

「じゃ笙さん、和田屋に謝りに行く？」

六助はパッと座り直すと、笙之介に向き合った。「今度はちゃんと表から行く？ こそこそしない？」

「な、何だよ」

「だからさあ」と言って、六助は笙之介の肩をぱちんと張った。「しっかりしなよ、笙さん。おたつさんは怒ってるんじゃないんだ。気を揉んでるんだよ。だから俺なんかにまで相談してきたんだから」

六助はしゃなりと身をくねらせると、妙な裏声を出した。「近頃、どうもお嬢さんが元気ないのよ。あの若いお侍さんとあれっきりで、寂しいんじゃないかしら」

「え？」

笙之介の口から出た「え？」は一度だけだが、心のなかでは何度も言っていた。

え？　え？　え？　えっ？

六助の裏声は続く。「相手が素性の確かなお方なら、誰もお嬢さんの邪魔なんぞしませんよ。ここはひとつ、このおたつが仲立《なかだ》ちして、お嬢さんがまたあの若いお侍さんに会えるよう、はからってみちゃどうかしら。それには、よろずに親切でいい男の勝文堂の六助さんに繋ぎを頼めば」

今度は笙之介の方が六助の肩をつかんで、いっぺん強く揺さぶった。

「和香さんに会うにはどうすればいい？」

六助は女形《おやま》の真似《まね》をやめ、糸目を真っ直ぐにして、涼しく言った。「足で歩って和田屋さんに行けばいいんだよ」

「そんなことを訊いてるんじゃない」

「ついでに、同じ足で歩って、二人で散歩でもすれば？」

書物の話をしたらいいさと、六助はけろりと言うのだった。

（下巻へつづく）

この作品は、二〇一三年三月にＰＨＰ研究所から刊行された。

著者紹介

宮部みゆき（みやべ　みゆき）

1960年、東京生まれ。87年、「我らが隣人の犯罪」でオール讀物推理小説新人賞、92年、『龍は眠る』で日本推理作家協会賞、『本所深川ふしぎ草紙』で吉川英治文学新人賞、93年、『火車』で山本周五郎賞、97年、『蒲生邸事件』で日本ＳＦ大賞、99年、『理由』で直木賞、2001年、『模倣犯』で毎日出版文化賞特別賞、02年に同書で司馬遼太郎賞、07年、『名もなき毒』で吉川英治文学賞を受賞。他の作品に、『〈完本〉初ものがたり』『あかんべえ』『孤宿の人』『荒神』『小暮写眞館』『ソロモンの偽証』、「ぼんくら」「三島屋変調百物語」シリーズなどがある。

ＰＨＰ文芸文庫　桜ほうさら（上）

2016年1月5日　第1版第1刷

著者	宮部みゆき
発行者	小林成彦
発行所	株式会社ＰＨＰ研究所
東京本部	〒135-8137 江東区豊洲5-6-52
	文藝出版部 ☎03-3520-9620（編集）
	普及一部 ☎03-3520-9630（販売）
京都本部	〒601-8411 京都市南区西九条北ノ内町11
PHP INTERFACE	http://www.php.co.jp/
組版	朝日メディアインターナショナル株式会社
印刷所 製本所	図書印刷株式会社

ISBN978-4-569-76481-8